少年與時間的洞穴

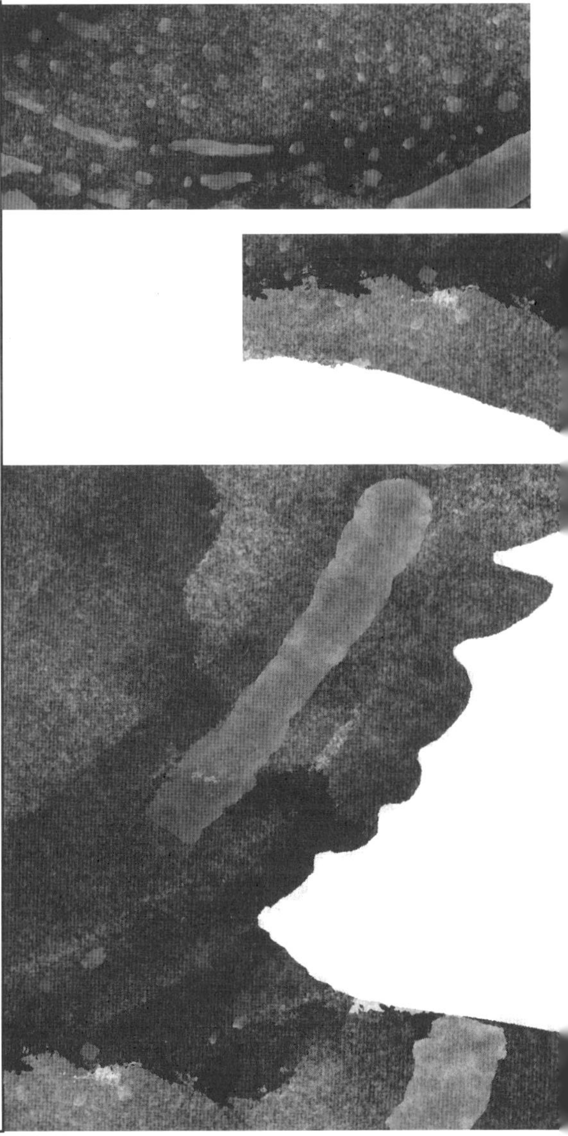

黃暐婷

獻給我摯愛的兩個人

目次

推薦序

時間裡的癡人

◎陳雨航

黃暐婷寫出了她的第二本創作，長篇小說《少年與時間的洞穴》。小說裡的人物與情節處理得疏宕有致，感覺作者已經從前作短篇集《捕霧的人》裡拘謹的文學青年蛻變為一位成熟的小說家。小說雖說是觸及了奇幻類型的元素，更多的是根植著她細緻的寫實筆法和理解的世事人情。我讀完的感覺是：在奇幻和寫實的交融之處，你有翱翔的的愜意，也有望見樹影的踏實。

小說始於看似主題的「新時」。

新時是時間提早了一小時。關於時差，我們多半只會聯想到日光節約時間，歐美還是現在進行式，有親朋在那兒或者常看美國職業籃球和職棒大聯盟的人們會比較有印象。台灣在上世紀四〇年代到七〇年代也斷續實施過。初夏時間撥快一小時，夏末撥慢一小時改回來，沒太大的問題。說電腦會因此出狀況，西元二千年預想會出包的千禧蟲最後也沒怎樣。

小說裡提到的時差倒是關聯了政治。台灣曾在日治時期改過一次時間，戰後又改了回來。時區的依違充滿政治性，作者只是略略帶過，並未出現激烈的爭論。或著說作者更大的關注或野心是藉著這樣的小小時差縫隙，撬開更大的時空，來遂行她歷史的尋索。

就我的閱讀觀察，包含黃暐婷在內成長於九〇年代之後的寫作者，對台灣認識得更深更廣，小說布局和敘述起來更有底氣。他們持續的追索，使作品帶有時間的縱深。黃暐婷追蹤老照片的人物服飾、面容神情以及光線和氣息；也穿過又濕又暗的神祕路徑來到異國般的古物攤市，瀏覽各式時間遺物，三〇年代的寄藥包，木炭熨斗，原版海報，……等奇妙的老東西。她對歷史未必抵死纏綿，但努力追尋被遺忘的時光，竟也讓她筆下的作家莉卡到臨面對死人骨頭的境界，讓阿美族少年朗展開他在現代都市裡的奧迪賽，一路尋找他的阿公。

作家莉卡與編輯阿基的合作關係與互動是這部小說的一個重要部分。

作家與編輯的往來千種百樣，因人而殊。絕大部分的狀況是雙方就熟悉或專業的部分各盡所能。就算是一般通稱的合作，作家還是得負責完成那個原始的基本的內容主體。她或他的生活，無論絢麗或沉靜，總不免心思上的多歧，「地下社會」般的冒險遊逛也好，只是在名為汽水店喝著實則是類似調酒飲料的小店看著私下被稱為邦迪亞上校的顧客也好，作家莉卡都得獨自度過寫作卡關、停滯的惡夢狀態，一如「被浪打上岸的魚，被惡作劇的孩子翻倒的烏龜，被拔掉一隻腳的金龜子」。

至於編輯，大致是公司政策的執行者，有多少空間，可能因過去成果和掌握的資源而異。曾具編輯工作經驗的小說家黃暐婷，熟識這個行業的眉角，拿捏頗有分寸，不為誇張，寫來倒有幾分幽默。又或者也可視為年輕上班族的日常，有時候也只是尋求一個小小的華麗心情？就像阿基和他的企劃同事米猴每隔一些時日會多走一段路到一家店吃碗麵，為著老闆娘從不會因為匆忙而把油膩的拇指浸到麵湯裡，也為著前往麵店中途有一隻名為咪嚕的貓，會跑過來在自家柵欄邊「沒有節操」地翻肚討拍。

作者沒有要寫小說寫作指南，也沒要寫編輯工作指南，她更重要的是藉這兩個熟悉的腳色開展精心的故事。

僅提出兩個大背景和看法，親自閱讀將會是感受這部具張力和驚喜的小說的好路徑。

（陳雨航，小說家，出版人。曾獲《亞洲週刊》十大小說獎、中國時報開卷好書獎、台北國際書展大獎等。著有小說集《策馬入林》和《天下第一捕快》、《小鎮生活指南》、《小村日和》，以及散文集《日子的風景》等。）

推薦序

小說裡的金探子

◎洪明道

在手機、網路還沒普及前，作為時間基準的時鐘、手錶，總還是會有秀逗的可能。那時約見面若是遲到，可以有「我家的時鐘慢了十幾分鐘」這種理由。時間的定期校準成為我的樂趣，我總是家裡每座時鐘的檢查者。當報時台117的電話撥通，話筒裡傳來的嘟嘟聲，我總是難掩興奮。儘管另一頭傳來的是無表情的聲音，重複著「現在時間，中原標準時間OO點XX分」，我仍然享受拉起手錶或時鐘的龍頭。一瞬之間，表面上的分針大幅邁進，時間在手腕上流逝。

《少年與時間的洞穴》的故事始於一次平凡的見面，並做了時間重新設定的實驗。台灣不再採用中原標準時間，而是往東邁進，象徵性的脫離西邊龐大的陰影。

在短篇小說〈無人稱〉裡，黃崇凱想像了一個台灣本島漂離中國的世界。在那樣的世界，台灣一炮而紅，帶來爆棚的遊客，軍事和政治上更脫離了中國的威脅。改變來得過於強烈，留下尷尬的澎湖金馬。但讓人意外的是，在長篇小說《少年與時間的洞穴》裡，時間重置沒有如〈無人稱〉的空間重置那樣，帶來翻天覆地的變化。推移靜靜流淌在日常裡，在每個角色的時間裡帶來錯置。

然而，這樣的實驗並非全然架空。早在日治時期，台灣就經歷過兩次的時區變換，也是在此一時期，台灣的人們開始經驗時間制定這一項現代化措施。「時的紀念日」海報裡，時間被具象化成帶有翅膀、像哈利波特金探子那樣的實物。而在日治時期的台灣小說中，標準時間這項元素並未缺席，以不同於金探子的型態存在著。朱點人〈秋信〉裡的陳秀才，不斷惦記著火車時刻，終於乘車順利到了台北故地，只見一片衰頹的他只能哀悼他的「清朝時間」。

《少年與時間的洞穴》裡著有著各具魅力、活在不同時間裡的人物，他們不可避免都遭受了時間重置。然而，反倒是個體之間的時間差異，才是他們不斷錯過又交會，生長出故事的地方。

在那個地方，有嵌合在資本主義時間裡的編輯阿基，那樣的時間讓我想起「時間管理」系列的技術指導書籍，使得無法讓時間變現的苦手有條救命索，也許阿基的主管也會希望他帶一本。

活在寫作時間裡的創作者莉卡，則是在那樣的時間當中，用小說創造出更多時間。橫跨兩個時間的她雖然擁有銜接兩個世界的天賦，卻也飽受時間不穩定之苦，那可以說是某種時空旅人的詛咒吧！而莉卡和阿基這兩種時間的交會，讓我在小說中劃了不少重點，不時在心中大喊，原來編輯是這樣想的啊！《少年與時間的洞穴》不僅讓我們看見創作者、編輯兩種角色的磨合，更展現了身處在不同時間中的人同步時的痛苦。愛情也往往考驗兩個時間如何協調、合流。

《少年與時間的洞穴》裡的人是如何協調時間差異的呢？其中一種方式是將故事完成。阿基結束他編造出來的故事，莉卡完成她的小說。在莉卡小說裡的少年過著「山與海的時間」，一種與純真而且自然同步的節奏。在這樣的時間裡，我們彷彿被賦予了全新的眼睛，來看熟悉的城市景觀和人物，空間因為時間被調整，也產生了變形。

在閱讀時，我變得如同小說裡的人物，總是會一再掉入一個又一個的故事時間。這大概是歸功於作者強大的調度能力。小說不斷在阿基、莉卡、莉卡的小說中切換，總能體驗不同速度的時間流，卻沒有令人不適的跳躍感，可以說是一趟省去了頭暈噁心等副作用的時空旅行。

時至今日，歷史課本裡的中國正朔、政府體系的「民國前紀年」，也一再讓我們看見了透過制定時間而存在的權力。但是，對於個體來說，時間的轉換對個體帶來的影響又是什麼呢？《少年與時間的洞穴》用一本書的篇幅幫助我們推敲這個問題。

從另一面來想，台灣時間是什麼呢？也許那就是阿基、莉卡、少年各自時間的總和，也許那就是我們各自正在過、並且一直在走的時間。《少年與時間的洞穴》讓我又重溫了不在標準時間上活著的感受，一起翻開，等我們都看完了之後，再來對錶吧！

（洪明道，一九九一年生。台大醫學系畢業，現職成大醫院住院醫師。曾獲台南文學獎、打狗鳳邑文學獎等小說獎。以《等路》獲二〇一九年台灣文學金典獎及蓓蕾獎、金鼎獎。）

第一章

夜裡的敵人

阿基

1

我這一生只說過兩次謊。兩次都和愛有關。一次是愛的開始，一次是愛的結束。我不是故意的。第一次說謊時，我沒想到會有第二次。那時我只想著擺脫當下的窘境，沒意識到隨之而來的痛苦、悲傷、孤獨、懊悔、絕望，傷害了她，和她，也傷害了我自己。謊言是一把盲目又鋒利的短刀。你以為揮出去了，刺向的卻是自己的肋骨。我不是在裝委屈，也不是要找藉口替自己開脫。高尚的人或許有高尚的做法。但我不是聖人。人被情況逼急了，怎麼可能不反射性地舉起手邊的東西，一顆石頭，一把散沙，甚至是一張破掉的網子都好，來保護自己？說謊是不好的，無論如何都不能被輕易原諒，卻是那個時刻慌張的我，唯一能做的選擇。

一切都是從那通電話開始。那通再普通不過，卻將我拖進另一條人生岔路的電話，只是我對即將發生的一切尚未知曉。深灰色的星期一下午，日光開始傾斜時，每個同事都在座位上昏昏欲睡。有人答答敲打著鍵盤，有人緩慢地翻動書頁。我手指夾著紅筆，一邊滾動滑鼠滾輪，一邊漫無目的地瀏覽臉書連出去的網頁。依照上禮拜留下來的工作進度，我應該要做下個月即將出版的新書《夜裡的敵人》的校對。但我才看三行就渙散了。我關掉讓人分心的廉價機票折扣戰新聞，視線回到書稿上，想著晚餐，想著七點半會經過租屋處的垃圾車，這時我桌上那架電話突然響了。同事紛紛抬頭往我這邊看。我放下紅筆，匆匆接起電話。還沒開口，一道輕柔的聲音便從話筒另一端傳了過來。

「阿基，」電話那頭輕笑了一聲，「我是莉卡。你在忙嗎？」

「不會，還好。」我閉上眼睛，在腦海裡回想了一下莉卡的臉。她是個剛起步、還沒什麼名氣的新人，去年才在我手上出版了第一本不好不壞的小說。我們很少通電話和見面，我必須費一點力氣才能想起她的樣子。「怎麼了？」

「不知道你幾點下班，怕寄信你會來不及看到。明天的會面，我們改約在圖書館附近新開的牧木屋咖啡店好嗎？牧木屋，牧草的牧，第二個是木頭的木。」

我愣了一會才反應過來。幾個禮拜前為了她第二本書的構想，我們曾在電子信件上約好要碰面討論。我幾乎忘了這件事。我抽出壓在層層書稿底下的記事本，確認明天的工作安排。沒有設計者要提交封面，不用回美編內文校對稿，都是不需要在辦公室處理的事。

「可以的，沒問題，我知道那間店。」我在記事本上寫下新的地點，隨口問她：「怎麼突然想約在外面？」

「其實我不怎麼喜歡辦公室的氣氛，總覺得一踏進門脖子就好像被掐住一樣。」莉卡停頓了一下，接著吞吞吐吐地說，「還有，我們從下午兩點提早到早上十一點好嗎？我想減肥，不想太晚吃甜的。」

我再次在心裡喚起莉卡的身影，卻怎麼也沒辦法將她的形象和減肥連在一起。我記得她四肢瘦瘦的，手指特別修長。去年新書發表會的時候，我還拍了她簽書時手部的特寫照片。她的手像一隻靈巧的小鳥，在書頁上輕輕啄動。那是一雙纖細的人才會擁有的手。

「你不胖啊。」我說。

「我胖，胖死了。最近坐著肚子都會一層一層疊起來，像極了米其林輪胎那個人形。」

我腦中浮起路上看過的修車廠招牌，那個總是舉起右手的白色團狀人偶，不禁笑出聲。

「米其林，這畫面太衝擊了，那不是穿羽絨外套才會有的樣子嗎？」

「你幾歲？三十了嗎？」她問。

「嗯，差不多。」

「差不多是多少？三十一？二十九？」

「去年剛滿三十。」

「那你很快就會知道了，」莉卡嘆了一口氣，「人過了三十歲，站著像肯德基，坐下來變米其林。時間是忘記砂糖味道的殘酷殺手。到了明天，噢，不對，今天晚上就開始了。今天晚上，我們又將提早一個小時更快變老。」

「站著像肯德基，坐著變米其林，」我滿腦子都是他們挺著渾圓肚子，笑容滿面的模樣，「這樣看起來，三十歲實在太危險了。」

我們不知不覺開始聊了起來。大部分是莉卡說，我偶爾回答，然後被她莫名其妙的論點逗得哈哈大笑。我最記得她說吃龍眼可以補眼睛，因為龍眼就是龍的眼睛。還有在她們鄉下老家騎摩托車不用戴安全帽，即使警察把你攔下，只要確認你有擦口紅就可以放行。辦公室裡迴盪著我偶爾爆出的笑聲。我突然意識到其他同事似乎默默在聽我說話。一旦察覺到這件事，我的脖子不知不覺變得僵硬，越來越不敢開口，只敢壓低喉嚨含糊附和。莉卡發現了我的態度漸趨冷淡，她有點失望地問：「跟我講電話很無聊嗎？」

不，一點也不。我從來不知道原來莉卡講話這麼有趣。出書那時她太緊張了，還不敢展露自己幽默的那一面，我也好久沒有和作者如此放鬆愉快地聊天。大部分的作者總愛擺架子，或是自顧自地吹捧自己，不然就是等著別人盛讚他們根本不存在的才氣。但我一時之間找不到適當的回答，能表達我的開心、機智，又不會讓同事暗中嘲笑。在我好不容易終於想出準確又不至於落人笑話的回答時，莉卡像是要化解尷尬似的笑了一聲。

「我好像打擾你太久了，你還要忙吧？明天早上十一點，我們牧木屋見囉。」

我有點失落，「好，到時見。」我握著話筒，還不想放下。

「十一點，是『新時』的十一點喔。」莉卡最後又叮嚀了一句，電話才變成一記長長的嘟聲。

辦公室再度恢復讓人昏沉的安靜。我站起身，走向後方被盆栽圍繞的總編的座位。我和另一個行銷同事米猴私底下都說那裡是植物園，總編則是關在植物園裡吃素的獅子，只敢對無害的花草發威，沒膽到真正的草原朝著斑馬，或另一頭虎視眈眈的鬣狗吼一聲。看她和其他出版社總編開完會，從社長辦公室畏畏縮縮走出來就知道了。獅子總編見我走近，抬起頭拉掉一耳的耳機。細細碎碎的音樂聲像砂礫一樣滾落出來。

「我明天早上要外出，跟作者有約。」我向獅子報告。

「哪個作者？」

「莉卡。」我回答。獅子瞇起眼，想不起這個名字對應的書和人。我說：「去年出《白象經過的村莊》那個新人。」

「喔。那一本，」獅子手指敲打著桌面，「賣得不太好。」

我不禁苦笑。銷售量永遠是獅子衡量一本書有無價值，以及一個作者分量高低的唯一標準。她把目光移回到我身上。

「你剛說約早上？我以為這些作家都是日夜顛倒的夜貓子。早上幾點？」

「十一點。」

「十一點？這時間很尷尬。你想怎麼做？十點先進公司打卡，還是直接跟她碰面？」獅子等著我的回答。從她的眼神，我看得出她希望我回答前面那一個選項。但獅子忽然偏頭想了想，說：「啊，明天，明天比較特別。你直接去吧，之後再用活動時數補回來。」

我點點頭，有點意外獅子竟然這麼輕易就放過我。獅子塞回耳機，繼續盯著螢幕上的業績表。我回到座位。旁邊的同事咳了一聲。偏斜的陽光幾乎要隱沒了，室內只剩下綿長的陰影。我點亮桌上的檯燈，繼續校對漫長的《夜裡的敵人》。明天是十月一日，十一點才要碰面。我看了一眼桌上攤開的記事本，沒有多想什麼，拿出手機，把平常設定的九點起床鬧鐘關掉。然後隔天，事情就發生了。

2

奔跑進牧木屋時，我的心臟幾乎要跳了出來。店裡只有寥寥幾個客人，我很快就發現莉卡。她坐在窗邊，桌上有一杯咖啡和一片吃了一半的巧克力蛋糕。風從微開的窗戶縫隙吹了進來。白色窗紗在她後方輕輕揚起一角。服務生上前招呼我。我指著窗邊的座位，告訴她我跟人有約。

「啊，那位小姐，」服務生尷尬地笑了笑，「她已經續好幾次咖啡了。」

莉卡聽見聲音，抬起頭往門邊這裡看。一和我對上視線，她的表情又變得更加難看。莉卡生氣了，任誰都看得出來。有個穿西裝、低頭想著自己事情的男人從莉卡身邊經過，似乎也因為感受到憤怒的熱度而瞄了她一眼。我喘著氣朝莉卡的方向走近。腦袋一片混亂。

「對不起，真的很抱歉，」我走到莉卡面前，努力穩住自己的呼吸。「我遲到了，害你等這麼久。」

我不敢告訴莉卡我睡晚了，甚至連我自己也還無法相信。按照平常的生理時鐘，我通常在九點前後就會自然醒來，等著鬧鐘鈴響把它按掉。天冷時頂多再賴個幾分鐘，就會放棄抵抗起床刷牙洗臉，十點前準時進辦公室打卡上班。我從來沒有遲到過，即使上班前提早半小時開會也是。但今天早上睜開眼睛，手機時間卻顯示十點。我嚇得直接從床上彈起來。昨天晚上我沒怎麼熬夜，帶回家的書稿原封不動放在背包裡沒有拿出來。洗完澡後打了一場電動，喝一罐啤酒，沒多久就睡了。我完全想不出睡過頭的原因。咖啡店比辦公室遠了將近半小時的路程，我得轉兩次車才能到。等我終於抵達，已經差不多中午了。

我又慎重地道了一次歉。莉卡深吸一口氣，又長長地吐出來。她沒有說話。我站在原地，不敢拉開椅子坐下。莉卡的沉默像颱風前讓人窒息的低氣壓。突然之間，莉卡故作輕鬆地笑了一聲。

「還沒適應時差嗎？」

「時差？」

我不知道莉卡在說什麼。從昨天那通電話到現在，我一直都待在這裡，沒有出國。

「今天開始是新時，時區調整成快一個小時，」莉卡臉上依然帶著刻意裝出來的微笑，「你忘記了嗎？」

我愣在原地，後腦勺彷彿被誰用鐵鎚狠狠重擊。我忘了這件事。我忘了去年為了調整時區這個議題新聞吵得沸沸揚揚，我忘了打電動認識的工程師抱怨他們得修改多少程式，我忘了手機系統公司曾宣布會自動調快一小時，我忘了那個日子就是今天。時間好像魔術師的兔子，眨個眼就從帽子裡消失。但是仔細回想，其實昨天就出現過許多暗示。比如獅子沒像往常強迫我先進辦公室打卡，比如莉卡在電話裡說我們將提早一個小時變老，還有最後掛斷前說的「新時」。我突然理解，我不是真的睡過頭，而是時間開了我一個玩笑。最糟糕的是，我竟然把一切都忘了。

汗水沿著我的背脊流了下來。我忍不住打了個冷顫。莉卡看著我，似乎在等待我的回答。我不想示弱。我不想讓人以為我是個粗心大意、對時事不敏銳的編輯。於是我清了清喉嚨，說：「我沒有忘，我當然記得今天開始進入新時。昨天晚上十一點一到，就變成十月一日凌晨十二點了。」

莉卡聳聳肩，似乎是問那我為何遲到。我吞了一口口水。我可以說獅子要求我先進公司，後來被雜事拖住無法脫身；我可以說排版美編打電話來跟我對幾個字跡難以辨識的紅字；我可以說財務部的大姊臨時要我交上一本書的損平報告表……。公司事務是很好用的擋箭牌，我有太多聽起來再合理不過的藉口可以說。可是，我一開口，說出的卻是連我自己都感到意外的謊言。

「昨晚我女朋友肚子痛個不停，」我顫抖著嘴唇說，「我帶她去掛急診，醫生說是盲腸炎。」

莉卡的表情改變了。她看著我，等著我繼續說下去。

「因為怕引發腹膜炎，得緊急開刀切除。我去夜間櫃檯辦掛號住院時，正好因為新時開始，醫院的電子系統有些混亂，和健保局的連線出了問題。我等了很久，後來他們說要先人工記錄，白天再請工程師解決。」

我停頓了一下。莉卡沒有要打斷我的意思，於是我硬著頭皮接著說。

「手術結束回到病房後，她開始發高燒，又一直嘔吐，把胃裡的食物全吐了出來，甚至還嘔出濃稠的綠色膽汁。我整個晚上幾乎沒有休息，不是幫她換冰枕，就是清理穢物、擦拭沾染到的上衣。不知過多久，她的燒終於退去，不過意識還是沒完全恢復。等她終於穩定下來，另一個沒看過的護士叫我回櫃檯補辦掛號手續，我才驚覺已經是這種時候了。」

我不知道我是怎麼編出這些話的。都是謊話。有些是小時候妹妹割盲腸的經驗，大部分則是我一時情急亂編。尤其是女朋友。我不知道多久沒說這個詞了，幾乎都快忘記有人依偎在你身邊，讓你的心有時沉重如鉛、有時又輕盈得彷彿能飛翔的感覺。我從來不是好的說謊者，反應比別人慢，容易心虛，然後不知不覺越講越多。講到最後，我的聲音都在顫抖。

「遲到就是遲到。這些都是藉口，我知道。讓你獨自一人在這裡等這麼久，我真的非常抱歉。」

我再次低頭鞠躬。莉卡看著我，她的眼裡同時流露出同情，遲疑，反省，一點點不信任，還有我無法理解的失落。這樣的凝視讓我十分緊張。我低下視線，以為謊言就要被拆穿了。

但是莉卡別開眼神，比了比我身旁的椅子，示意我坐下。「我不知道，」莉卡目光迷離地穿越我，看著我背後不知哪裡的遠方，然後拿起尖端沾著巧克力醬的蛋糕叉，攪動已經見底、只剩一圈咖啡漬的杯子，輕聲說：「你有女朋友啊。」

3

等我進到公司，已經是下午兩點了。我刷過員工證，機器螢幕仍顯示為一點。看來資訊部還沒有更新門禁系統，說不定也沒人發現。許多同事外出吃午餐，辦公室顯得有點冷清。我放下背包，打開電腦收信。大部分都是開會通知、書卡資料上傳提醒之類的工作訊息。最近一封是莉卡寄來的，就在我們自牧木屋分別後沒幾分鐘。我點開信件，上面只簡單寫了三句話。

「或許現在才告訴你太晚了，但我的電話是0933260530。祝你一切都好。」

莉卡濕潤而複雜的眼神頓時在我腦海裡浮現。我不確定她是否相信我說的那些話。那之後，有好幾次莉卡看起來心不在焉，或是看著我欲言又止。我想莉卡可能累了。在咖啡店白白等了將近一小時，我編的理由又讓她不能理直氣壯對我發脾氣。我心裡湧起一股愧疚，按下回覆鍵想打些什麼，腦子卻一片空白。

獅子端著剛泡好的咖啡經過，敲了敲我的隔板。「碰面談得怎樣？」

我回過神，關掉信件，一時之間不知道該從何說起。我不敢告訴獅子遲到的事。

「莉卡有個十二到十五萬字的長篇小說構想。」我說。

「關於什麼？」

「跟時差有點關係，是這次新時得來的靈感。」

「時間旅人或平行時空之類的嗎？這類主題不新，也來不及搭上這次改時區的話題……」獅子喃喃自語，「有沒有預計什麼時候交稿？」

「還沒討論到這麼詳細。」我想起莉卡疲憊的眼神，還有她後來漸漸變得有氣無力的模樣，「她說回去再醞釀一下，也做點功課。莉卡不是寫得快的那一型。」

獅子摸了摸下嘴唇，這是她在盤算什麼時的手勢。「你先列入明年的出版計畫，月底對通路做年度會報時稍微提一下，盡量講得吸引人一點。」獅子面無表情，雙眼凝視著空中的某一點，看起來就像一頭仍期待太陽再次升起的老獸。「寫多少就請她寄過來看看，隔一陣子就問一下有沒有新進度。積極一點，你明年的出書量還不夠多。」

我低聲說好。獅子離開後，我的心情又更往下沉。當我正要點開年度出版計畫檔案，把獅子的命令加上去時，手機突然跳出米猴傳來的訊息。

「獅子咬你？」

我轉頭望向右後方，米猴不知何時回到座位。「沒，問我跟莉卡碰面的事。」

他傳了一張眼冒愛心、有點三八的圖。「色胚！竟然跟我家莉卡單獨在外面約會。」

對米猴來說，工作對象只有兩種：難搞的，和沒那麼難搞的。絕大多數都是前面那一種，剩下極少數沒那麼難搞的，如果剛好是體貼又長得不錯的年輕女孩，就會立刻晉升為金字塔頂端最高級——「我家」。自從去年莉卡出書前帶了一盒焦糖烤布蕾來出版社打招呼，米猴就馬上把她列為鑽石級家族成員。目前米猴的「我家」成員只有兩個人：莉卡，還有另一個從美術大學畢業後一直找不到工作、隨傳隨接案的美編。

「但我搞砸了。」

我傳出的訊息馬上就顯示為已讀。隔了幾分鐘，米猴一直沒有回覆。我放下手機，打算繼續工作，忽然有一隻手搭上我的肩膀。我抬起頭，米猴沒有說話，走到前面對我比了比茶水間。我跟在米猴身後走入。茶水間裡沒有其他人。米猴隨手拿起一支塑膠攪拌棒，放進嘴裡咬了起來。

「搞砸是怎麼回事，你對人家性騷擾？」

我搖搖頭，左思右想，不知道該怎麼坦白才好。

「時間開了我一個玩笑。」我說。

「你講話能不能丟直球啊？」米猴白了我一眼。

我不知道該從何講起。是講忘了今天進入新時，還是我說謊騙莉卡遲到理由？不管哪一個，都不是能簡單說出口告訴別人的事。我問米猴：「你記得今天開始時間快一小時嗎？」

「轉移話題。」米猴哼了一聲，側身靠著發出低頻噪音的冰箱。「我記得啊，就新時嘛，鬧得那麼兇，臉書上不是一堆人抱怨？我有朋友剛好今天出國，中午還上傳機場大混亂的照片。」他拿出口中的攪拌棒，尖端已經被咬彎。「這跟你說的時間開了玩笑有關？」

我對米猴苦笑，「差不多。」

「遲到就說遲到，叫你投直球還給我拐彎抹角。」米猴作勢要打我一拳。「對了，你有收到我的信吧？昨天去報品，通路說你的《夜裡的敵人》是十一月選書，千萬不能延後出版，絕對。」

我頓時起了一陣耳鳴。我還沒從落後一小時的時間感恢復，更大的時間軸又爭先恐後穿插進來。這種感覺好像駕著一艘船底破洞的獨木舟，在一條水流複雜的河裡翻覆，被強勁又混亂的暗流給撞來撞去。我不禁哎了一聲，「那本書有六百多頁。」

「好啦，拜託了，千萬不能延書。這小禮物給你打打氣，忘了之前是誰從日本帶回來的極品奶茶。」米猴從口袋掏出一包皺巴巴的茶包，「早上在抽屜發現的。」

他用手肘撞了我一下，說「下次不准再欺負我家莉卡」就走出去。我低頭看一眼茶包，上面的保存期限已經過了，剛好就是昨天。我有點哭笑不得，不知道米猴到底是粗心還是故意的。我用熱水泡開茶包，一邊小口啜飲，一邊小心翼翼地走回座位。即使過期了，奶茶的味道依然很甜、很濃，沒有哪裡不對勁。時間這東西還真是奇妙。有些時限錯過了無法挽回，有些死線不知不覺跨過了，卻什麼也沒改變。

《夜裡的敵人》的書稿彷彿永遠也不會減少。我讀一陣子就得停下來，喝一口逐漸變涼的奶茶，對著剩下的部分嘆氣。老實說，這本書並不好讀。故事基本上是講一個落魄的街友，白天做些舉牌、發傳單等考驗體力和意志的低階工作，晚上裹著身子睡在公園裡一尊廢棄的銅像下。他每晚都會做夢，在夢的世界，他是革命軍領袖，帶領白天那群從他眼前經過、看不起他的上班族反抗政府，他們要建立一個平等富足的新世界。他白天挺直腰桿工作，晚上繼續在夢裡奮戰。每天他們都會擊退一點政府軍，離理想的天堂更近一步。但是他漸漸搞不清楚，真正的敵人究竟是那個可惡的政府頭子，還是到了白天就會換上另一張光鮮亮麗的臉、無視他的上班族。就本質而言，故事其實很有意思，但作者實在太喜歡使用生冷字了，對話也盡是空洞的詞藻堆疊。他寫這本書，似乎只是為了炫耀自己擁有一座沒什麼人知道的冷僻字倉庫。既沒有對小說傾注愛情，也沒有賦予角色真正的靈魂。

我讀著讀著，意識又開始渙散。不知何時，莉卡的眼神漸漸占滿了我的心靈。我沒辦法形容。我第一次看到那種眼神。有點像剛出生卻被媽媽拋下的小動物，有點絕望，又非常溫柔，帶著與生俱來、堅忍的領悟。或許是因為說謊的罪惡感，莉卡的影子一直盤旋在我心裡。我點開莉卡的信，把她的電話號碼輸入手機之中。LINE跳出了莉卡的帳號。我有點緊張，傳訊息告訴她我是阿基。猶豫一陣子後，選了一張溫和的笑臉貼圖送出。

沒多久莉卡就讀了。我的心不知不覺越跳越快。但是過了很久，她都沒有回傳訊息過來。我想莉卡可能還在為早上的事生悶氣。我決定回信再道歉一次。我寫了很久很久。不管怎麼寫，我發現我都沒辦法真正地道歉。事到如今，我不可能再說出實情。謊言是一座阻擋在眼前、爬滿荊棘的石牆。除了迂迴地繞著它打轉，我找不到其他更好的出路。我苦惱地寫了又刪，刪了又寫。最後，只留下簡短的幾句話。

「今天是我的錯。下次見面，請讓我好好補償吧。期待你的新小說。」

寄出前我反覆推敲，但一寄出我又立刻後悔，擔心姿態是不是太高了。為了分散注意力，我低頭繼續校對《夜裡的敵人》。現在主角站在熙來攘往的路口，等綠燈一亮，他要衝上前去發宣傳面紙給迎面而來的上班族。人潮蜂擁而至。他的手被推開，被閃過，沒有人正面瞧他一眼。我想像那個畫面，不知為何，浮起的卻是莉卡隻身坐在窗邊的模樣。我抬起頭更新信箱，又看了看手機。莉卡沒有回信，LINE也沒有回覆訊息。我有點失落。或許這種心情，就像她一個人在牧木屋，遲遲等不到我。

4

那之後，我時常會想起莉卡。不光是遲到那天，還有更早以前的事。在莉卡主動投稿到出版社前，我不曾聽過她的名字。她的稿子寄來我們公司這間出版集團時，上面沒有指明要給哪一家出版社。信件在幾個編輯之間輾轉流傳了一陣子，最後才到我手上。當時我很缺書稿，正為了找不到下一本書而苦惱萬分。出版業其實和房仲一樣，比起書堆在倉庫賣不出去，更害怕沒書可賣。你總得要先有鹽才能製造出海水、製造出浪。我讀了那份沒什麼閱讀痕跡，沾著些許灰塵的稿子，內容是講一座被時間遺忘的小村莊，那裡的人也都忘了時間。他們衡量時間的方式，是根據圍繞在村莊旁的一條血色溪流。溪水白天只會映照出天空和雲的樣子，到了晚上才會顯現河流底下和森林裡動物靜止的身影。於是村民晚上狩獵，白天則是躲進太陽的陰影，看著水面像鏡子般反射他們仰頭就能望見的風景。村子裡流傳一則古老的傳說，他們本來和外面的人一樣，過著日狩夜息的生活，但有次某個剛成年的男子誤殺了一頭沿著溪水跋涉而過的大象，牠倒在溪裡，鮮血染紅了溪流，牠的身體也漸趨蒼白，最後完全變成冰雪般的白色。在斷氣以前，白象用感應將聲音傳遞到每一個村民心裡，告訴他們直到誤殺的男子整個家族將骨骸奉獻給大地，百年之後，牠會再挺著白色的身軀來到這個村莊，收回牠流失的鮮血。在此之前，村民必須為這個錯誤付出代價，再也無法捕捉活生生的獵物，只能依靠夜的施捨過活。過了將近一百年，男子最後的血脈逝去，熟知傳說的村民開始傳言白象要回來了。他們日日夜夜屏息凝視著血色溪水，等待那頭龐然大物再次踏著讓人心折的腳步聲，帶回時間，以及他們想像且盼望許久的舊世界。

看完故事，我隱隱覺得裡頭有一種難以言喻的素質。作者似乎抓到了什麼，只是那如星塵般細小的發光物太破碎、太細微了，以至於難以掌握，多數人也無法看見。

「你真的要出這本？」獅子在我拿合約請她簽核時問，「這個人沒有名氣，故事也不過如此，你覺得能賣幾本？」

我沒什麼自信，猶豫了一下說：「我也不知道。」

莉卡的書做起來沒什麼大問題，新人第一本通常都有固定的包裝模式，像「超新星」、「備受期待」這類基本的關鍵字，但找新書發表會的對談人卻碰上預料之外的困難。莉卡在文壇沒有人脈，也沒有人願意替沒背景的新人站台。問了幾個以提攜後輩不餘遺力的形象聞名的作家，不是斷然拒絕，就是沒有回音。米猴好不容易找到一個在文青圈子有點名氣的年輕書評家，他因為準備結婚，想多賺一點錢才答應。對談當天，我發現書評家手上的書非常乾淨，沒貼標籤，沒寫任何筆記，甚至連書背也沒有翻閱過的細微摺痕。他從容地和在場人員打招呼、遞名片，知道我是編輯，跟我握手時還特別加重力道。

「很多出版社跟我都有合作，每個月新書可以寄給我，我看了覺得不錯會在我的專欄上推薦。」

他說得雙眼發亮，我卻只看到一座空空如也的礦坑。

莉卡獨自一人站在角落的柱子後面，臉色蒼白，感覺就像她小說裡寫的流光鮮血的白色大象。我走到莉卡身邊，輕輕拍了拍她聳起的肩膀。

「很緊張嗎？」

莉卡看到我，稍微露出鬆一口氣的表情，彷彿終於在茫茫大海中看見一根漂流而過的浮木，但隨即又緊張起來。

「可不可以幫我一個忙？」莉卡問。

「當然可以，」我對她微笑，「要喝咖啡嗎？我去幫你買。」

莉卡沒有說話，牽起我的手，把她的手掌放進我的手心。莉卡的手非常冰冷，指尖還微微顫抖，我必須稍微用力握緊才能止住她的顫動，讓她不至於從我兩手之間滑出去。我感覺自己好像捧著冰塊，深怕一不小心莉卡的手就會在我手中融化。我不敢移動，就這樣兩手握住莉卡。我們沒有說話。時間好像在我們緊握的手裡靜止了。麥克風測試聲嗡嗡作響。椅子碰撞發出金屬刺耳的噪音。幾個參加活動的讀者從我們身邊經過。我漸漸感覺到身體的熱，還有一些好奇的眼神。我正考慮鬆開雙手的時機，這時莉卡閉上眼睛做了個深呼吸。

「謝謝你，」莉卡從我手中輕輕抽出自己的手，「我好一點了。」

我像失去什麼似的突然感到有些慌張，試著讓自己露出令人安心的微笑。

「別緊張。」

莉卡點點頭，又做了一次深呼吸。

書評家從一群顯然是他的粉絲當中走過來，對莉卡自我介紹，然後恭維幾句，領著她走向一旁無人之處討論座談會進行方式。莉卡專心聽著他說話，不時點頭，看起來依舊十分緊張。我走到入口的書籍展售區，米猴也在那裡。

「那個書評家怎麼跟網路上感覺不一樣，油嘴滑舌的。」

米猴一邊調整書本方向一邊嘟噥。我伸手幫忙把後面那落書搬到平台上，看見自己的掌心有點發紅。莉卡雙手的溫度沒有留在我手上。留在我手心的只有熱，灰塵，和不知何時開始，就停不下來的汗。

5

我在公司唯一能稱得上朋友的，大概只有米猴。他比我大幾歲，差不多跟莉卡同年，性格卻仍像個大男孩，喜歡走輕鬆的路，總是用直覺判斷一個人。他會像小孩一樣先躲在暗處觀察，如果在你身上嗅到了笨拙的氣味，他便毫不掩飾帶著善意主動接近。

我記得第一天到公司報到，對一切都還很陌生，記不住辦公室內每間名字和屬性不同的出版社，連大樓的廁所都不知道有分邊。出版社使用電梯後面，比較陰暗那一間，對面經貿公司則是使用逃生梯旁定時噴芳香劑那一間。我在座位整理自己帶來的馬克杯和記事本，適應陌生電腦內既有的檔案，不小心誤刪了共用資料夾，使得主機發出嗶嗶嗶刺耳的警告聲。其他同事自顧自地低頭工作，米猴第一個走到我身邊，不是問我怎麼了，也不是遞名片自我介紹，而是對我咧開嘴露出牙齒笑。

「中午一起吃飯，我帶你走一條祕密通道。」

我記得那天是星期五，米猴心情很好，一路上教我認店家招牌，哪個時間超商最多香噴噴的漂亮女孩，還特別帶我去彎彎曲曲的巷子看一間圍牆用木條編織的老屋。庭院裡有一隻慵懶的乳牛貓，正攤開肚子曬太陽。米猴把手伸進木條之間的縫隙，貓咪便軟綿綿地走來，把頭放在他的掌心磨蹭，一邊發出宛如鼻塞般的呼嚕聲。

「我都叫牠咪嚕。」米猴搓著牠毛茸茸的臉頰。牠鼻子旁邊有一顆芝麻般的小黑點。

我蹲下來問：「是女生嗎？」

「頭這麼大，又這麼沒節操，應該是公的吧。」

米猴繼續搓揉咪嚕的下巴，舉起另一隻手伸了伸懶腰。「還是星期五最好了，明後兩天可以不用工作，整個禮拜只有今天上班痛苦感最低。」

米猴瞇起眼睛望著我，表情不像是在試探我對這份工作的真心和熱情，而是單純發牢騷。我對他點點頭笑了一下，也伸手進木條縫隙摸了摸咪嚕。牠舒服地踢了踢手腳。咪嚕的肉球摸起來軟綿綿的，就像軟糖。

我和米猴漸漸成為中午一起吃飯的夥伴。先是一天、兩天，然後變成只要沒外出開會、跑活動，或是去通路做會報，我們就會一起閒晃，邊吃飯邊鬼扯些沒營養的垃圾話。尤其星期五，我們幾乎有一套固定儀式。首先繞去巷子裡摸咪嚕，餵牠吃幾片從獅子的植物園偷摘來的貓薄荷，然後我們會刻意走遠一點，到一家沒什麼人知道、生意慘淡的麵店，吃飽後再繞回巷子摸咪嚕，最後才走回公司。米猴都叫那間店「臭臉麵店」。老闆娘是個冷漠的生意人，總是低著頭煮麵，問話也不回答，結帳時她只會指一指牆上的價目表，或是直接從你打開的錢包拿出剛好的零錢。我常常有被冒犯的感覺。但每到星期五中午，我和米猴摸完咪嚕後，還是很有默契地朝臭臉麵店走去。讓我們成為忠實主顧的原因只有一個，就是老闆娘從來不會像其他慌忙的麵店老闆送餐上來時，把油膩的拇指泡在湯裡。

店內總是沒有其他客人，我常懷疑這家店怎麼撐得下去。米猴進去後，直接走向電視正前方的老位子。電視上剛好在播午間新聞，政府官員一字排開，為這次新時調整時區造成的混亂和損失道歉。

交通部長低頭看著擬好的稿子，不帶感情地發表請辭聲明。行政院長則是臉色鐵青瞪著攝影機，等部長說完，帶領全體官員再度鞠躬。

「這些當官的真輕鬆，不想幹了就拍拍屁股說要下台負責，也不用把髒掉的屁股擦乾淨。」米猴咬著筷子說。

「也不用提早十天提出離職申請。」我跟著附和。

我們的麵送了上來。老闆娘的拇指老老實實地壓在碗的邊緣。米猴拿下嘴裡的筷子問我：「除了跟莉卡碰面遲到，你還有因為新時遇上其他麻煩嗎？」

我想了想，「前一個月買好的車票因為班次改變換不到座位，只能一路站回老家。還有幾次信用卡刷不過，身上又剛好沒現金。你呢？」

「沒睡飽吧。」米猴吃了一口熱騰騰的麵，加一匙桌上的辣油。「總覺得少睡了一個小時。真奇怪，明明只是更改人為制定的時間，我卻真的有人生被偷走什麼的感覺。」

我點點頭，完全理解米猴說的那種彷彿被一隻隱形的手從背後偷襲的錯愕。那天起床看見手機上飛躍的時間，我第一個反應就是看門鎖是不是被人撬開、窗戶是不是被誰敲破了。

「就像口袋裡的零錢一樣。明明口袋沒破，硬幣卻硬生生少了一個。你不知道那枚銅板是掉在哪裡，或者被誰給偷了，總之就是憑空消失不見。沒有人會不甘心嗎？至少我沒辦法輕易接受。一個小時就這樣不見了。如果消失的那一個小時沒有發生超乎想像、不合常理的事，不是就太可惜了嗎？世界為什麼這麼平和呢？」

「哪有平和，交通部長都下台了。」我用筷子指著電視裡那個看起來有點倒楣的人。米猴把一匙辣油加進我的碗裡，「台灣有哪一天沒官員下台嗎？」

我們一邊吃辣口的麵，一邊對新聞發出偏頗的評論，大部分都是沒什麼意義的空話。過不久米猴放在桌上的手機突然亮了起來。他解開鎖，表情變得有點不一樣。

「獅子嗎？」我問。

他咬住筷子，用兩手打字。「我家莉卡。」

我的心頭震了一下。自從那次傳訊息到現在，莉卡始終沒有回覆，現在她卻出現在米猴那個傷痕累累的深色手機裡，對著米猴說話。

「你有她的帳號？」

「當然。去年辦活動前，記得莉卡帶布丁來公司那次就跟她要了。」米猴看著螢幕笑出聲，筷子在他口中上下晃動。「幹嘛？你沒有？」

我聳聳肩說當然有。低下頭吃了一口麵，故作輕鬆地問：「你們都聊什麼？」

「隨便打屁，什麼有趣就聊什麼，」米猴又對著螢幕竊笑，繼續鍵入文字，「我才不想要無時無刻都在談工作咧。」

我低頭把剩下的麵吃完，米猴還在邊傳訊息邊吃。我百般無聊地看著電視。午間新聞結束了，接著播放的是中文配音的韓劇。我從來沒看過，不過很快就掌握了劇情，大概是職場戀愛一類的故事。裡面有個短髮的女孩子長得和另一個綁辮子的女孩簡直一模一樣，她們都愛上了單眼皮的男主角。男主角不知道是雙重人格還是跟我一樣有分辨障礙，他一下親吻短髮的女孩子，一下又在銀杏樹大道摟著辮子女孩的腰。我懷疑演員自己一定也搞不清楚誰是誰。他看著她們，吻著她們，臉上完全沒有罪惡。

結帳前我準備好和往常一樣的金額，跟在米猴身後付錢。老闆娘卻拉開我的錢包拉鍊，從裡頭多拿出一枚十元硬幣。我愣了一下。米猴看了看價目板說：「你點的餛飩麵漲價了。」

我看了一眼攤子前改過數字的價目表，沒說什麼，點點頭，把錢包收回口袋。回公司的路上我沒怎麼說話，心中卻對老闆娘的舉動和米猴自以為是的口氣，感到比以往更強烈的冒犯。

6

我一直想著要再寫信給莉卡。我想了很多理由，也遇到過不少讓我衝動的時機。比如之前看到一則與時差有關的國際新聞，一架飛機因故延誤起飛，卻因為時區和換日線，降落在比起飛時間更早的「過去」；比如假期問候；比如我們公司刷卡系統的時間到現在都沒有改過來，每次刷過我都有好像倒退往下踩了一級階梯的奇異感……。我不是要逼問莉卡寫作進度，只是單純想跟她說話。但我從來沒有真正寄出過任何一封信。每次一打開新信件，我就會想起莉卡在LINE上讓人喘不過氣的沉默。

公司刷卡系統時間沒改正這件事，我不知道為什麼沒人發現。有一次我在男廁遇到資訊部的同事胖狐，我站在他旁邊的小便斗，向他提起刷卡機落後的時間差。他是個有點吊兒郎當的人。聽完我的話，胖狐抖一抖身子說：「有什麼問題麻煩填寫疑難排解申請單，就放在櫃檯旁邊的黑色架子上。」然後他手也沒洗，微笑著走出廁所。隔一天我刷卡上班，出勤系統依舊是以前落後的時間。

米猴曾告訴我，資訊部會監控公司所有人的電腦，叫我聊天和寫信要小心，不要指名道姓罵人，或是出現敏感的主題，他們會設關鍵字糾察隊，一旦出現列表上的字眼，像是社長的名字、銷售額，你的主機就會立刻被鎖定，資料全部傳送給主管知道。

「你看過喬治．歐威爾（George Orwell）的《一九八四》（*Nineteen Eighty-Four*）吧？沒事不要問胖狐問題，更不要沒頭沒腦去寫什麼申請單。除非你電腦爆炸，否則成為他們的眼中釘只會更麻煩。」

我問米猴，現在又不是白色恐怖時代，監控電腦不是侵犯人權嗎？米猴用可憐的眼神看著我說：

「誰跟你說勞動者是人？」

雖然我早已習慣在刷卡系統顯示的時間自動加上一小時，但去櫃檯寄放快遞或包裹時，還是會看一眼黑色架子上的申請單。那疊申請單看起來永遠都那麼厚，靠牆的那一面還結了幾縷灰色蜘蛛網，似乎從來沒有人碰過。我趁沒人注意抽了一張。走回座位時，正好遇到獅子拿著一把黃金葛枝葉往外走。每當出版社整體業績不好，獅子就會修剪她的植物園。不知何時開始，那裡的綠意變得越來越稀疏。

「你有訪客，」獅子說，一片發黃的葉子從她手中掉下來，「米猴下樓去幫你接人了。」

「好。」我匆忙把申請單塞進口袋，想不起跟誰有約。我心中浮現幾個名字，但想不出他們來訪的理由。我希望是前陣子去冰島旅遊的插畫家，但最有可能的應該是那個完稿檔案老是漏東漏西的封面設計者。我很久沒有發案給他了，說不定是來找我抱怨。

我攤開記事本，今日行程是空白。再往前後一、兩天，也確實沒有約誰碰面。這時有人敲了我的頭。我抬頭一看，米猴對著我嬉皮笑臉。站在他旁邊的，是莉卡。

我看著莉卡，驚訝得說不出話。我想像過無數次和莉卡碰面的情景，咖啡店，輕食餐廳，書屋，也準備了一些像電影和自助旅行之類她可能感興趣的話題。但等莉卡真的出現在我面前，我的舌頭卻好像突然被剪斷，什麼話也說不出來。

米猴見我愣著沒說話，又打了我一拳。「你癡呆喔？莉卡來了啦。」

我吞下一口口水，聲音乾燥地對莉卡說：「你怎麼會來？」

「剛好有事經過附近，就上來拜訪了。還好米猴在，幫我開通電梯門禁。」莉卡說完對著米猴微笑。

「我才在想要寫信給你。」我說。

莉卡點點頭，似乎等著我說原因。我突然不知道該怎麼回答，才不像心懷不軌又不至於客套。在我開口前有一段短暫的沉默，米猴適時地問莉卡：「你想喝茶還是咖啡？」

莉卡回答咖啡。等米猴離開，我小聲問她：「你不是不喜歡辦公室？」

莉卡尷尬地笑了一下，「還好啦。你在忙嗎？上次在牧木屋提到的長篇小說我有簡單的寫作方向了，如果你有時間，我們可以稍微談一下。」

我打分機問總務，角落的小會議室還空著，只不過有支燈管壞了還沒換。我領著莉卡進去，再跑回座位拿抽屜裡同事從法國帶回來的餅乾盒。我不怎麼喜歡甜食，但那是我吃過最迷惑人心的餅乾了。咀嚼時有一股宛如熱奶油在舌尖融化、非常舒服的香氣，吞下去後那股暖意會一點一點滲入靈魂，就像有一雙溫暖的大手托住你下墜的意志一樣。我本來想留著被獅子刁難業績時用來安撫自己，不過我沒怎麼猶豫，就帶著整個鐵盒走向會議室。

「什麼都沒準備，」我把餅乾盒放在莉卡前方，有點抱歉地說，「明明之前說要補償你的。」

「我打擾到你了嗎？」

「沒有，」我拉開莉卡對面的椅子坐下，「剛好是兩本書之間的空檔。」

米猴端來要給莉卡的咖啡，說幾句玩笑話之後就出去了。莉卡拿出她的手記，黑色封面已經有點破損，內頁也不自然地膨起，看起來好像淋過一場大雨。或許是我的目光引起莉卡注意，她翻了翻僵硬的紙張說：「昨天我的貓托米打翻桌上的水杯，就變這樣了。我的寫作靈感都記在這本手記，好多筆跡都糊掉了。但牠好可愛，我實在沒辦法對牠生氣。」

我想起咪嚕瞇著眼微笑，總是很舒服的樣子，能夠理解莉卡那種憐愛的心情。「字跡真的都不見了呢。」我低頭看，筆記本上彷彿一團團沒有主題的吹畫。

「嗯，」莉卡皺著眉頭，「得想個不會被破壞又方便的筆記方式才行。」

莉卡講了大概的故事構想。一個垂死的老人，和陰錯陽差搭上錯班車的少年，在老人死後，獨自去追尋過往那段快了一個小時、早已逝去的愛情。莉卡講得有點零碎，頭上的燈管又一閃一滅的，我沒有聽得很仔細，腦中只浮現霧一般朦朦朧朧的風景。但莉卡說的時候眼神閃閃發亮，我幾乎看得到她的靈魂就在她想像的那個世界呼吸、飛舞。我想莉卡是真心喜歡她的點子。唯有作者也對即將書寫的故事懷抱愛情，作品才能像身子濕答答的雛鳥拍動翅膀，準備飛翔。

「我覺得很有意思，寫出來應該不錯。」

聽到我這麼說，莉卡露出有點害羞，但確實被鼓舞的神情。她抿著嘴唇低下頭，在硬邦邦的筆記本寫下「ＯＫ」兩個字。桌上的餅乾沒有人動。我把它們推到莉卡面前。

「要不要吃點餅乾？聽說是法國歷史悠久的點心品牌。」

莉卡伸手擋下，「沒關係，已經下午了，吃甜的會胖。」

我想起遲到前一天莉卡曾在電話裡說過。我竟然又忘了。

我們有一搭沒一搭說些不重要的事，講沒幾句話題就到了盡頭，然後尷尬地別開眼神微笑。空氣裡有種舒展不開的凝重，像是陰天。

「還要喝咖啡嗎？」我問。

「不，」莉卡看了看手機，「我該走了，托米在等我回家。」

莉卡收拾筆記本和桌上的雜物，我把餅乾裝回鐵盒，關掉冷氣，將莉卡用過的杯子拉到一旁，等著送走她之後拿去茶水間清洗。莉卡關上包包拉鍊時突然問：「你女朋友還好嗎？」

我愣在原地，被這突如其來的問題嚇了一跳。莉卡抬起頭輕輕掃視我一眼。我不知道該怎麼辦。我的喉嚨彷彿被誰掐住。氣管裡布滿沙子。有一團火正沿著胃燒上我的太陽穴。我像是要嘔吐般張開嘴巴。

「……分手了。」

我幾乎認不得我的聲音。它們跟沙漠一樣乾燥。

這次換莉卡停下動作。她驚訝地看著我，「為什麼？她不是之前才開完刀，你還陪在她身邊照顧嗎？」

我沒有說話。我也不知道為什麼。一個男人會在什麼時機跟女朋友分手，感情結束又有什麼原因，我完全不知道。第一次的謊言是蓋在沙灘上脆弱的城堡。第二次說謊，無疑是在已然被浪推倒的沙堡上妄想再做雕飾。

「你提的嗎？」

莉卡小心翼翼地問。我臉上苦澀的笑容似乎讓她誤會了。我越想著要開口，就越找不到語言，表情也越來越扭曲。但是莉卡沒有放過我。她的眼裡沒有同情，只有好奇浮了起來。

「她是什麼樣的人？」

我被逼急了，腦中突然閃過大學一年級某次在田徑場慢跑，看到一個學姊在學生活動中心練琴的形象。我一直對那個學姊印象深刻。她總是一個人低著頭，背對所有人的視線。

「戴眼鏡，夏天會綁馬尾。她的祖先有荷蘭人血統，在太陽底下，她的頭髮看起來是紅色的。」

「聽起來好美。」

莉卡停了下來。她看著我，視線卻穿過我，落在我身後的牆壁。燈管閃爍發出細微的爆炸聲。光影在我們臉上一明一滅。我以為困境終於結束，莉卡又把眼神轉回我臉上。

「你還喜歡她嗎？」

我深深吸了一口氣。我的腦袋一片空白，某股不知名的力量卻推著我的舌頭。

「人生必須向前看。」

我盡力裝出滿不在意的模樣，想甩開緊緊跟隨身後那兩次如鬼魂般糾纏不清的謊言。我不知道我看起來是不是傷痕累累、狼狽不堪。因為莉卡眼睛裡的情緒又變了。變得潮濕、溫柔，像晚間輕輕捲上沙灘的浪。她從鐵盒裡抽出一包餅乾，撕開包裝袋，吃起鵝黃色的小薄餅。會議室頓時充滿奶油甜甜的香氣。

「真好吃，」莉卡睜大雙眼，驚歎地說，「你說是法國帶回來的餅乾？」

我看著莉卡一口一口吃掉餅乾，有點反應不過來。「你不是不能太晚吃甜食？」

莉卡沒有回答，一邊皺起鼻子，一邊把袋子底部剩下的餅乾渣倒進嘴裡。有一塊較大的碎屑滾了出來，掉到地上。

「三秒內撿起來就可以吃。」

莉卡拾起碎屑塞進嘴巴，抿著嘴笑，彷彿瞞著父母做壞事的調皮孩子。燈光閃閃爍爍。我似乎看到幾顆餅乾屑還黏在她的唇邊，像沙粒，也像細碎的星塵。

「我想再吃一片。」

莉卡伸手指了指鐵盒，用眼神詢問我的同意。她的眼睛充滿水分，好像在發光。我挑出貝殼形狀的餅乾遞給莉卡，然後將蓋子好好地蓋上。

「喜歡的話，」我像捧著一隻柔軟、擁有濕熱呼吸的兔子，把鐵盒交到莉卡面前，「全部都給你。」

7

老實說，我並不是一個好的編輯。我沒辦法一心多用，一次只能做一件事。比如打電動時無法分心去顧電磁爐上正在煮的泡麵，比如週末我媽打電話來，我也不能一邊跟她說我沒感冒、有好好吃飯，一邊摺晾乾的衣服。最糟糕的是，如果在做某一本書，我就沒辦法聽進另一個故事。不像同事豹子馬，她每個月都能同時做四、五本書不出錯，還有辦法簽下新的版權合約，甚至和通路談不流血的折扣。豹子馬是社長跳過獅子，直接從對手出版集團挖角過來的主編。她最常掛在嘴邊的兩句話是「所以呢」和「講重點」，彷彿所有人都在浪費她的時間。我不太會和她相處，米猴也是。豹子馬這個不怎麼好聽的名字就是米猴取的。

「你不覺得她看起來就一副豹子馬的模樣嗎？個性兇悍，做起書來根本是在爆衝。」

米猴咬著吸管說。他的工作絕大部分是豹子馬那邊的書籍宣傳，每個月幾乎都因為分身乏術不得不放掉幾本，而被豹子馬斥責。一直要到很久以後我才發現，米猴咬東西的習慣就是從豹子馬進公司開始的。

「可是一個月要做那麼多書，不急躁也難吧。」我說。

「行銷就沒有壓力嗎？」米猴抽出口中咬爛的吸管，「你們編輯就只會幫編輯說話。」

我有點受傷。我不是要站在誰那邊，說一個人對，另一個人錯。我沒有評判的資格。但米猴聽不進去。他丟掉吸管，改咬飲料杯口凸起的邊緣。咬得封膜都破掉了，杯口也全是一格一格的齒痕。我不知道該怎麼安撫他，只能從口袋掏出不知何時用過的衛生紙團，讓他擦拭不小心潑到虎口的奶茶。

一走進辦公室，豹子馬就從自己的座位叫住米猴。

「《星期二男人》你敲定活動場地沒？」豹子馬氣也沒換接著問，「還有《地底神卡瓦斯》和《色情叛徒》的文宣發出去了嗎？《天堂從不下雨》的推薦人呢？」

我感覺到米猴深呼吸之後才開口：「之前屬意的文藝茶座沒有檔期，我打算詢問地下沙龍，然後那兩本書文宣的美編……」

「不用跟我解釋，」米猴話還沒說完，豹子馬便揮手打斷，「期限內全部做好，我沒時間聽你一件一件回報。」

米猴轉身對我翻了個白眼，拖著腳步回到座位。他拉開椅子時，還故意撞一下後方的書櫃。我坐下來打開電腦螢幕，發現手機閃了一下。我以為是米猴忍不住要吐苦水，抱怨豹子馬的蠻橫和頤指氣使，結果低下頭一看，是莉卡。

「時間的洞穴。」莉卡如此寫道，附上一張磚牆已經破損的老舊房屋，但仍看得出氣派的照片。看來莉卡為了第二本小說去現場取材了。

自從莉卡上次突然來辦公室、吃了法國小餅乾之後，她開始會主動傳訊息給我。有時是她遇到的趣事，有時則是極短的小小說，或者一段富有哲理、我猜可能是莉卡想像中的作品的對話。我不知道甜食原來有這麼大的魅力，可以改變一個人對另一個人的看法。米猴常說女孩子的靈魂是糖做的，我想女孩子的心也是。我時常一邊看稿，一邊閱讀莉卡傳來的故事。她的小小說大部分只是捕捉某種氛圍，像煙，很容易看過就忘，極少時候才會有閃電般讓人無法移開目光的光芒。我印象最深的是一則關於「有神性的剪刀」的夢境，只有九十個字不到。莉卡這麼寫：

「那把剪刀就是一尊創世之神，能賦予刀下的紙張生命和魂靈。我剪出老虎，剪出栩栩如真的孔雀，牠們便開始呼吸、走動。當我想要剪出叢林、雨水、河流，牠們反而一口吞掉剪刀，讓世界退回枯寂。」

「寫得很有意思，會發展成小說？」我問。

莉卡傳了一張害羞的笑臉，「靈光一閃而已。」然後隔一陣子又傳來：「靈感寫在這裡好像不錯，托米打翻水杯也不會暈開。」

我又斷斷續續和莉卡傳了幾則訊息，回了美編幾封信。過沒多久，業務部同事從會議室叫我們進去做新書會報。我印出準備資料，米猴還手忙腳亂地抄寫每本書的行銷重點。豹子馬抱著一大疊書稿從我面前走過，就像厚實的磚頭。等同事都坐定位置，獅子要我們依順時鐘順序輪流報告預計出版的新書。我剛好是最後一個。我環視沿著會議桌坐成半圈的同事，發現除了報告者之外，其他人都低著頭畫畫、看手機，沒有人在聽。尤其是豹子馬。她甚至自顧自地做起校對，神情專注地在書稿上寫下血淋淋的紅字。

輪到我時，同事紛紛打起哈欠。我沒什麼說故事的魅力，永遠只會平鋪直敘。我正在做的是一本「沒有夢想」的寓言式小說。在那個距離我們僅有一個轉身的世界，父母並不允許孩子擁有夢想，那會讓他們未來吃盡苦頭。主角從小就被教育人生是為了工作，穩穩當當賺錢，過上舒適無虞的生活，退休後再拿著大把鈔票去學習如何做夢。他聽從父母的命令，一直這麼相信著，也將如此教育妻子肚子裡的新生命。但有一次他因為工作到某個展場，為了留下空間紀錄，偶然接觸到照相機。按下快門時，他的心突然跳得很快。那種心跳的感覺很接近愛情，讓他想起第一次親吻妻子時喘不過氣的激動，但是更加劇烈、更有生命力，彷彿黑暗的地下室突然有了光。他知道在剛剛快門轉動的四分之一秒，世界不一樣了。他開始舉起相機對著妻子、對著他們共度的美好時刻，想留下她最美的身影和他們之間的愛。但妻子心裡十分恐懼，她害怕主角有了夢想，會遺忘生活平凡卻深刻的真義，他們一家將會走向不幸，連帶讓即將出世的孩子無法立足，不能擁有與他人相同的人生，於是決定從高樓一躍而下，以死亡來喚醒主角。主角抱著支離破碎的妻子，心也跟著碎了，但仍強忍悲傷拍下這痛苦的一幕，之後用盡全力砸碎鏡頭。拍攝過的影像如鬼魂般流了出來，吞噬掉主角已然死去的靈魂——

「我記得故事不是這樣，」獅子當著所有人的面打斷我的話，質問我：「主角最後不是掙脫世俗眼光和限制，堅持住夢想，成為攝影家嗎？」

我翻到書稿最後一頁，突然兩頰發燙。獅子說的是對的，我對故事的記憶不知何時交叉了。莉卡那段關於剪刀的靈光潛入我的意識，取代這本小說最後的走向。我低下頭說：「我把它跟其他故事搞混了。」

會議室頓時陷入靜默。業務經理不耐煩地嘆了一口氣。誰的手機發出輕微的震動。我幾乎聽得見窗外紛擾的車聲，喇叭聲，還有淺淺的風聲。

「我倒覺得阿基說的結局比較有趣。」

有人打破了沉默。我沿著聲音方向看過去，說話的是豹子馬。

「原本的結局聽起來太俗了，跟以前課本那種八股文沒什麼兩樣。你要不要問作者願不願意修改？」

所有人一齊把目光轉回到我身上，除了獅子。她托著腮，用手遮住臉的大半部，看起來有點受傷，好像在忍耐什麼。

「好。」我的額頭隱隱冒汗，看了看獅子，又看看豹子馬。「我會再跟作者討論。」

會報結束後，走出會議室，我追上豹子馬，想為剛才她替我說話的事道謝。獅子和業務部同事已經因為我講錯內容不高興了，如果不是豹子馬幫忙解圍，場面只會更難堪。

「我不懂你的意思，」豹子馬一臉莫名地看著我，「我只是說故事的走向那樣比較好，不是要跟誰當朋友。」

豹子馬轉身離開，留下我一個人愣在原地。米猴走上來搭著我的肩膀，說他也認為我的結局比原本的好。

「人生就是這麼荒謬，總是在意想不到的時候打你一巴掌。」

米猴說得有點幸災樂禍，我不知道他是在嘲笑我向豹子馬示好自討苦吃，還是順著這個東拼西湊的故事得到的結論。可能前者多一點。

「你知道後半段的故事嗎？原本是剪紙。」

「剪紙？第一次聽到，」米猴伸了伸懶腰，「不是你瞎掰的嗎？」

原來莉卡沒有告訴過米猴同樣的故事。我心中不知怎麼閃過一絲勝利的情緒，但很快就消逝。

「阿基。」有人從身後呼喚我。我回頭看，是獅子。

「有空嗎？麻煩你去超商幫我買一瓶牛奶，我晚點要跟社長開會，煮咖啡想打些奶泡。」

我低聲說好，直覺獅子是為了剛才會報的事才來找我說話。米猴彷彿也嗅到了不尋常的氣息，快步從我身邊離開。獅子拿出一張百元鈔。我戰戰兢兢接過，但她沒有鬆手。

「我還是覺得故事結局不應該更動，」獅子兩眼直視著我，「作者是作品的擁有者，更何況又是得過不少書獎的資深老師。你只是個工作沒幾年的年輕編輯，不能不尊重對方。」

我吞了一口口水，緩緩點頭。獅子放開鈔票，對我滿意地微笑。

我把會報資料放回桌上，下樓去買牛奶。進超商前，獅子特別傳訊息提醒我要全脂的。架上只剩最後一瓶。我結完帳，又在雜誌架前翻看了一會，才慢慢走回公司。太陽曬得我全身發暖，但徒手拿著冰牛奶還是有點寒意。

回到公司大樓，剛好有個女人也在等電梯。她的側臉看起來有點熟悉，不過我不記得曾在這裡看過她。同一棟樓的上班族我多多少少有些印象。她的馬尾綁得很低，幾乎只是用橡皮筋簡單束著，頭髮染了淡淡的、類似台灣欒樹秋天轉紅的顏色。我跟著她走進電梯。她按下九樓。那一層是廣告公司和一間小型貿易商社。從她的穿著和氣質，我猜她可能是廣告公司的人。她身上散發著一種靈感被掏空的疲累。我接著按八樓，然後向後退到另一側。電梯裡只有我跟她兩個人。上升時，我感覺到她一直盯著我看，看得我渾身不自在。我匆匆瞥了她一眼，給了她一個短促的微笑。

「你過得好嗎？」

她的聲音黏黏的，好像用鼻子說話，我只聽得出幾個音比較清楚的字。我以為她是問我「你好嗎」。有些人生性熱情，渴望對陌生人示好。或許她才剛到這裡上班沒幾天，誤以為我是她同一間公司的同事。

「還可以，謝謝你。」為了表示禮貌，我也回問她：「你好嗎？」

她向我走近一步，仰起頭，眼鏡鏡片放大了她濕潤的雙眼。她的淚水滿溢，無聲地掉了下來。

「我很想你。」

她咬著顫抖的嘴唇，把頭輕輕靠向我的肩膀。我動也不敢動。手上的牛奶緊貼著褲管。因為冰冷，身體不由自主抖了一下。樓層顯示螢幕一樓一樓慢慢往上跳。我第一次覺得，到八樓的電梯竟然這麼漫長。

「我們能不能重新開始？」

她含著鼻音問，眼淚又掉了下來。她看著我，像個被全世界遺棄、心碎不已的小女孩。我張開嘴巴，卻怎麼也說不出話。機器播音響起「八樓到了」。電梯門終於打開。冰牛奶在我褲管上留下顏色越來越深的印漬。我的手指也凍僵了。我看著她，想著她，把她的臉疊上我所能回憶起的所有臉龐，聞著她身上散發淡淡溫暖的碘酒氣味。可是我無論如何，都想不起她到底是誰。

第二章

兩個太陽

1

天空中出現一道細細長長、宛如睫毛般的黑影。

那道黑影揚起了一陣風，或者應該說，是風吹起了那道輕盈的黑影。少年朗感覺四周的樹葉微微上揚，發出窸窸窣窣、類似樹豆輕輕搖晃的聲音，便從爬滿苔蘚的水桶抬起頭。他瞇著眼睛，一時之間還無法適應流入瞳孔的光線。但等了一下，少年朗就看到那扇睫毛黑影，正張開纖長的羽翼，背對金色的光芒滑向薄雲。牠叫了長長一聲，好像用整個胸腔的力氣在呼喊遠方的同伴。聽到那一長串讓胸口為之震動的鳴叫，少年朗就確定了。是大冠鷲。大冠鷲開始盤旋了。

「看到『最懶惰的鳥』，你就不可以懶惰，要開始出門。」

前一晚關燈睡覺前，Ama這麼告訴少年朗，「你不可以像最懶惰的鳥大冠鷲那樣，翅膀一打開就不想拍了。」

今天早上，Ama要去採比她的臉還多疣、比人生還苦的野苦瓜，少年朗得自己一個人抓時間出門。少年朗和Ama一樣，都是靠觀察動物在過時間。螢火蟲在潮濕的林間亮起點點綠光，代表春天來了；樹林裡的竹雞第二次放聲大叫，Ama便會點亮燈光開始炒糯米糰，把輪胎茄、紫背草還有飛魚乾骨頭丟進鍋子裡煮湯當晚餐。而最懶惰的鳥大冠鷲在天空越飛越高，少年朗的肚子也會跟著咕嚕咕嚕叫，心思從教室黑板飛到中午的便當，想著等大冠鷲飛高到看不見，他就可以吃飯了。他們用鐵皮搭蓋的屋子牆上有一座衰老的時鐘，但很早以前，差不多在少年朗懂得彎折手指算數的時候，那座老鐘就壞了，指針再也走不動。Ama不在意，少年朗也是，他們根本連它壞了都不知道。比起那兩支軟弱的指針，他們都覺得貓頭鷹的叫聲有用多了。

少年朗拍落腳底的泥土，穿上布鞋，感覺有點不習慣。他的腳已經像紮進泥土的樹根，需要踏在土地上才安心。少年朗在鞋子裡張開腳趾頭，想了一下才站起來。他把火車票捏在手心，背起一角已經破掉的書包，再確認一次手中握著的車票，才走出家門。離開前，他還不忘對趴在電線桿旁的黑狗揮手。

經過一片野草叢，少年朗蹲下來挖出幾顆「老鼠的蛋蛋」（阿美族人對腎蕨的地下球莖之稱呼），搓掉表面的褐色絨毛，丟進嘴裡一邊咀嚼，一邊往公車站走。雖然說是公車站，其實也只是一支鏽跡斑斑的站牌，後面擺著一張折斷腳的鐵椅。少年朗想也沒想，一屁股坐在地上，任帶起大冠鷲的風拂過他的髮間和臉頰。公車一天只有兩班，早上一班開往市區，下午一班開回來。這裡沒什麼居民，大部分都是像Ama那樣的老人。少年朗等待的是第一班。他百無聊賴地撿起手邊的小石頭往對面草叢丟。有個影子閃動了一下。少年朗還沒來得及看清楚是不是野兔就不見了。麵包樹在地上的影子縮得越來越短。少年朗吞下嘴裡最後一點老鼠的蛋蛋，納悶公車怎麼還不來。

一陣氣喘似的車聲逐漸接近。少年朗往聲音方向一看，是住得比他們更靠近水源的老人家，她已經是可以躲在石頭休息的人。老人家騎著摩托車，腳踏墊上放著山蘇、五節芒心和其他野菜。她看見少年朗，停下車，排氣管不斷噴出灰煙。

「你怎麼在這邊，沒有去幫Ama的忙？」老人家張開嘴巴，牙齒都是檳榔的顏色。

「我要去火車站，要去醫院看阿公。」

「你在這邊等，車子什麼時候來？」

「Ama說等到下巴流汗車子就會來了。」

「你坐上來，我載你。」

少年朗拍拍褲子上的沙土，爬上老人家的摩托車。他坐下去的時候，排氣管還像咳痰一樣吐出一陣煙。

「火車幾點？」老人家問。

少年朗捏了捏手心的車票，「十一點零八分。」

老人家繼續往前騎，問少年朗阿公住在哪一間醫院、他什麼時候回來。老人家的聲音順著風傳向少年朗的耳朵，但少年朗的回答卻被同樣的風往後方給吹散。老人家聽不見少年朗說什麼，很快就沒有再交談，自己唱起〈朋友，喝吧〉和〈摩托車〉。少年朗在投幣卡拉OK店聽過其他喝了酒的大人唱這些歌，在老人家唱到「喝下這杯這杯」，也跟著「尻川（kha-tshng，屁股）尻川」唱了起來。

他們又唱了〈那天晚上風的聲音〉，〈阿嬤的歌〉和〈情人袋〉。整路上都是他們愉快又哀傷的歌聲。到了車站前的路口，老人家讓少年朗下車，她還要繼續往市場騎，把踏墊上的野菜拿去賣。少年朗一階一階跳上樓梯。火車站裡沒什麼人，只有一個躺在塑膠椅上肚子很大的胖婦人，和站在票口戴著帽子的站務員。少年朗抬頭望著閃動的電子螢幕，列車時間跟他手上的車票不太一樣，不過很接近。這裡的火車常常誤點。少年朗沒有懷疑，走向剪票口，把車票交給站務員。

站務員看了看那張沾滿手汗的車票，「不是這班，」他對少年朗說，「這是舊的票，你的車子一個小時前已經走了。」

「走了？」少年朗瞪大眼睛。

「你的車是十一點，現在已經十二點了。」站務員指著電子螢幕旁的時鐘，時針和分針幾乎重疊在一起。

「不可能，」少年朗難以置信，「十二點就看不到大冠鷲了。」

站務員不讓少年朗進去，堅持要他到櫃檯換票。少年朗一手捏著車票，還不時回頭望向那不可思議的時鐘。原本躺著的胖婦人爬起身來，讓出位置給少年朗。「欲食梅仔無？」她從懷裡拿出三顆酸梅放在椅子上，就是她剛才躺過的地方。有個單薄的老頭拖著腳步走進車站。他穿著洗到剩下一層薄薄纖維的汗衫，腳上踩著藍白拖，腳掌爬滿硬繭。

「食飽未？」老頭問站務員。

「猶未啦，猶未枵（iau，餓）。」

「攏（lóng，都）中晝（tiong-tàu，中午）十二點矣（-ah），」老頭指著牆上的時鐘，「我嘛（mā，也）猶未枵。」

「因為是『新時』，閣（koh，還）猶未慣勢（kuàn-sì，習慣）。」

「時間閣有分新的佮（kah，和）舊的？」老頭搓了搓自己粗糙的臉頰，「閣毋是時鐘抑是（ia̍h-sī，或是）電視彼款（hit khuán，那樣）物件（mi̍h-kiānn，東西），用久閣會害（hāi，壞）。」

少年朗聽到遠方傳來鐵軌微微震動的聲音，應該是火車快到了。趁站務員還在跟老頭聊天，少年朗背起書包，準備溜進入口。起身前，他拿起椅子上的酸梅丟進嘴裡。梅子又酸又鹹，少年朗的臉忍不住皺了起來。可惜胖婦人沒看見，她靠著椅子又睡著了。

連接月台之間的鐵梯已經收起。少年朗跨過鐵軌，撐著手直接爬上對面月台。火車慢慢駛近，最後終於停止。少年朗走進車廂，裡頭空蕩蕩的，幾乎沒人，但他車票上的位置已經有個外套沾著紅色油漆的男人坐了。男人頭靠著窗戶，嘴巴微張，看起來睡得很熟。少年朗不想叫醒男人，反正位子還很多，他可以再往前走，選個喜歡的座位。梅子讓少年朗的嘴裡湧出酸酸的口水，但他已經沒有老鼠的蛋蛋可以解渴。少年朗走過幾排，挑了飲水機前面的座位，挨近窗邊，把書包抱在懷裡。月台鈴聲響起。站務員還在跟老頭聊天，胖婦人也依舊在椅子上沉沉昏睡，沒有人發現少年朗上車了。火車準備開動。一開始慢慢的，像拖著沉重的大理石般費力邁步，後來越走越快，漸漸進入一種舒服的搖晃速度。陽光照得少年朗臉頰發暖。他不知不覺也被一股輕飄飄的睡意包圍。

火車繼續朝前方行駛。進入隧道前，少年朗抬起頭，再次瞇眼仰望窗外的天空，發現了那道讓他會心一笑的黑影。少年朗相信，車站的時鐘一定壞了，站務員一定搞錯了，他的時間感才是正確的。現在絕對還沒十二點。因為大冠鷲還張開牠們美麗如手指的翅膀，在那片幾近無雲的朗空優雅盤旋。

莉卡

2

那天晚上，我想我是收到死人寄來的信。我不確定，是他還是她在另一邊說：「我還在等你。」不是對我說的，它並沒有署名要給我。那封信不清不楚，沒有寫主旨，在我準備離開電腦時出現在我的電子信箱。我本來打算直接刪掉，這種陌生郵件總是可能藏著麻煩的病毒。但那時我的貓托米剛好跳上桌子，碰了滑鼠一下，信就這麼點開了。

一個女人從我眼前跳了出來。我很緊張，以為是色情圖片，怕下一秒螢幕就彈出對話框說電腦中毒了。我愣了一陣子才發現，那其實是一張發黃的老照片。女人穿著和服，前面圍了一件女僕似的白色圍裙，正把托盤上的酒送上兩、三個男人圍坐的桌子。她沒有看鏡頭，或許連被拍攝了都不知道。男人們臉上掛著愉快的笑容，她嘴角也微微上揚，表情卻透露著一股說不上來的憂鬱，淺淺的，好像懷著什麼心思。

「我還在等你。」照片底下有一行字跡模糊的留言，像是手寫上去的，不像電腦字體刻意製造的效果。我看得出來，那行字隱含某種深邃的感情，只是歷經時間無情的風霜，不再像下筆時那麼強烈。但它仍像黑暗中飄搖的火焰，被某雙彎起的手掌包圍呵護，支撐著最後一點火光。

我在心裡念著那句話：「我還在等你。」我不知道是誰要對誰說的。或許是拍攝者對照片中的女人說的，或許是女人在心裡對某個想望的人說的，也或許，或許是對我說的。我總是在處理與死人有關的事。出版第一本書《白象經過的村莊》時，有讀者就曾在新書發表會後私下來跟我說，「你很了解死人，」他站在我面前，沒有拿我的書，「你創造了一個死人會流血的世界。」

他兩手交叉抱胸，下巴微微揚起，看起來姿態很高的樣子。他的意思似乎是說，我寫的盡是些無聊的死人骨頭，對活生生的人而言毫無吸引力。我當場說不出話，難過了好一陣子，一邊幫寥寥無幾的讀者簽書，一邊暗自深呼吸。等讀者漸漸離去，出版社的人把入口擺設的書撤下，我才跟我的編輯阿基說這件事。

「我想他的意思應該是稱讚。」

阿基拍了拍手上的灰塵，把捲起的袖子一摺一摺翻下來，對我露出微笑。

「為活人創造一個死人會喘氣、會流血的世界，這不是每個人都做得到的事。」

這次死人又找上了我。托米喝完馬克杯裡的水，跳到我的肚子上。我的腹部因為重量而震盪了一下，同時螢幕右下角的時間也跟著動了一下。進入新時了。10:59 跳一下就變成 12:00。我望著乾淨俐落的午夜數字，退出信件，又點了進去。不管重複幾次，那個和服女人淡淡的愁容依舊一遍又一遍出現在我面前，那行字跡難辨、宛如咒語的留言也同樣跟著浮現。我把信件關掉，電腦關掉。但我眼前，仍舊是死人把火吹向我的畫面。

3

那張照片，那句話，那個和服女人別有心思的眼神，都像是長了根，緊緊抓住我的腦袋。照片上的人彷彿木偶，一點一點在我腦海裡慢慢動了起來：和服女人放下托盤上的酒，一手撫平圍裙上的皺褶，聽其中一個男人談起天氣，還有最近漲價的香菸。中間的男人舉手說了什麼，大家都笑了。和服女人跟著點頭掩嘴時，瞥見站在門口的某個人，她眼裡的烏雲頓時散開，但很快又聚集起來。「我還在等你。」他們凝望彼此，話語在眼神間流動傳遞，時間就在他們無聲的凝視中靜止了。

接著和服女人舉起腳步，雙腳交叉走向鏡頭的方向。這時我模模糊糊抬起頭，赫然發現一個穿著白色圍裙、端著托盤的女人就站在我面前。「打擾了，」她對我點個頭，在桌上放上杯墊和甜點叉，「為您送上咖啡和巧克力蛋糕。」

我望著她，一時之間反應不過來，以為和服女人真的走出了我的腦袋。「謝謝。」我愣了幾秒後才對服務生說。風吹起薄薄的窗紗。眼前的糖罐，餐巾紙，仿木座椅，吊扇，吧檯，發光的蛋糕櫃，酒架……漸漸變得立體起來，迷濛的爵士樂也像蜜一樣緩緩流入我的耳朵，我才想起我人坐在牧木屋，正等著要和阿基碰面，討論我第二本書的寫作計畫。前一天我臨時打電話給阿基更改碰面地點，他毫無異議就接受了。阿基一直都很溫和，我從來沒見過他失去耐性或拒絕任何人。

服務生把一球奶精放在一個精巧的小木盤裡，告訴我他們的咖啡豆是老闆親自從哥倫比亞的莊園挑回來，自己手工烘焙的。「我們開幕期間經典咖啡續杯免費，」她把托盤夾入腋下，一手撥開刺入眼角的瀏海，「需要的話隨時舉手跟我們說一聲。」

服務生給了我一個標準的微笑，之後轉身走回櫃檯。她的長裙裙襬在腳踝邊像花瓣一樣散開。我看著圍裙帶子在她背後交叉，在腰際打了個好看的蝴蝶結，不禁又跌入剛才和服女人的幻想裡。理性上我清楚知道，我應該要攤開手記，把心思轉移到原本要和阿基討論、開了一點頭的小說。為了這場會面，我準備了兩個簡單的寫作大綱，一個是小女孩擁有鳥的心靈，另一個則是關於海的奇幻故事。

關於海的故事大概是這樣：有一天，世界上所有海水都結凍了，人們發「海」這個音時舌頭就像含著冰塊。他們不知道海是鹹的，曾經輕輕拍打著陸地，也不知道海像戀人一樣每天都有不同表情。一年之中，只有某一天的某一刻海會突然融化。先是從赤道開始，然後沿著熱帶、溫帶一路向上，最後則是南北極堅固的白色冰山。等每一塊、每一片、每一粒海冰化成一滴滴海水，又會從最後一滴融化的海水開始往回結凍。最後，海又復回原本巨大堅硬的冰體，而這驚天動魄的一切只在幾次眨眼中發生完畢。要是今年錯過，只能等下一年。

每一天，都有想見識這個神奇時刻的人搭上船，想碰碰自己的運氣。據曾親眼看過的人說，海要融化的那一刻，會發出一種類似蛋殼裂開的聲音，輕輕的「啵」一聲，因此有些人會帶著受精的雞蛋上船，當作是幸運物。有個和妻子關係生變的男人，決定把婚姻賭在這次出海上，和妻子說好，如果他買的船票能遇上海融化，妻子就不能離開他。在他們搭船前一天，海就融化了。妻子認為這是神的旨意，於是收拾行李離開。男人失魂落魄，隔天一個人搭上船，打算等船開到看不見山、崩壁和沙灘的地方，跳下去一頭撞死在冰塊上。他站在甲板，一腳正要跨過欄杆，忽然看見遠方的赤道像條火燒的線熊熊燃燒起來。有經驗的船長高喊「海要融了！」以往從來不曾發生連續兩天海水融化。男人的心怦怦跳，握住欄杆的手都是汗。他望著遠方，望著那一望無際的黑暗冰體，等待大海在他眼底掀起改變命運的浪潮。

我不知道這個故事怎麼樣，我還沒深刻地仔細想過。我心不在焉地翻著手記，眼睛盯著上面潦草的字和線條，心思卻依然墜入先前關於和服女人的幻想之中。她轉身露出頸子，腳下的木屐一拐一拐，可能領著門口那個人走到角落的座位，也可能走向吧檯，把托盤上的水珠擦乾淨。那個人的臉是黑的，我看不見他的模樣。我喝了一口咖啡，把木盤上的奶精在指尖轉了轉，拿起小叉子切下巧克力蛋糕的尖端。我的舌頭變得有點遲鈍，嚐不出味道。四周景物又開始在我眼裡一點一滴融化。

咖啡喝完後，我伸手請店員續杯，繼續沉浸在自己的世界。我不知道喝掉了幾杯咖啡。店內客人似乎越來越少。咖啡機沙沙作響，有時飄來溫暖的香氣。門上的鈴叮噹響起。有人進來或出去了。我隱約覺得有人對著我指指點點，抬頭往門口一看，發現阿基臉色鐵青站在那裡。我有點頭重腳輕，還沒辦法完全從腦中的幻想爬出來。那就像你好不容易在水裡張開眼睛，看見氣泡從鼻尖冒起，發光的藍色水母從眼前游過，卻硬是被人強拉上岸。我勉強擠出一點笑容。阿基看起來嚇壞了。我想我的表情一定很難看。

「對不起，真的很抱歉。」他匆匆忙忙走到我面前，一邊喘氣一邊說，「我遲到了，害你等這麼久。」

我花了一點時間整理腦子裡彷彿泡了水、糾纏在一塊的思路，拿起手機一看，才驚覺已經中午了。阿基在為他的遲到道歉，我必須說點玩笑話讓氣氛輕鬆一點。我笑著問他：「還沒適應時差嗎？」

阿基用像是看到老虎長角的眼神看著我，似乎不懂我的幽默。前一天傍晚的電話裡，不管我說什麼他都會咯咯笑。我有點難過。不過或許是因為我還沒完全從想像的世界離開，沒辦法做出好的反應。於是我換個平鋪直敘的方式問：「今天開始是新時，時區調整成快一個小時，你忘記了嗎？」

阿基沉默了很久，久到讓我忍不住懷疑我剛才是不是只在心裡想，沒有真的說出口，他才終於開口說他記得今天開始進入新時，昨晚十一點一到就變成今天凌晨十二點了。阿基說完後我附和了一聲，然後動了一下肩膀。一直維持差不多的姿勢，我的肩膀和背部變得有點僵硬。我正想再稍稍轉動脖子，阿基忽然又面色凝重地開口說話。

「昨晚我女朋友肚子痛得哭不停，」他喉嚨一跳一跳，聲音也跟著顫抖，「我帶她去掛急診，醫生說是盲腸炎。」

我沒料到阿基會突然說起女朋友的事，而且又是不怎麼好的事，全身僵直不敢亂動。我的頭好像突然被人按進水裡。我心裡頓時浮現了一個詞：**錯過**。

之後阿基好像說了什麼新時連不進健保局，發燒，沒有恢復意識之類的話。我整個腦袋嗡嗡作響，只斷斷續續聽到幾個句子，就又沉入之前中斷的世界。我回到那張照片，從和服女人站在吧檯，轉身，踩著木屐，一路倒轉回到她放下酒杯望著門口，眼裡烏雲滿布的畫面。那裡沒有人。有的只是空氣和無盡的黑暗。她雙眼起霧。我好像看見了閃電。

不知什麼時候，阿基沒說話了。我恍惚抬起頭，他還站在原地沒有坐下。我比了比他身旁的椅子。阿基看起來有點猶豫。這時我似乎得說點什麼打破僵局。我拿起手邊的小餐具，動作緩慢地攪動咖啡杯，在腦中那座進了水的辭彙庫搜尋適切的語言。等我覺得好像終於抓住什麼了時，我張開嘴巴說的是：「你有女朋友啊。」

一說出口我就驚醒了。我不知道我為什麼要說這個。我可以安慰阿基，可以問健保連線問題後來怎麼解決，甚至可以告訴他哪間小吃店有賣沒有腥味的鱸魚湯。我三十三歲了，還是不擅長在人前說話。我紅著臉低下頭，「對不起。」

「我才對不起，」阿基一臉慌張，看起來跟我一樣不知所措。「明明跟你約好要談寫作計畫還遲到。」

我搖搖頭，告訴他沒關係。阿基深吸一口氣，拉開椅子在我對面坐下，視線不安地左右移動，最後飄向桌上我攤開的手記。

「你之前在信裡提到想了幾個故事，」阿基清了清嗓子，將身體靠近餐桌，「大概是什麼主題呢？」

我看了一眼凌亂的大綱，把攤開的手記闔上。「錯過的故事，」我看著阿基後方牆上沒有校準的時鐘，意識又開始向下墜落。

「兩人因時差錯過的故事。」

4

一走進醫院，少年朗就打了好幾個噴嚏。這裡有股他從來沒聞過的味道，刺刺的，好像一百根針同時飛進鼻孔。少年朗抓著鼻子，看著從他眼前走過的每一個人。他不知道他們長什麼模樣，但他們一定都和貓頭鷹一樣聰明，因為他們都戴著口罩，不像少年朗得一直抓著鼻子。醫院很大，比學校，比黃昏市場，比talo'an（阿美族語，工寮、聚會所之意），比任何一個少年朗知道的地方都還大。少年朗東張西望，不小心撞到一個坐輪椅的老人。老人身上連著一根長長的管子，頭垂向一邊，眼神非常絕望。少年朗只有在野兔被扭斷脖子前看過那種哀傷的眼神。

「對不起。」少年朗說。輪椅老人沒有聽見，他的頭還是垂在一側，動也不動。少年朗聽到老人呼吸時發出咻咻咻的聲音。他身體裡面破洞了。少年朗想告訴站在老人身後對著手機嘆氣的中年男子，他們看起來是一家人。但男子把手機放進口袋，推著老人走掉了。

少年朗在一樓繞了一圈，搭上手扶梯，沿走道轉彎，憑直覺走進其中一間門開著的病房。少年朗記得Ama曾說，門開著的地方就是在歡迎你。病房裡白茫茫的，不知道是日光燈，藥，還是混濁的空氣。少年朗環視病床。有人把耳朵貼著聽收音機，有人一邊打鼾、一邊咳痰，有人低頭吃著白糊糊的稀飯。他的視線最後停在窗戶邊的褐色老人身上。老人仰躺著病床，兩手露在棉被外。「阿公。」少年朗出聲呼喚。病房裡所有人都抬起頭，包括那個鼾聲像打雷的阿伯，只有阿公沒有。

少年朗穿過他們好奇的眼光，走到阿公身邊。阿公眼珠子的顏色已經非常非常淡，上面幾乎映不出少年朗的身影。少年朗低下頭，想讓阿公看個清楚，但阿公已經認不得少年朗。這沒有辦法，他不是少年朗真正的阿公，他只是少年朗小時候被當成燒燙的地瓜拋來拋去時，其中一個接手照顧他的好心老人。

「阿公，我來了。」少年朗放下書包，坐在病床旁冰涼的鐵椅上。「你好不好？」

阿公沒有反應。他盯著天花板，呼吸拉得很長。少年朗湊近聽，阿公身體裡沒有輪椅老人那種可怕的咻咻聲，反而非常非常安靜。那種安靜的聲音讓少年朗想起穿山甲離去的洞穴。

「我可不可以脫鞋子？」少年朗問。阿公沒有回答，他便逕自踢掉布鞋讓腳趾踩在地板上。

少年朗跟阿公說他已經背完九九乘法表，這學期新來的數學老師是「白浪」（阿美、排灣等原住民族對漢人的稱呼，音近「歹人」（pháinn-lâng，壞人），還有他跑步終於贏過那個像箭矢一樣快的同學巴那。有些內容經過加油添醋，比方乘法表七以後的那三行他從來沒記對，測一百公尺那天巴那跟他媽去田裡沒來上學。但少年朗仍越講越起勁，彷彿只要說出口，那些只能用來幻想的事就會變成真的曾經發生。少年朗抹掉嘴角噴出的口水，正要吹噓他不用網子就能徒手抓溪裡的魚，阿公突然開口問：「是不是四點半了？」

少年朗轉頭看向窗外。空氣霧霧的，天空沒有半隻鳥，陽光像泡過水一樣蒼白發皺。他沒辦法判斷這裡的時間。少年朗把視線轉回病房，牆上沒有時鐘，電視也沒打開。他看了看四周，發現對面病床置物台上放著一只錶，舊舊的，感覺很久沒人戴。少年朗走過去，頭歪向一邊，慢慢數著數字。

「三點三十七分。」

「不對，應該是四點半了。」阿公說，「五點我會去另一個世界。」他面無表情望著天花板，「五點。」

少年朗愣在原地，不知道阿公是不是在開玩笑。他好不容易來這裡見阿公，他不希望阿公丟下他去別的地方。少年朗走回病床，握了握阿公指關節如樹瘤般突出的手，幫他把棉被往上拉。少年朗心想，一定是剛才吹牛吹太過，阿公不高興了。Ama常說小孩子騙不了老人家的眼睛，就算阿公顏色那麼淡的眼睛也一樣。

少年朗不敢再亂講話。他抓了抓臉頰，用腳趾把布鞋夾著擺整齊，然後將頭輕輕靠上阿公的手。阿公的呼吸又長又慢。少年朗聽著聽著，也感染了那個節奏。他看著阿公焦糖布丁般的老人斑，聞著他身上讓人安心的老人味，閉上眼睛，不知不覺睡著了。

少年朗斷斷續續做了幾個夢。一開始是他和飛毛腿巴那在溪裡游泳，他不用換氣，一下子就贏過巴那。後來夢到天空出現兩個太陽。少年朗本來以為其中一個是月亮，月亮忘記時間，太早出來了，但地上卻有兩道影子，他才知道那兩個血色的紅輪都是太陽。太陽原本一前一後，過沒多久，後面的太陽逐漸追上前面的太陽，最後合而為一。檳榔樹，石頭，雲的影子都變回一個，只有少年朗的影子仍然有兩個。少年朗揉揉眼睛，動一動腳，兩個影子同時做出同樣的動作，他不知道哪一個才是真的。這時有道聲音在他耳邊說：「我要走了。」

少年朗睜開眼睛，迷迷糊糊抬起頭，忽然發現阿公身邊圍了兩、三個護士，其中一個比較粗魯的還把少年朗擠到一旁。她們呼喚阿公的名字，拍拍他的肩膀，比較矮的護士對年輕的那個說：「去叫醫生。」她把一張畫著一條水平線的紙交給她，「只有醫生可以宣告。」

少年朗來不及套上布鞋，赤腳踏在冰涼的地板上。不知何時，阿公淡色的眼珠子閉上了。「阿公？」少年朗隔著護士，看見阿公嘴裡飄出一縷像霧一樣淡淡的煙。醫生走進病房，輪流看了看護士。

「家屬呢？」

「只有這個小朋友。」

「他是你的誰？」年輕的護士問。

少年朗吞了一口口水，「阿公。」

「你爸爸媽媽呢？」

這個詞對少年朗來說非常陌生，尤其當它們又連在一起的時候。少年朗眨了眨他花鹿般的眼睛，很久以後才回答：「Ama在家裡。」

醫生和護士同情地看著少年朗，粗魯的那個還輕輕拍一下他的背。醫生摸了摸阿公的右手腕，把手指放在他的鼻子下，又用筆燈照他的眼睛。「五點零二分，」醫生看了一眼手上的錶，兩手垂到一旁，「患者完成了獨一無二的人生旅程。他的靈魂，已經去到另一個美好的地方。」

五點。少年朗抬頭看著醫生，想起阿公先前對他說「我五點會去另一個世界」，但他覺得時間沒有過這麼快。他只睡著一下下，屁股下的鐵椅都還沒坐熱。少年朗拉住身邊粗魯的護士問：「現在不是四點嗎？」護士舉起手腕上的錶一看，「那是舊的時間，」她把阿公的手收進被子，將被子拉上。「今天開始不一樣了。」護士離開病房前，少年朗隱約聽見她跟矮護士說「阿公也算是在最後過上他心裡的時間了」。

年輕護士要少年朗先整理阿公的東西，她去打電話請Ama或其他大人過來。少年朗打開病床旁邊的櫃子，裡頭只有一件褲子，一件舊上衣和一個用過的塑膠袋。少年朗坐回鐵椅，趴在阿公身邊。他吐出的煙霧不見了。少年朗知道，阿公已經和以前不一樣。他看著阿公閉著的眼睛，嘴巴，年輪般的脖子，想找出還有哪裡不同，忽然發現阿公躺著的枕頭下壓著一個東西。少年朗護著阿公的頭，小心翼翼把它抽出來。那是一張很舊很舊的女孩子的照片。照片長了許多黃斑，邊緣也缺了角，好像只要稍微一用力，就會像小鳥的骨頭一樣碎裂。照片上的女孩看起來年紀比少年朗大一點，臉圓圓的，穿著日本衣服，外面罩著可愛的圍裙，感覺有點羞澀。這個女孩子不是Ama。Ama的臉是河谷玫瑰石那種模樣。

少年朗心想，阿公去找這個人了。Ama如果知道，她的心一定會生病。他得在Ama到醫院之前把阿公找回來。少年朗將照片放進胸前口袋，套上布鞋，眼角餘光瞥見置物台上的舊手錶。他走過去把它戴在手上，學醫生和護士看時間。四點二十一分。少年朗想，現在果然還沒五點。五點的話，夜的氣息會像冰塊一樣在空氣中開始融化。

少年朗背起書包走出病房時，護士還在低著頭打電話。他走下手扶梯，逆著人群走出醫院大門。陽光傾斜了，曬在臉上還是有點刺痛。少年朗抬起頭。太陽只有一個。他的影子也是。

他走上大街，不知道該從何開始找起。少年朗走進每一扇打開的門，門裡的人有些會對他說歡迎光臨，有些看到是孩子，低下頭繼續做自己的事。裡面通常什麼也沒有。少年朗繞了一圈，很快就走出去。他留意經過他身邊的每一個女人，沒有一個長得像照片上的模樣。經過一間咖啡店，少年朗瞥見玻璃窗內有個女孩也穿著圍裙。但她轉過頭來，臉瘦得像雞蛋。

天色漸漸轉暗，夜彷彿霧氣瀰漫開來。少年朗肚子餓了。除了早上胖婦人給的三顆梅子和火車上的便當，他什麼也沒吃。少年朗走到一處工地，旁邊的花圃種了幾株山蘇，可是葉子都老了，不好吃。他開始想念Ama和路邊的野菜。肚子餓了，口渴了，隨手一摘都能解饞。少年朗想回去醫院，但霓虹燈已經讓他認不得路。

少年朗坐在一株山蘇前，雙手環抱膝蓋，不知道太陽還要多久才會再升起。他看著來來往往的路人，他們都低頭看著手機，或者板起臉孔從他面前走過，即使注意到少年朗，也有意無意繞路避開。有個女人經過，發現少年朗一個人孤伶伶坐在工地鐵皮圍牆外。她停住腳步，彎下身子，像是看躲在車底下的小貓咪那樣看著少年朗。

「你在這裡做什麼？」

聽見聲音，少年朗抬起頭。女人臉上一團黑，只有眼睛透出光芒。

「你一個人嗎？」

少年朗點點頭。他不知道女人有沒有看見。

「是不是迷路了？」女人靠近一步，「你本來要去什麼地方？」

「去找阿公。」少年朗說。他明明口渴，聲音卻有海水的味道。「他的靈魂去到別的地方了。」

女人陷入短暫的沉默。夜色太暗，少年朗以為她跟其他人一樣走掉了，但他聽見女人的呼吸，那兩隻眼睛還在黑暗中發光。

「肚子餓不餓？」

女人蹲下來，對少年朗伸出手。

「要不要跟我回家？」

5

後來我和阿基還說了什麼，我已經忘了。可能講一點最近讀的書、天氣，還有我手記上另一個失敗的故事。我們的對話一下子接起來，一下子又像風箏線一樣斷掉。這跟我有關。我沒辦法一邊捧著搖曳的火，一邊眨眼、說話。我口乾舌燥。那時我整個腦袋都在沸騰，就像發燒，眼前時不時閃過和服女人的畫面。我亟欲抓住那些鬼火，讓它們在黑暗中燒出一條通往前方的路。

「大概是這樣。」我放下早已見底的咖啡杯，揉了揉餐巾紙，抬頭對阿基說，「我差不多該準備走了。」

阿基看起來有點驚訝，急急忙忙將杯子裡的咖啡一飲而盡。他匡噹一聲放下杯子時，杯口還飄起一絲細細的白煙。「今天真的很抱歉，」阿基站起身，跟著我一起走出店門。「之後我一定找機會好好向你賠罪。」

「沒關係。」我舉手輕輕揮了揮，「沒關係。」

我和阿基走不同方向，他要搭車回公司，我則想去附近的圖書館找點和照片有關的資料。我只知道那是個穿和服、會在和服外別上圍裙的時代，沒有更多線索。在路口等紅綠燈時，我忽然想起剛才竟然忘了跟阿基提起那張照片的事，只自顧自地講些沒頭沒腦的片段，難怪他常常露出困惑的表情。綠燈亮了。我折返回頭，阿基還站在牧木屋附近的公車站牌等車。他垂頭喪氣，可能正為了女朋友的事心情低落。我正猶豫要不要走上前，後方突然有輛車子按了很大一聲喇叭。我嚇了一跳，反射性轉過身，正巧和一個從牧木屋走出來的人迎面撞上。那個人手上的咖啡被我撞得灑出來，潑得她白色襯衫濕成一片。

「對不起！」我急急忙忙從包包裡拿出面紙給她，「有沒有燙到？」

那個女人瞪了我一眼，接過我給的面紙，一邊撥開垂下來的捲髮，一邊目不轉睛看著我。她眼中好像有什麼東西忽然點亮。

「莉卡？」

我很意外她竟然叫出我的名字。我看著她的臉，沒有任何印象。我對人的記憶通常是來自味道。如果她願意讓我靠近聞一聞她的脖子，或者那頭捲髮的氣味，我說不定就能想起她是誰。

「你是莉卡對吧？」女人朝我走近一步，「我是安古，以前大學在大竹老師研究室打工的安古，星期三下午我們都會一起整理白話字聖經，把複印本上的污漬用立可白塗掉，你記得嗎？」

我念出這個名字，還有她說的幾個關鍵字。除了咖啡，她身上宛如胡椒讓人流淚的味道飄了過來。記憶底層某個角落好像亮起微弱的光線，一點一點開始滴水。

「學姊？」

安古低低地嗯了一聲，擦拭衣服上的咖啡漬，將用過的面紙揉成一團。「沒想到會在這裡遇見你，你在這附近工作？」

「不是，」我吞了一口口水，一時之間不知道該怎麼回答。「剛好有事到這邊。學姊呢？」

「我也是，本來要去客戶公司開會，不過今天他們內部行程大亂，剛才臨時取消了。」安古低頭聞了聞自己身上的味道，皺著臉，突然像想起什麼似的問：「你在趕時間？」

「沒有，我沒有事。」

「看你突然跑過來，撞得我滿身咖啡，我還以為你跟誰約了遲到。」

「真的很抱歉，我不是故意的。」我用眼角餘光往後瞥了一眼公車站牌，阿基沒發現這邊的騷動，低著頭上車了。

安古從頭到腳打量了我一番，最後將視線停在我的衣服上。我穿的是一件檸檬色的棉質上衣，領口開了小小的 v 領，中間連著一條寶藍色的細鏈。我很喜歡這件衣服，只有在某些重要又不失輕鬆的場合才會特別穿上，我相信它會為我帶來力量。

「你等一下還有事嗎？」

「還好，不是很要緊。」我看著安古，突然意識到她可能是在暗示我要一起吃個飯。但我還沒來得及做出反應，安古哼了一聲。

「我們去洗手間交換上衣，」她拉開身上濕淋淋的衣服，「我實在受不了滿身都是黏黏的咖啡味。」

我心裡有一點遲疑，但還是跟在安古身後走進店裡，畢竟弄髒她的襯衫是我的錯。牧木屋的服務生還記得我，馬上就答應讓我們借用廁所，不過他們只有一間。我跟安古擠了進去，背對著背脫下衣服，然後朝後遞給對方。伸手時我碰到冰冰涼涼的東西，我以為是鏡子或牆壁，結果是安古的身體。

「沒想到有一天我會跟你擠在廁所脫衣服。」安古扭開水龍頭，水嘩啦嘩啦流出來。

「是我不好，難得遇見竟然潑了學姊一身咖啡。」

「的確是你不好。」安古撕下一旁的捲筒衛生紙，她擦身體時手肘隱隱約約摩擦著我的手臂。「你從以前就容易緊張兮兮的。」

我拿著安古濕掉的襯衫，猶豫是否要對著馬桶擰乾，或是該直接穿上。我想轉身去洗手台清洗衣服，再用衛生紙吸一吸水，但我不敢，我和安古都只穿著單薄的內衣。我動也不敢動，兩眼直盯著眼前的牆壁。

「衣服麻煩你洗乾淨再還給我，聽說小蘇打粉對咖啡漬很有效。對了，我沒有你的手機號碼。」安古套上我的衣服，布料滑過身體發出輕柔的沙沙聲。「你號碼有換過對不對？」

「嗯，換過幾次。」我深吸一口氣，下定決心將手穿入其中一只袖子。「以前有時候就會想徹底斷開某些事物。」

「你指的是前男友吧？我記得你大學交的那個男朋友，你來打工他會坐在研究室外的樓梯監視。如果有男同學跟你講話，他就一臉受傷，好像被主人丟棄的狗。」

我穿上另一只袖子，將襯衫拉正。「學姊竟然還記得，我其實都忘光了。」

「忘也忘不了啊，那是我第一次親眼見識到恐怖情人是怎麼回事。」

我笑了笑，慢慢扣上鈕釦，身體不由自主向內縮。濕掉的衣服貼著皮膚讓我不太舒服。

「那你大學時代的電子信箱還在用嗎？」安古問，「畢竟時間也有點久了。」

「信箱倒沒有變，一直都在用，現在變成我的工作信箱了。」

「那就好，」安古低聲說，「那就能接上了。」

我愣了一下，不懂安古在說什麼。「什麼意思？」

「沒什麼，一切交給命運。」

小小的廁所瀰漫著冷掉的咖啡味，我們兩人呵出的氣息讓溫度漸漸上升。我感覺安古對著我轉過身來。她的聲音從後方溫暖地包圍我。

「你很快就會知道了。」

6

襯衫洗好後，我傳了訊息給安古。她讀了，但是沒有回覆。我用紙袋收著衣服，擱在衣櫃旁邊。托米有時會過去聞一聞，把頭鑽進袋子裡，然後很快又掙脫出來。每次看到紙袋傾倒在地，露出襯衫的一角，我就會想起我的那件檸檬色上衣。我想把它拿回來，但我不知道該怎麼說才不會顯得小氣。

以前我和安古就不怎麼熟，我也不太知道該怎麼和她相處。打工那段期間，我們大部分都是低頭做自己的事，偶爾大竹老師請工讀生喝飲料，我才會問她要漂浮紅茶還是黑糖珍奶。只有一次，我們有比較多的交談，我記得是在我大學三年級某次計畫結案，大竹老師請所有助理和工讀生去一家很有名的老店吃碗粿，安古因為前一堂課考試，晚一點才來。她到的時候已經沒有座位，大家埋頭吃碗粿、聊天，沒有人發現她滿頭亂髮站在一旁，肩上背著幾乎要垂到地面的背包。我把板凳上的包包和外套抱在懷裡，舉手喚安古過來。她踮著腳尖穿過幾乎坐滿客人的擁擠走道，到我身旁坐下。

「我好餓。」

安古有氣無力的聲音彷彿蒲公英，輕輕的，一說出口就散開。她看了看桌上，拿起一碗沒人動過的肉羹，撒上胡椒吃了起來。

「我懂，每次考完試我也都特別餓。」

說完後我對她笑了笑。安古把掉下來的頭髮撥到耳後，低頭吃著肉羹，對我說的話沒有反應。

「學姊要吃碗粿嗎？這裡最有名的是碗粿，大竹老師剛剛一口氣吃了七碗，要的話我幫你點。」

安古依舊沒有任何回應。或許餐廳裡太吵了，我的聲音又太小，安古沒聽見我說話。我湊到她耳邊再問一次：「你要吃碗粿嗎？」

安古終於從她的肉羹抬起頭，但她只是看著我，什麼話也沒說。她面無表情，沒有笑也沒皺眉，我解讀不出她眼神的意思，那就像你湊近河邊想看看水底下游動的魚和石頭，卻連自己的倒影也看不見。我好像對著空氣自言自語。

「賣完了。」安古說。

「什麼？」

「門口有貼。」

我愣了一下，慢慢才理解安古在說什麼。碗粿賣完了，她剛才進店裡時在門口看到告示。安古又盯著我幾秒鐘，才低頭繼續吃肉羹。

「還不到下午一點就賣完，該不會都是被大竹老師吃光的吧。」

我原本以為安古會對我講的話感到好笑，或者心領神會地點點頭，結果沒有，她只是拿起胡椒往碗裡撒了幾下，再淋上一圈黑醋。我揉了揉鼻子，有點不知該如何是好。旁邊的人說了什麼哄堂大笑。我沒有加入他們，而是抽了一張面紙，在快打噴嚏時趕緊把鼻子遮住。

我不再一直拿起手機看安古有沒有回我訊息。你把球丟出去，看著它滾向牆角，掉進洞裡，也只能摸摸鼻子放棄。我打開空白檔案，開始寫起在牧木屋浮上心頭的小說。我的寫作速度一直不快，常常寫著寫著就停下來。隔了好一陣子，在我不知多少次停下敲打鍵盤的手，打開信件，凝視和服女人低低的表情時，安古忽然傳訊息來要我隔天和她見面。

「下午我剛好要外出，你中午到我們公司樓下等。」

安古給我的地址就在阿基他們出版社附近，我查了地圖，好像只是前後不同棟。我想把襯衫還給她後，可以順道繞去找阿基，重新告訴他比較完整的故事。上次在牧木屋我講得太糟了。為此我前一晚還把小說大綱反覆考慮了幾遍，我怕我到時候又會因為緊張而腦袋空白。

隔天我提早到了安古公司大樓的騎樓下等。那裡有幾家熱炒店，水果行和健康食品中心。我站在魚缸前，看著螯被繩子綁住的螃蟹吐著泡泡，在藍色的水裡動也不動。「現撈現殺現煮喔，」有個店員站在門口，用彷彿收音機般單調的聲音說：「裡面都有位子喔。」

他兩眼無神重複念著同樣的招呼詞，就像一捲壞掉的錄音帶。我覺得站在那裡有點尷尬，轉身走向一旁貨車卸貨的入口。地上黑黑髒髒的。通道停著一輛載了山泉水桶的小貨車，牆邊堆了幾個紙箱。我站在讓車子減速的白線上，往大樓裡頭望。幾分鐘後，安古從其中一部電梯走出來，但我不是真的看見她，而是認出了我的檸檬色上衣。她把我的衣服穿在身上。

「你站在這裡幹嘛？」安古走過來一把搶走我手上的紙袋，「咖啡印有洗掉嗎？」

我的目光沒辦法從她身上穿的我的衣服離開。很久以後，我才用乾燥的聲音說：「我盡量了。」

安古打開袋子，伸手進去翻了翻，用鼻子輕輕哼了一聲。

「要不要喝汽水？」她問。

「汽水？」

「嗯，附近巷子有一間不錯的汽水店。」

我還在想該怎麼拒絕，安古就自顧自地往前走。我拖著腳步慢慢跟上，擠在一群要去用餐的上班族之中。他們有的大聲說話，有的滿臉倦意。在一個有點複雜的米字路口等紅綠燈時，安古忽然嘆了一口氣。

「這邊吃飯沒什麼選擇，都是連鎖餐廳。」她交叉雙臂，瞇著眼睛仰起頭，「連天空也是劣質複製品的感覺。」

我跟著抬起頭。紅綠燈上方是唯一沒有被高樓遮蔽的地方，但是電線縱橫交錯，還有一層霧茫茫的灰色水氣。人總是會把心情投射到天空或大海上。我輕輕拍了拍安古的肩膀，想藉此安慰她，但安古面無表情說綠燈了。

過了幾個路口，我們在一條不起眼的窄巷左轉。那條巷子一次大概只能容一個人通過，如果有狗搖著尾巴迎面走來，我們只能板起臉孔把牠趕回去。快到巷底時，安古指著一間黑壓壓的房子說到了。那家店沒有招牌，門口也沒有擺放小黑板或特別的盆栽，看起來就像一般住家，裡頭住著性格陰暗的人。安古打開門，掀開布簾走進去。我跟在她身後走入，聞到一種煙的氣味。燈光昏暗得像融化的溏心蛋黃。屋內瀰漫著夜讓人神魂顛倒的神祕氣氛。我幾乎忘了門外頭還是白天。

「我要『兔子的紅寶石』，你呢？」

安古直接走向最裡面的小圓桌，一屁股坐下去。我摸索桌上的菜單，上面寫的都是像電影一樣美的名字，例如「巴黎草莓」，「野餐」，「夏日之泉」……，我無法判斷喝起來會是什麼味道。我猶豫了一陣子之後說：「那我『黑貓』好了。」

吧檯的人聽到我們的點單，從冰櫃拿出水果、雞蛋和花瓣開始製作。店裡只有她一個人，我想她可能就是老闆娘。我環顧四周。空氣朦朦朧朧的。牆上掛著一些相框，有些是鉛筆素描，有些是老舊的街景照片。像我們坐的這桌旁邊就是一張很有味道的郵便局，前面有人騎著鐵馬，還有穿和服的人經過，讓我想起我收到的那張照片。

「這家汽水店真有意思，」我說，「氣氛真好。」

「你還喜歡那種舊時代的東西？」

「學姊不也喜歡嗎？」我笑著問，「不然怎麼會來這裡？」

安古別開眼神，「我只是想喝汽水而已。」

我想起以前在研究室，安古常一個人埋頭翻閱公學校的相冊，還會拿論文問大竹老師駐在所前的原住民是泰雅族還是賽德克族。我一直以為安古會成為歷史學家。我忽然想到應該給安古看看那張照片，說不定她會告訴我關於那個時代的事。

「學姊還有在蒐集古寫真嗎？我記得以前你常去跳蚤市場買整袋照片回來，再一張一張推定年代和地點，喜歡的還會單獨收進夾鏈袋裡。」

安古一手托著臉，另一手轉著桌上的菸灰缸。她看起來有點心不在焉。菸灰缸撞得桌面叩叩作響，發出讓人不太舒服的噪音，安古卻一點也不在意。

「都賣掉了。」
「賣掉了？」
「嗯，留著幹嘛？堆在那裡占空間，搬家也麻煩，不如趁狀況好賣一賣換錢。」
我想起以前安古會像捧著一隻剛出生的雛鳥，在手中小心翼翼地展示脆弱而迷人的照片。有穿制服的學生板著臉練習劍道，明治橋風景，還有小販推著冰淇淋攤車。如果有人著迷地伸手碰了一下，她會立刻轉身，用袖口輕輕擦拭夾鏈袋上的汗水或指印。想起這些，我不禁嘆了一口氣。
「太可惜了。」
「有什麼好可惜的？」安古彈了一下菸灰缸，「老是回頭望著過去，注定只會成為失敗者。」
安古啪一聲壓下顫動的菸灰缸，好像不想再談這個話題。老闆娘穿過吧檯，送上我們的汽水。我本來以為安古點的兔子的紅寶石是番茄或蔓越梅汁，但杯子裡卻是蜂蜜水的顏色，我的黑貓看起來則是普通的加鹽沙士。我舉起杯子喝了一口。一開始甜甜的，過不久舌尖漸漸綻放出煙火。我吞了下去，喉嚨像是有岩漿滑過。我頓時明白這不是真的汽水。
「學姊下午不是還要去拜訪客戶？」我睜大眼睛看著安古，幾乎聞得到舌根燃燒的酒味。「現在可以喝酒嗎？」
「這只是汽水而已，」安古打了一個很輕的嗝，「喝了提振心情。」
安古看起來滿不在意，瞇起眼享受她手裡的紅寶石。她舒服地往椅背一靠，慢慢深呼吸。
「進展如何了？」安古問。

我以為她指的是我的小說。我抹抹嘴角，回答我開始在寫了，大概有幾千字的開頭，還在一邊讀資料，之後也想跑幾個點看一看。

「我不是問這個，」安古伸手打斷我，「我是問你跟他。」

我愣了一下，完全想不到安古口中的「他」指的是誰。安古讀著我的表情，深深吐一口氣，對我伸出手。「把手機給我。」

我不太想把手機交出去，但安古全身上下散發著不容人拒絕的氣勢。以前讀過一本書說，酒是一顆包著火的糖果，它可以軟化一個人的性格，也可能灼傷你的舌頭，讓一切像著火一樣失控。我不知道安古酒量怎麼樣、酒品好不好，她的眼神彷彿夜晚的湖水般深不見底，我沒有勇氣在這個時刻下賭注。我硬著頭皮，把手機交到安古手中。

安古低著頭輸入了什麼，然後還給我。手機乍看之下和之前沒什麼不一樣，只不過LINE上多了一個我不認識的帳號，頭像是一張月光海的圖片，月亮在海上照出一條長長的光道，耀眼得像是太陽升起，天空也透出一點黎明般的藍暈。我看著照片，無法猜透這個人是男是女、多大年紀。他就像照片裡的月亮一樣神祕。

「我要走了，錢給你付。」安古擱下空了的酒杯，拎著紙袋從我身邊走過。我正想轉頭問安古這個人是誰，她已經跨出店門，消失在暗色的布簾之後。

回頭時，我的視線恰巧和老闆娘對上。我對她微微點個頭。燈光太暗了，我不知道她是不是也對我一笑。我搖了搖杯底，喝完最後一口黑貓，便起身結帳。外頭的太陽讓我睜不開眼睛。我的臉頰熱熱的，脖子也在發燙。昨晚想好要告訴阿基的故事大綱還在腦袋裡清清楚楚。我走出巷口，望著出版社所在的大樓，心裡想著要往那個地方去，但我的意識，卻將我的腳步帶往截然相反的方向。

7

少年朗跟在女人身後，走過暗巷，爬上長長的樓梯，進入一間灰灰舊舊、飄著霉味的屋子。女人打開電燈，少年朗終於看見她的臉。

「進來吧，」女人用腳跟脫掉鞋子，把鑰匙掛在牆上的掛鉤，「都可以坐。」

少年朗學女人踩下布鞋，赤腳踏進冰冰涼涼的地板。屋內小小的，有一張單人床，小冰箱，門板歪掉的衣櫃，靠窗邊的地上放著一面鏡子和一些瓶瓶罐罐，牆角還有一張收起的摺疊桌，上面印著斑駁的注音符號。就只有這樣。這裡比少年朗跟Ama住的家還小，他們至少還有廚房，藤椅，電視機，天空，和表情豐富的山脈，有時候還有黑狗。這裡只要稍微抬起頭，眼睛一下子就撞到牆壁。不到三秒鐘，少年朗就把整間屋子所有角落都看完了。

女人在床邊攤開摺疊桌，從塑膠袋裡拿出超商買的三角飯糰。「你要肉鬆還是鮪魚？」

少年朗看著包裝上的貼紙，其中一個肉看起來比較大塊。他抬起發亮的眼睛說：「鮪魚。」

少年朗的肚子像打雷一樣轟隆轟隆悶響。撕開包裝後，他迫不及待咬下一口飯糰，滿嘴都是甜甜的美乃滋，跟他吃過的鮪魚味道很不一樣。少年朗想，這裡的鮪魚可能不是生活在海水，而是糖水。女人看少年朗津津有味吃著飯糰，把肉鬆口味也放到他面前，自己打開啤酒，慢慢喝了起來。她輕輕打了一個嗝，屋子裡立刻瀰漫一股稻草發酵的味道。

「你阿公的靈魂去別的地方了嗎？」女人問。

「嗯，」少年朗低下頭，從口袋裡小心翼翼拿出照片，「可能去找她。」

照片有一角不知何時折到了，多了幾條細細的白色摺痕。少年朗輕輕壓平，手上的汗在上頭蓋出一圈一圈的指印。

「這是你阿嬤嗎？」女人湊近看，想了想少年朗的年紀，「還是阿祖？長得好可愛。」

「不是Ama。」

「感覺好像以前歷史課本會出現的照片，我好像在哪裡看過的樣子。是外婆家嗎？還是姨婆？想不起來，還是我記錯了？」

女人偏著頭喃喃自語。少年朗望著她，發現她的臉跟照片上的女孩子一樣，也是圓圓的。仔細看的話，她們眼睛的樣子也有點像，都有彷彿從山頭降下來的山嵐。

「照片後面有寫字。」女人發現後，少年朗把照片翻過來。她先用日語一個字一個字念出來，再轉換成中文。「我一直在等你。」

「你看得懂？」

「以前學過一點。」女人輕輕一笑，「外婆教我的，小時候我有一陣子跟她一起生活，她教我認些簡單的字。」

「上面有沒有寫地址還是電話？我要去找她，把阿公帶回來。Ama可能明天就上來了。」

「沒有耶，」女人前後翻了翻照片，放回少年朗面前，「她連名字都沒寫。」

少年朗非常氣餒。從醫院離開後，他已經在外面找好久了，從白天找到黑夜，一直找到太陽消失，都沒有任何收穫。他失落地望著照片上的圓臉女孩。在Ama的心生病以前，他覺得自己的心都要先生病了。少年朗想起投幣卡拉ＯＫ店裡那些生病的大人，喝了酒之後，他們的病就好了。於是少年朗指著女人手中的啤酒罐問：「我可以喝嗎？」

女人一臉詫異地看著少年朗，「你還那麼小，」她摸了摸少年朗細長的手臂，「骨頭都還沒長好。」

少年朗垂頭喪氣，靠著床邊，用力吞下一口口水。女人以為少年朗口渴了，打開冰箱看了看，裡頭只有一罐花生醬，一罐海苔醬和拆封過的火腿。她關上冰箱說：「等我一下，我去剛才那家7-ELEVEN買汽水給你。」

女人披上外套，帶著錢包走出房門。少年朗看著門關上，回過頭，發現牆上停了一隻壁虎。他看著那隻透明得宛如嬰兒皮膚的壁虎，期待牠會發出令人懷念的叫聲，能讓他想起家，想起Ama，想起山風和海潮的聲音。但少年朗等了很久很久，那隻壁虎只是安靜地停在那裡。

8

等我注意到有人在看我，那個小孩已經走到我身邊，跟我站在一塊。他臉上髒髒的，背著破了洞的書包，身上散發出小孩子獨有的雨天的泥巴味。「你在看什麼？」他透光的眼睛像彈珠一樣滾動，「有狗狗還是兔子嗎？」

他蹲下來，往地上的雜草堆看，接著仰起頭，似乎在等待我告訴他答案。我不知道該怎麼回答，我只是站在一棟荒廢的老屋前，凝視傾倒在地、與電線交纏在一起的風車，不小心出了神。他身邊沒有其他大人。我清了清嗓子，壓低聲音說：「我在看鬼魂。」我指著黑白菱格相間、宛如撲克牌的磚牆，「這裡可能是一百年前鬼魂聚集的地方。」

那個小孩望著我，眨了幾下眼睛，站起身跑掉了。

我摸摸鼻子，低著頭又繞了屋子一圈。這棟老屋有種說不上來的氛圍，我就是被那種氣氛吸引，不知不覺走進來的。我很難描述，有點像圖書館收藏的《百年孤寂》（*Cien años de soledad*）覆蓋著一層光暈般的灰塵，或是媽媽的珠寶盒裡失去光澤的珍珠項鍊，那樣的感覺。我好像聞得到宛如霓虹燈熄滅的傷感氣味。拱形的窗框歪了一邊，風一吹就吱呀吱呀搖晃。我從窗外往屋裡望，裡頭已經沒有東西，只有天花板留著幾道曲曲折折的黑色痕跡，不太像壁癌，而是藤蔓乾掉的樣子。我用手遮著太陽，一下走到老屋右邊，一下又蹲下來，拍下幾張照片，將其中一張傳給阿基。

「時間的洞穴。」我這麼寫。

沒多久阿基就回我：「我好像聞到故事的味道。」

上次跟安古喝完汽水沒多久，酒退了之後，我拍拍臉頰，還是折返回出版社去找阿基，告訴他我的故事方向。那之後，我和阿基開始會互傳訊息。我想這一切都是因為當時還有一點酒意，以及托米的緣故。前一天我窩在電腦前，想著要設什麼機關、該怎麼把小說劇情推展得更吸引人，托米為了牆上一隻蟑螂從我腿上跳上桌，剛好撞到鍵盤旁邊的馬克杯，杯子裡的水因此全翻倒在我的黑色手記上。那本手記寫滿我一閃即逝的靈光，夢，還有我為小說畫的場景和街道。我用吹風機吹了好久才乾。隔天我在出版社燈管壞掉的會議室，一邊撕開手記黏住的紙張，一邊講我的故事。有些筆跡糊掉了，我只能憑記憶再加上一點臨場編造，腦袋輕飄飄地把故事大綱講完。頭頂上的燈管一閃一滅。我講得零零碎碎，東一塊西一塊，像切壞的蛋糕。雖然天氣已經開始轉涼，我還是因為身體發熱而流了滿身汗。阿基坐在我對面，眼神有時落到很遠的地方。我本來以為自己搞砸了，深呼吸等待他回到我面前。過了幾秒，阿基發現我講完了，把擱在桌上的手往前一伸。

「我覺得很有意思，寫出來應該不錯。」

「真的嗎？」我有點訝異，「不會太零散，不夠有張力？」

「不會啊，你的故事一直都像霧一樣，淡淡的，有獨特的氛圍。」阿基停了一下，「我很喜歡。」

我抿了抿嘴，在硬邦邦的手記慢慢寫下ｏｋ，還有點不敢置信。這時阿基又說：「之後不管寫了什麼，都可以傳給我看，只是練習也沒關係。你有我的LINE。」

我遲疑地望著阿基一會，「會不會打擾到你？」

「別擔心，」阿基露出微笑，「只要有空，我一定會回你。」

於是，我開始把我寫的短短的文字傳給阿基，例如夢境，路上撞見不可思議的事，或是我腦中突然展開的對話。阿基則會在讀完沒多久，回覆我他的感想。之前有一次，我去藥局買過敏藥，那陣子托米剛好在換毛，我打噴嚏打得鼻子都快掉了。藥局的自動門一直感應不到我。我站在門外，偶然瞥見街角有個年輕父親推著娃娃車，裡面坐了一個綁著短短辮子的小女孩，大概兩、三歲。年輕父親在電線桿旁停下腳步，點了一根菸，舒服地抽了一口。小女孩仰起頭對父親揮舞雙手。他蹲下身子，對著小女孩的臉噴出一口煙，然後，他把還燃燒的香菸塞進女孩小小的嘴巴，星火就在她的呼吸中像火山一樣燃亮。

我站在原地，驚訝得說不出話。藥局自動門終於感應到我，開了又關，關了又開。我拿出手機把剛才看到的景象告訴阿基。我記得那天是星期日，阿基很快就回了。

「好殘酷，又好美的畫面，像電影一樣。我沒辦法指責那個年輕父親，這畫面太讓人屏息了。」

我激動地告訴阿基我也是。那個當下我感受到的不是道德譴責，而是惡意帶來的詩意。阿基這麼說觸動了我心底某個看不見的開關，那種心情就好像走在長長的隧道，聽見遠方有海的聲音。我想我和阿基對美的感受是相通的，因此看見這棟老屋時，我第一個想到的也是要告訴他。我繞到老屋背面，又拍了不同角度的照片傳給他。

「這間老屋子擁有好迷人的表情。」阿基說。

「它的柱子有文藝復興風格的裝飾，屋頂還是三角形的，看起來好氣派，感覺不像住家。」

「會成為其中一個小說場景嗎？」

「可能喔，」我回，「老人最初與她相遇的地方。」

阿基說他得去參加社內會報了，可能回得比較慢，我還是可以傳訊息給他。我走回老屋正面，看著一開始讓我入迷的風車，蹲下來撥開電線。風車可能因為生鏽，或是哪個零件卡住了，無法轉動。我想像一百年前的風，穿過椰子樹，欄杆，緩緩推動這只風車，它旋轉的樣子讓每個經過的人都忍不住駐足仰望。葉子沙沙作響。我的頭髮被微風吹得飄了起來，輕輕掃著我的臉頰。這時屋裡突然傳來碰的一聲，好像酒瓶掉落的聲音。我想起剛才遇到的小男孩說的狗狗或兔子，心想說不定是一隻小貓咪。我輕輕碰開門，慢慢走進去。屋裡有點陰暗。過了幾秒，視力變得靈敏後，我開始搜尋地上可能會有的黑影，或者濕熱的氣息。但走了一圈，什麼也沒有，只有靠近窗邊的地上有片碎玻璃，反映著逐漸下沉的太陽。或許是玻璃材質的關係，它映出的太陽是紅色的。

過了一會，我的手機亮了起來。我以為是阿基回我訊息，結果是安古逕自幫我加入、頭像是月光海的那個人。我有點怕生，不喜歡隨便和陌生人說話，但因為好奇，我稍微猶豫片刻，還是點開了訊息。

「你就是那個作家嗎？」

我不知道這個人指的「作家」是不是我。走在路上，或者在郵局排隊等著寄信，不會有人走過來拍拍肩膀這麼問我。我垂下手機，沒多久螢幕又亮了。

「我看過你寫的大象那本書，還不錯。」

我想了一下，回：「謝謝。」

「我才要謝謝你願意加我好友。」

我不好意思告訴對方其實是安古強行加入的，只好回一個笑臉。

「其實我一直在等你回信。」

「信？」我不懂手機另一頭的人在說什麼。「什麼信？」

「新時那一天，我寄了我的照片給你。」

「你沒回，我以爲你不想理我。」

「或許對你來說，我太老了。」

「希望你不要介意我的年紀。」

「我經歷過一些你這麼年輕的人想像不到的風浪，可以告訴你很多以前的事。」

「總之，我還在等你。」

拱窗吱呀搖晃，就像一百年前的風從時間的洞穴吹了出來。我看著最後那句「我還在等你」，想起那天晚上收到的那封信，那張照片，那個擁有陰天般眼神的女人，不由得屏住呼吸。

我以為的死人，現在就在另一邊對我說話。

第三章

長長敲門聲

阿基

1

「你是遇到死人嗎？」

等我回過神，我已經站在茶水間，正準備把牛奶放進冰箱。米猴不知何時站在流理台邊洗杯子。我看到他的嘴巴在動，才意識到他在對我說話。

「你臉色好蒼白，耳朵卻紅得跟桃子一樣。」米猴甩了甩手，一部分的水珠甩到我身上。「該不會是剛剛在電梯裡遇到漂亮的女鬼？」

冰箱飄出來的冷氣讓我忍不住顫抖了一下。「什麼女鬼，大白天的。」我關上冰箱門，把掌心殘留的水滴隨手抹在褲管上。那個綁馬尾的女人是有溫度的。靠著我時，她的鏡片蒙上眼淚和呼吸的熱氣，我也感受到衣服底下她一搏一搏的心跳。她的氣質，臉孔，還有身上散發的味道，都有一股說不出的熟悉感，好像只要再努力一下就能夠想起來，但記憶總是在最後關鍵斷了線。電梯到八樓時，我還是沒能想起她的名字和任何模糊的片段。她輕輕離開我的肩膀，臉上布滿淚痕。

「八樓到了，」她抬起頭，咬著嘴唇不讓眼淚掉下來，「我們還可以再見面嗎？」

我忘了我有沒有點頭或是搖頭。走出電梯後，我回頭看了她。她雙手捧著自己的臉，肩膀微微顫抖。她哭泣的樣子那麼哀傷，彷彿全世界都跟著心碎，我的心好像也被一隻手給握住。

「晚上你要去嗎？」米猴把杯子倒蓋在旁邊的置物架，回頭問我。

我從恍惚的印象中回過神。「去哪裡？」

「還在發呆，去河口看點燈啊。中午不是跟你說過，今天一整天有反新時的快閃活動。每個整點他們會在不同地方做不一樣的表演，比如剛剛四點他們就在已經拉下鐵門的中央銀行前假裝要趕三點半，早上九點則是在小學校門口升旗。凌晨一點的最刺激，他們要在總統府前接力喝完四手啤酒，然後把空啤酒罐排成『24:00』，在裡面倒入有色酒精點火。晚上八點的就比較溫馨了，大家先把自己對新時的想法寫在小卡上，不管是抱怨、遺憾，或是曾發生過不愉快的事都好，然後綁在堤岸欄杆。等八點一到，河口會亮起十九顆燈泡，照亮那些因為新時而被遺忘，或者被忽略的過去。」

米猴順手拿起一根牙籤放進嘴裡咬，那根牙籤就在他的牙縫上上下下。「之前有次中午在臭臉麵店，我們不是聊過因為新時遇到一些麻煩嗎？剛好趁這個機會發洩一下，順便看看別人怎麼玩活動。」

大概是牙籤扎到舌頭了，米猴對著垃圾桶啐了一口。「我家莉卡說她也會去。」

「莉卡？」聽到莉卡的名字，我的心好像突然降落到地面。

「嗯，她是不是沒什麼朋友啊？」米猴皺了一下眉頭，「還是在寫新作品？感覺她對所有事都充滿好奇，每眨一次眼都像是一個新世界。」

我對米猴點了點頭。他說的沒錯，莉卡最近感覺起來的確像是初生的幼獸，一點風吹草動就會張大眼睛，十分渴望得到別人的關注。寫作者通常有兩種，一種極度自戀，只看得見鏡中的自己，另一種則是把自己困在谷底，對每一個路過的人伸出手，要你拉他一把，告訴他沒問題、一定爬得上來。莉卡是後面那一種。自從開始互傳訊息以來，我好幾次感覺到莉卡站在懸崖邊對我拋出繩索。只要我稍微一拉動，她全部的重量就會傾倒在我不夠有力的雙臂上。

我正想問米猴還有誰要一起去，獅子就神色緊張地走進來。「回來怎麼沒跟我說一聲，」獅子匆匆忙忙把咖啡豆倒進磨豆機，「社長剛打電話給我，說會議要提早。」

「我把牛奶放進冰箱了。」磨豆機運轉的噪音蓋過了我的說話聲。獅子在流理台前來回踱步，一下拿杯子，一下仰頭看天花板。我又說了幾句不知所云的話，便匆匆走出茶水間。米猴早就快我一步離開，回頭對我比了勒住脖子的手勢。

我回到座位，攤開那本沒有夢想的小說《快門下的心跳》，忍不住嘆了一口氣。我還是得面對現實。故事結局不可能動搖，我也不能暗示作者有另一種可以讓作品更具層次的意見。能夠改變的只有我，還有這本書的包裝方式。以前我們出版社開內部檢討會議，我好幾次被獅子罵沒有市場眼光，老是用學院派的理論來定位作品。我沮喪了很久，問米猴究竟要怎麼定位書才賣得好，才打得中讀者。米猴聳聳肩，不以為意地說：「只要主標清楚，不管什麼書都會有讀者的。別忘了，連課本都有人捧著當聖經。」

或許豹子馬嗤之以鼻的八股結尾，而獅子覺得勵志的收場是一個方向。學校會喜歡這種激勵人心、中規中矩的故事。尤其是國、高中，他們總是需要大量看似正道的空話來催眠年輕的靈魂。學校是個充滿矛盾的地方。頂著你的太陽穴鼓勵你思考，折斷你的翅膀期盼你飛翔。他們口中所謂的「自由」，只是掛著鎖頭、後面拖著一條長長鏈條的項圈。你只能在他們允許的範圍內奔跑。

我記得我高一時，作文課曾有一道題目，上面是一張女孩子跪坐在一個打開的抽屜旁邊，捧著羽毛流淚的畫。老師要我們自由發揮，思考羽毛和抽屜的隱喻，我便想像羽毛是那個女孩子珍貴的姓名，抽屜則是箝制住自由的婚姻。一旦結了婚，女子只能將自己的名字收進抽屜闔上，直到關係結束，才能從抽屜取出她脆弱的寶物。我當時只有十五、六歲，對自己敏銳的文學聯想暗自感到得意，老師卻在我的稿紙上用紅筆打了個大叉，氣急敗壞地寫著台灣早就沒有人冠夫姓了，不像日本那種父權社會，婚後女人便失去個人主體。

國文老師是個每天只講小兒子調皮趣事，從來不提大女兒的女人。我覺得她太沒有想像力了。姓名是抽象卻具體支配人生的存在。縱使沒有冠夫姓，我媽結婚後，再也沒人會稱呼她原本的名字，而是我爸的太太，或者我和我妹的媽媽。她失去了羽毛，失去了自己的姓名。下課後我攔住老師，向她解釋我的這些想法。

「羽毛是青春，抽屜則是時間，」國文老師板起臉孔，「這不是很明顯的答案嗎？」

「可是抽屜可以再打開，就跟婚姻能夠選擇結束一樣，到時候羽毛又能重新回到手邊。」

老師沒有要和我討論的意思，甚至不打算理解我，試著用新的角度重新看待那幅畫。她瞪了我一眼，丟下一句讓我住嘴的話：

「所以你父母才會離婚嗎？」

我愣在原地，睜大雙眼看著老師。她嘴角浮起似有若無的冷笑，然後轉身離開，把我一個人留在走廊上。我很想追上去告訴老師，我爸媽其實沒有離婚，他們只是一對互看不順眼、偶爾吵架的普通夫妻，她把我跟另一個剃平頭的同學搞錯了。但我還是動也不動，無法提起腳步，被老師那種高高在上的態度給刺傷。大部分的人或許因為懶惰，或許出於恐懼，都只想不出錯、安全地活著，並且希望其他人也是如此複製答案，就跟《快門下的心跳》描述的那個「不能有夢想」的世界一樣。這本書可以是一面鏡子，最後映照出虛假、但確實比較討人喜歡的那一面。讓學校老師覺得方便的那一面。

我尋找書裡有力量的句子，把它們拉出來，東拼西湊，做為主標的輔助。確認方向後，我把書籍介紹卡上的資料修改一番，然後條列成重點寄給封面設計師。他很快就回信了，要我打電話給他。

「這是傳記、攝影書還遊戲攻略啊？」

電話一接通，設計師的聲音便衝進我的耳膜。

「文案看起來怎麼有打電動破關的感覺？什麼『按下快門，心開始撲通撲通跳，我才真正有活著的感覺』、『那一刻，世界在指尖』——」

「好了好了，不要念出來，」我壓低音量，深怕被其他人聽見，「這是一本勵志的寓言小說。」

「跟你以前的風格差了十萬八千里，我還以為你的信箱被盜用了。」

「我知道，」我深吸一口氣，「是有點不同，但你也曉得，編輯性格總是要配合市場做改變。」

設計師拉哩拉雜說了自己的近況，抱怨某家大出版社一直砍他的設計費，哪個業主老是要他證明自己的工會資格，又就交稿期限跟我討價還價一番，才終於掛掉電話。我埋頭計算損益成本，整理簽約作者新寄來的檔案，不知不覺已經到了下班時間。同事一個接一個離開，米猴也拎著背包走到前面等我收拾雜物。辦公室幾個區塊暗了下來，只剩獅子座位上頭的那盞燈還亮著。走到門口，我問米猴要不要把燈都關掉。

「不用吧，」米猴看了角落那塊小小的植物園一眼，「跟社長開完會，獅子可能需要一點溫暖。」

走去等電梯時，米猴提議我們先吃晚飯再跟莉卡會合，車站附近聽說有間墨西哥餐廳評價不錯，他一直想去吃看看。電梯從樓上下來，在九樓停了一陣子。我有點緊張，不知道會不會遇到那個讓人心頭揪緊的馬尾女子。電梯門一開，我掃視了一圈，沒看見那張憂傷的臉，我不禁鬆了一口氣，心裡卻又有一股說不上的失落，以至於電梯門關上前我沒聽到有人喊「等一下」。米猴越過我按了開門鍵說：「還有人要進來。」

我一抬頭，就看見綁馬尾的女人站在門口。

「你不是在九樓？」我睜大眼睛，一時之間嘴巴也忘了闔上。

她喘著氣走進電梯，「我在想會不會遇到你。」

米猴看看我又看看她，用眼神問我：「你們認識？」我不知道該點頭還是搖頭，她也只是微微抿著嘴笑。米猴舉起手肘輕輕頂了我一下，便往後方退一步，讓她能站到我身旁。但我和她什麼話也沒說。我甚至不敢呼吸。電梯裡微妙的氣氛讓我差點透不過氣。

到了一樓，米猴突然說他臨時想起要去住附近的阿姨家一趟，沒辦法跟我一起走。

「我阿姨釀了一罈梅酒，叫我下班去拿。」米猴拍了拍自己的腦袋，裝出想起重要事情的樣子。

「阿姨應該會留我一起吃晚餐，我跟他們一家人也好久沒聚了。」

我想說什麼攔住米猴，但他快步往大門走，說他快遲到了。

「晚點再聯絡喔。」

米猴偷偷對我挑了挑眉。他轉身前，還對綁馬尾的女人輕輕點頭告別。我面向門外黝黑的夜色，不敢回頭看她。但她走上來，輕輕抓著我的袖口說：「我們走吧。」

2

我不知道該去哪裡。她走在我身後一步，依然拉著我的衣服。我不確定應不應該甩開。她沒有做錯什麼，我也不至於感受到冒犯。這種像被一隻小狗跟在後頭，濕淋淋的鼻子偶爾頂到手的感覺，讓我想起小時候妹妹骨頭還沒長硬時，兩隻腳軟綿綿跟著我的樣子。

在路口等紅燈時，一陣風撲了上來。晚上突然變涼了。溫差讓我乾燥的臉有些刺痛。那隻抓著我衣服的手抖了一下，然後便放開。我稍微側過頭，看見她肩膀微微聳起，兩手交叉抓著赤裸的手臂，我才注意到她身上只穿著輕薄的短袖上衣。

綠燈了，行人通行的號誌開始倒數秒數。我猶豫了一下，對她說：「我走這個方向。」我比完前方，把手收進口袋。「再見。」

但我沒有移動腳步。後方的人潮不斷越過我，我的肩膀還被步伐匆忙的行人撞了一下。秒數越剩越少，最後亮起禁行的紅色小人。我還是站在原地。她揉了揉鼻子，鼻頭變得紅通通的。

「一起吃晚餐好嗎？」她問。

我沒有拒絕也沒有答應，只是看著她的鏡片被過路的車燈照得一亮一亮。

公司附近是辦公商圈，過了下班時間不少店家便拉下鐵門，只剩超商和三商巧福還亮著燈。她說吃什麼都好。我想了想，領著她走一段路，穿過幾條巷子，到一間專賣野菜的火鍋店。以前公司聚餐曾辦在這裡。因為自助區有無限量供應的野菜，很多女同事一個禮拜至少會來捧場一次，有時獅子中午也會找我們去「清清腸胃」。「又要吃草，」每次走在隊伍後面，米猴總是苦著一張臉，「她們是不是哪裡搞錯了，想變瘦得吃肉才行啊。」

進到店裡，服務生帶我們到角落靠窗的座位。我放下背包，去自助飲料區倒了兩杯熱的諾麗果茶，一杯放在她面前。她雙手捧著杯子，熱氣熏得鏡片蒙上一層霧。她把眼鏡取下，鼻梁上留著兩道顏色略深的壓痕。

「還會冷嗎？」我問。

她動一動僵硬的手指說：「好多了。」

之後我們便陷入沉默。我有很多問題想問，但又不知道該從何問起。我盯著她紅紅的鼻子，臉上的雀斑，還有幾乎要刺到眼睛的瀏海。可是當她抬起頭，我卻慌忙別開眼神。

「我還不知道你的名字。」我看著桌邊的醬油罐問。

她沒有回答，繼續一邊吹氣，一邊喝著手中的熱茶。

「我在想……有沒有可能你認錯人了？或許我只是長得很像你認識的某個朋友……」

「阿基，」她突然叫出我的名字，「你睡前還是一樣要玩『夜行獵人』嗎？」

我愣了一下。我沒有跟任何人說過這件事。前幾年我迷上這款一邊尋找寶物、一邊消滅暗夜鬼魂的手機遊戲，我媽不知道，我妹不知道，連曾經為了參加研習營而來我家借住幾天的大學好友小丘也不知道。她放下茶杯看著我，「你的暱稱還是用『黑色說書人』嗎？」

我的腦袋頓時一片空白。她知道我的本名可能是碰巧，或許剛才聽到米猴這麼喊我，但打電動的事，還有我在遊戲中使用的角色名稱，除了我之外沒有任何人知道，我也沒跟遊戲裡的其他玩家有現實生活上的往來。過沒多久，服務生端上火鍋和菜盤，介紹醬料的搭配建議。這段時間我的心一直跳得很快。我看著她對服務生點頭，露出牙齒淺淺微笑。火鍋蒸騰的熱氣讓我眼前的所有景象都泛起一層薄霧，像隔著被雨珠打濕的車窗看世界。我突然懷疑她是不是水氣折射出的幻影，我是不是在做夢。

她把茶杯放進菜盤的間隙，碰到了我的手。「抱歉，」她輕輕觸摸我手背上那個輕微的紅點，「有燙到嗎？」

「你也有玩『夜行獵人』嗎？」我的情緒有點激動，音量不自覺變大。「你是梅若笛還是巴娜？你怎麼知道我是黑色說書人？」

她把菜盤裡的料推進滾沸的湯鍋，用鼻子輕輕哼一聲。「一直都只有你一個人在玩，我只是偶爾在旁邊看而已。」

我越來越搞不懂了。她說中我的那些隱密的事，以及那種彷彿熟悉一切的態度，都不像是裝出來的，但我卻沒有同樣親密的記憶。她好像一陣沒來由下起的雨，我只能站在原地任由它淋濕，感受它帶來的震撼與恍惚。她熟練地撈起米血、金針菇和芋頭放進我的碗裡。都是我喜歡吃的東西。她甚至拿起籃子裡的雞蛋輕輕敲破，將生蛋黃倒進白飯，在上面淋上柚子醬油和蔥花。

「是有機蛋，」她捧起飯碗湊近鼻子，「蛋黃的香味聞起來好像起司。」

以前我也喜歡這麼吃飯，但同事總對我生食雞蛋投以異樣眼光。獅子說會有寄生蟲，米猴還笑我是假日本人。為了避免麻煩，後來我只有單獨吃火鍋時才會這麼做。想不到她也有同樣的喜好。她用筷尖刺破蛋黃，輕輕攪拌後吃了一口，臉上露出滿足的神情。

「好久沒這麼吃了，新鮮雞蛋果然是太陽飯的靈魂。」

「你也叫這個『太陽飯』？」我驚訝地看著她。「太陽飯」是我心裡默默對它的稱呼，我從未開口對任何人提起。

「不是你這麼叫的嗎？」她抿了抿嘴唇沾到的黏滑蛋液，「我是跟著你叫的。」

後來發生了哪些事，我們說了哪些話，我已經記不太得。我的意識輕飄飄的，只是一邊吃著略帶苦澀的野菜，一邊看著她，在她抬頭迎接我的視線時忘了移開目光。她喝完碗裡最後的湯，嘴角沾到一點小小的菜屑。我抽起衛生紙，猶豫了一下，把紙巾遞給她。

「沾到了。」我比了比嘴角。她睜大眼睛，像面對鏡子一樣擦拭錯誤的那一邊。「不是，」我舉起另一隻手，「是你的左邊。」

她看了一眼衛生紙上的髒污，又趕緊對著嘴唇來回擦了幾遍。她用眼神向我探問，我點點頭，她才安心地鬆開紙巾。

「身體都暖和起來了。」她瞇著眼摸了摸肚子。我的嘴角也不自覺跟著上揚。

我們到櫃檯結帳。我本來考慮要一起付，但她搖搖頭，說等以後更好的機會。走出店門，冷風又襲了上來。她縮起脖子，搓了搓自己的手臂。我沒有考慮太久，脫下夾克披在她身上。

「我再打給你。」她仰起頭，鏡片下的雙眼一閃一閃。「我可以打電話給你嗎？」

我看著她發亮的眼睛，不由自主點了點頭。

「我走了，」她把身上過大的夾克拉緊，「再見。」

「晚安。」我說。

她轉身往公車站的方向走去，慢慢融入人群之中。我看著她瘦小的身影，心跳一下子平靜，一下子又變得好緊。我站在原地。直到她的背影完全消失在夜的盡頭，我才突然想起，我還是不知道她的名字。

3

回家的路上，我踢著腳邊的小石頭，腦海裡一直回想和她吃飯的情景。她說的那些話，黑色說書人，太陽飯，她緊張時習慣性的抿嘴，還有最後披著我的夾克走遠的身影。她熟悉我一切不為人知的習慣，我關上門之後的生活，我心裡陽光照不到、布滿塵埃的地方。月亮把我的影子拉得很長。她看起來那麼自然，就像我們真的曾經頭靠著頭，一起生活過一樣。

「不要輕易相信女人。尤其是突然闖入你生命、對你瞭若指掌的女人。」我想起小舅曾這麼對我說，「她們只會奪走你最重要的東西。」

直到現在，小舅臉上依然留著那時候的灰色陰影。他每次垂下頭，都彷彿籠罩在暴雨前的濃霧之中。從我開始能模模糊糊辨認家族長輩以來，小舅就像一面沒有裂縫能讓手指伸入、不好親近的岩壁。他很少說話，幾乎沒有朋友，身邊也沒出現過可以讓親戚起鬨的對象。他一個人住在高壓電塔旁的小公寓，裡頭只有簡單的沙發，木頭矮桌，單人床，和一隻養在浴缸裡的烏龜。那隻烏龜養很久了，在我聲音開始變得沙啞、準備要長喉結時，烏龜就已經在浴缸裡慢悠悠地擺動手腳。每當喉嚨那團硬邦邦的熱火上下滾動，我都覺得像是有一隻烏龜沿著我的氣管往上爬。

有時候去小舅家，其他人在客廳打撲克牌，我會跟著小舅一起窩在浴室，看他兩手捧起烏龜，用牙刷輕輕刷掉龜殼上的青苔。「你會跟烏龜說話嗎？」我趴在浴缸邊緣問小舅，「鈴鈴阿姨會一邊喝酒，一邊對著咪歐自言自語。」

小舅的目光始終沒有離開過烏龜。他撫摸龜殼清晰的花紋，像在觸摸神祕的叢林地圖，隔了很久才回答：「牠知道我在想什麼。牠抬頭凝視我時，我們的呼吸會變得一致。」

烏龜攤開手腳，靜靜地趴在小舅大腿上。小舅拔掉浴缸的塞子，拿蓮蓬頭沖了沖底部，扭開水龍頭注入新鮮的水。他舉起烏龜，用鼻子輕輕碰牠翹起的鼻頭。那一瞬間我忘了呼吸。我看著小舅閉上眼睛，彷彿撞見他接吻的樣子。

有一天，小舅冷清的公寓突然出現一個陌生女人。我從來沒有見過她，也不曾聽小舅提起，媽媽他們一時之間似乎也有些不知所措。女人眼睛圓圓的，個子有點矮，頭髮聞起來像濕稻草。據說她和小舅是在加油站認識的。有次小舅加完油，正要掏錢給營業員時，不小心弄破口袋，裡頭的零錢全部從褲管滾了出來。小舅還愣在原地，女人不知道從哪裡出現，蹲在地上一一撿起零錢，放進小舅手裡。

「八十二元。」女人看著加油機顯示的金額，又低頭看看地上，突然彎下腰抖了抖小舅的褲腳，剛好甩出一枚生鏽的一元硬幣。她撿起來開心地說：「太好了，這樣剛好夠付。」

那個年紀的我以為這就是命運。在路上踩到狗屎是命運，口袋破了是命運，另一個人伸手抓住你的褲管抖出一塊錢也是命運。小舅沒怎麼向我們介紹女人，或許是不知道該如何開口。一開始見面我們多少有些尷尬，但見過幾次後，媽媽偷偷暗示我和妹妹要稱呼她為阿姨，不要太早就叫人家舅媽，不然可能會把對方嚇跑，其他表弟表妹後來也跟著被要求這麼叫。那時我才發現，大人總是習慣在別人面前用手遮著臉，永遠不會坦率地把心裡真正的期待表現出來。
阿姨出現後，小舅越來越像安靜等待風化的岩石，因為再也沒有開口說話的必要。她會在小舅低下頭時幫他擦掉落的飯粒，捲起袖子時遞指甲剪給他。星期六早上，阿姨甚至會在浴缸旁放上一根全新的、宛如新生毛髮般柔軟的龜殼牙刷。有時候阿姨洗好碗，會走進浴室看小舅幫烏龜洗澡。
「你好像在捧嬰兒，」阿姨站在小舅身後說，「好像牠脖子還沒長硬一樣。」
我們都以為再過不久阿姨就會變成小舅媽。他們看起來那麼適合，就像電視上會一前一後走在堤防上的夫妻。可是有一天，阿姨突然一聲不響地消失了。他們沒有吵架，沒有為了遙控器要放桌上還是沙發扶手而冷戰。小舅只是出門買個米漿，不過十分鐘，回來阿姨就不見了。阿姨的東西一件也沒帶走。洋裝掛在衣櫥，口紅、化妝水依舊擺放在梳妝台，看到一半的書也還摺起書角擱在床頭櫃。她唯一帶走的，是浴缸裡的那隻烏龜。
小舅站在空蕩蕩的浴缸前，一句話都說不出來。阿姨在的那段時間，他幾乎忘了該怎麼說話。他把自己關在浴室，坐進浴缸裡，將臉埋進膝蓋中間，任憑散開的烏龜糞便在四周隨水波漂浮而過。媽媽他們流著淚把小舅拖出浴缸時，他的皮膚已經像蒸太久的饅頭，差點被水泡爛。
「她不會幫烏龜洗澡，」小舅靠著牆壁低頭喃喃自語，「她連烏龜怎麼抱都不知道。」
媽媽放心不下小舅，要我們幾個小孩放學後輪流去他家陪他吃飯。某個星期三輪到我。我和小舅兩個人坐在客廳，低頭吃著冷掉的便當。我們沒有說話。日光燈嗡嗡發出低頻的噪音。我清了清喉嚨。我的喉結已經長好了。上下滾動時，我很少再想起烏龜。我想試著安慰小舅，卻覺得怎麼開口都不對。最後我放下筷子說：「我去上個廁所。」

打開浴室燈我嚇了一跳。浴缸不見了，只剩下馬桶和蓮蓬頭，連洗手台都拆掉了。原本水龍頭的位置被水泥封上，留下長長一道顏色略深的痕跡。這裡不再是從前那個擁有烏龜的浴室。小舅把所有會讓他想起烏龜的東西全拆了。蓮蓬頭的水似乎關不緊，滴滴答答流出水滴。聽著那個聲音，我的尿意好像永遠沒有盡頭。我拉上拉鍊，按下沖水鈕，走到廚房洗手。

「浴室變得很清爽，」我轉開流理台的水龍頭，硬著頭皮說，「感覺打掃起來很方便。」

小舅沒有回應，繼續低頭吃著便當。我想說烏龜一定會過得很好的，阿姨會為牠準備柔軟的牙刷，小舅也一定會遇到更好的對象。但我什麼話也沒說，只是把褲管越抓越緊。我坐回沙發，看小舅不停把飯扒進嘴裡。電塔晚上不會發光。窗外只有比夜更深、更巨大的陰影。浴室隱約傳來一滴一滴、微弱的漏水聲。每滴一聲，好像就有什麼脆弱的東西碎裂了。小舅把最後一口飯塞進嘴裡。我清楚看見，他眼裡的光芒熄滅了。他的靈魂，彷彿從此沉入永夜。

4

我一直期待手機鈴聲會響起，但我等了一整晚，什麼都沒有響。我刻意多打了一小時的電動，把手機放在浴巾上，萬一洗澡到一半她打來，我可以隔著毛巾接聽。

「我再打給你。」我記得她是這麼說的。道別前她鏡片下的眼睛閃閃發亮。每次手機亮起，我彷彿都看見她那雙山羌般濕潤的眼睛，就像以前我跟小丘他們去爬雪山，在黑森林附近撞見的一樣。我緊張地拿起手機一看，只是銀行貸款的簡訊。

接下來好幾天電話依舊沒有動靜。我有點心神不寧。在前廊等電梯時，我曾想鼓起勇氣走到樓上，或者假裝按錯樓層搭到九樓，但每次都剛好遇到同事。我對她們點頭微笑，只能故作無事地跟著走進辦公室。

上班時間，她也在樓上工作吧。我心裡想，或許她工作忙得分不了神，不小心忘了這件事。我深吸一口氣，把意識轉移到快遞剛送來排版好的新書稿《長長敲門聲》。這本短篇小說集要趕明年的書展上市，過年前就必須送印入庫，作業時間比一般書來得更緊迫。我按捺性子，慢慢讀了進去。每個短短的故事都像火花綻放一樣，在心中留下絢爛的殘影。尤其和書名同名的那篇小說，更是像有人輕輕握住你的心臟。

那個故事是這樣：有一天，主角午睡到一半，突然被一陣兇猛的敲門聲吵醒，敲得他太陽穴都痛了。「來了。」他揉揉眼打開門一看，是小時候的自己。

「我是來找你的。」小小的自己說。他穿著前端開口笑的髒布鞋，衣服沒有紮進褲子裡。「我在考慮要不要自殺，他們就叫我來找你。」

「他們是誰？」主角一頭霧水。

小孩指著天空中一朵粉紅色的雲：「上面那些自以為偉大的人。」

小孩住進他房間，睡他的床，把他櫃子裡珍藏的鋼彈全都拿出來摸一遍。當小孩正要翻出枕頭底下黃黃的本子，他伸手一把搶了過去。「小子，等你會搭帳篷了才能看。」

他和小孩互相看對方不順眼。小孩看不慣他老是吃泡麵，沒有女朋友，腳越來越臭，他則是覺得小孩脾氣太壞，動不動就臭臉，不合他意就踢別人的膝蓋。「老天啊，」他心想，「我小時候這麼討人厭嗎？」

小孩越來越常生氣，某天忍不住大叫一聲，跑到主角面前用力踩他的腳。「他們本來還要我去看四十年後的自己，也就是二十年後的你，但我受夠了。」小孩兩手握著拳頭，「看到你這樣，我決定去死。」

「等等，」他腳痛得蹲下來，淚水掛在眼角，「你死了，我是不是也會跟著消失？」

小孩對這個白癡問題一臉輕蔑。他心裡大喊不行啊，下禮拜六戴資穎台北羽球公開賽的門票就要開賣了，他不想還沒親眼看到小戴用假動作把對手騙得團團轉就死。

「我給你糖果，拜託你不要去死。」他抓住小孩的肩膀，拚命回想自己以前最喜歡什麼。「養樂多，肉乾，巨無霸冰淇淋，我都買給你。」

他不讓小孩接近樓梯，把繩子和美工刀收進衣櫃最上層的抽屜，每晚睡前都向上面的人祈禱。

「神哪，」他猶豫了一下，不確定要不要指名上帝或觀世音菩薩，「求祢們不要讓我去死。」

終於到了門票開賣的星期六。早上他起床一睜開眼，就發現小孩不見了，到處都找不到。他摸摸自己的臉，低頭看自己的腳。還好，都還在，他還沒有死，他可以如願以償去超商排隊購票了。他鬆了一口氣，一邊吹口哨一邊換衣服。這時房門又被敲響了。長長長長的敲門聲，好像永遠都敲不完。他突然緊張起來，心跳跟著敲門的節奏咚、咚、咚。他吞了一口口水，慢慢走向那道敲個不停的門，不知道這次等在門外的，究竟會是誰。

故事就結束在那陣無止盡的敲門聲，我呼吸的頓點好像也跟著咚、咚、咚。這本書和傳統文學獎出道的本土作者風格截然不同，語言用字非常直接，生活感很強，帶著一種生猛的爽快，又有讓人停下來回味的深度，讀起來非常過癮。我正想寫信給作者，問他知不知道以色列作家艾加・凱磊（Etgar Keret），他的作品有一點他的味道，獅子忽然從她的植物園站起身，提醒我們差不多該出門去通路參加會議。我們出版社有十一個人，她想叫三台計程車一起出發。

「一台車坐三個人，另外兩台坐四個人，大家分配一下。」

獅子才剛說完，豹子馬走進辦公室，自顧自地放下背包和手上的書稿，一屁股坐了下來，打開電腦準備開始工作。獅子把說過的話單獨對豹子馬再說一次。豹子馬沒有看獅子，眼睛筆直盯著螢幕，說她剛和作者碰完面回公司，想再跟排版美編討論書的版型、改打樣稿最後幾個錯字，晚一點再過去。

「我有自己的工作節奏，」豹子馬答答敲打著鍵盤，「沒必要把所有人都綁在一起。」有的同事站起身假裝找書，大部分則是在座位繼續盯著螢幕。獅子的表情有點難看。米猴趁她還雙手抱胸想對豹子馬說什麼時，拉著我躡手躡腳溜出去，從樓梯間快步跑下樓。

「我們兩個一起搭一輛車，」米猴倉促的腳步在樓梯間引起回音，「其他人去找別家出版社共乘吧。」

出了大樓，我們很快就攔到一輛計程車。司機是個打扮乾淨、看不出年紀的女人，戴著白色手套，車上沒有布娃娃和太多保平安的掛飾，冷氣口吹出來的風也沒有玉蘭花讓人頭暈的味道。米猴告訴司機我們的目的地。她想了一下，打方向燈準備迴轉。司機也戴著眼鏡，我因此從後座多看她一眼。

「搭個車也可以吵，真受不了她們。」

「只有我們兩個人搭計程車可以報帳嗎？」我問。

「大不了我們平分車資，不然我自掏腰包也行。跟她們一起搭一台車，我寧可走路走到掌腿（thèm-thuí，腳痠）。」

米猴把背包卸下來放在腿上，轉頭盯著我的臉。「你是不是吸毒啊，黑眼圈這麼重。」

我挺起腰桿看了一下後照鏡，剛好和司機對上視線。

「我知道了，是因為年底吧，很多人都把書稿帶回家繼續工作，畢竟之後還有該死的書展大拜拜。」

米猴吐出舌頭假裝暈倒。我不知道該如何解釋，就順著他的意思苦笑。車子開了一陣，原本亢奮的心情隨著平穩的車速逐漸冷卻下來。我望著窗外。車站前的時間顯示板後面不知道被誰掛了「-」的符號。過了幾個月了，依然有零零星星的反新時活動。其實我幾乎都快忘記這件事。我的身體已經適應新的時間感，頭上彷彿有條隱形的線拉著我舉手，吃飯，搭車，做夢……。無論我攤開還是握緊拳頭，時間依舊像空氣一樣握不住。

車裡傳來廣播細細碎碎的音樂聲，聽不出是什麼歌，不過我腦中自動回響《長長敲門聲》其中一篇提到的歌曲〈島嶼天光〉，想起自己幾年前穿著黑色衣服上凱道反服貿的日子。經過正重新拉皮的舊銀行大樓，鷹架的陰影蓋了下來。米猴突然開口問：「在電梯遇到的那個女人，是你的前女友吧？」

他的問題讓我愣了一下。我還沒有想過我和她之間可能的關係，我連她到底是誰都不知道。我問米猴：「為什麼這麼說？」

「因為你們之間有點尷尬。」米猴靠著椅背，脖子剛好撐在隆起的頭枕上。「分手是你提的對不對？」

我低下頭，不知道該說什麼。這種時候，我的反應無論怎麼看似乎都像是默認。

「真的要分手就徹底分乾淨，對人家還有依戀就坐下來好好談復合。」米猴慢慢把視線轉向窗外，「感覺你不擅長處理這種事。」

「嗯。」我含含糊糊回答。我不知道原來米猴這麼看我。

「不過跟前女友在同一棟樓上班，感覺還真奇怪，好像鼻涕黏在手上。」

「你之前有看過她嗎？」

「沒什麼印象，不是我的菜。我是馬尾控，但不喜歡眼鏡娘。」

前座的司機突然出聲問：「眼鏡娘不好嗎？」

米猴和我愣了一下，互相看著對方。司機從後照鏡瞧了我們一眼，「女生戴眼鏡不好嗎？」

米猴支支吾吾了起來，「沒有不好，只是個人喜好，我比較不擅長隔著一層鏡片看別人的眼睛，感覺沒辦法真正看進對方的心。」他乾笑了幾聲，「司機大姐竟然也知道眼鏡娘，我還以為只有宅男懂。」

「你對戴眼鏡的女生和計程車司機有偏見喔。」

「沒有，不是。」米猴用手肘推了推我，用眼神向我求救。

我接著說：「司機很辛苦，我有個姨丈也在開計程車。」

「在這一帶嗎？」

「不，在一個被海包圍的小鎮。那裡的海像玻璃一樣，裡頭還有珊瑚。」

「聽起來真美。」司機看著後照鏡裡的我，她鏡片底下的眼睛在笑。

或許是怕不小心又說錯話，米猴沒有再開口。我們各自看著窗外。風景不斷向後流逝。停在燈桿上的八哥鳥越縮越小，彷彿隨時可以抹去的污點。我認出幾個眼熟的招牌，心想目的地就快到了，這時司機突然開口說話。

「你姨丈怎麼會開計程車？」她問，「他家裡有人在開嗎？」

我想了想，姨丈曾因被朋友陷害破產過一次，舉家連夜逃到鄉下，等風頭過了，阿姨才在半夜用公共電話跟我媽聯絡。我記得話筒另一端阿姨的聲音不斷發抖，後面時而傳來姨丈驚慌的喘息。光是聽那道斷斷續續、急促的呼吸，我的心跳就跟著變得越來越緊張。

「為了生活吧。」我回答。「司機大姐呢？」我盡量讓自己的語氣聽起來沒有刺探的意思，「很少遇到女性司機，臉上又沒什麼風霜的。」

司機沉默了一會，在我以為終究還是冒犯到她時，她說：「為了理想。」

我愣了一下，腦中浮起坐在駕駛座的姨丈把錢收到夾克內層暗袋，臉上那種又哭又笑的表情，沒辦法跟司機口中那個光輝閃耀的詞連在一起。

「理想？」我問。

「如果今天發生戰爭，計程車就會自動變成軍用車，」她一邊注意後方來車，一邊打方向燈切換到外側車道。「國家可以隨時徵調我們，幫忙載運士兵，或是執行他們希望我們執行的任何軍事行動。」

我目不轉睛盯著後照鏡裡的司機，對她說的話感到不可思議。米猴也是，他的視線從窗戶外轉了過來。

「握著方向盤，我感覺責任重大。不是只有讓車上的乘客平安抵達目的地，我們必須帶著覺悟，情況危急時，要比任何人都鎮定地闖入烽火，並且穿梭其中，盡全力把勝利留下。身為一名計程車司機，我覺得非常有榮譽感。」

她挺直背脊，整個人彷彿都在發光。下一個十字路口就到了。米猴告訴她我們在前方那間全家超商下車。她打方向燈靠邊緩緩停下，撕下機器吐出的收據，轉過來對我說：「希望你姨丈也挺起胸膛，帶著榮譽感駕駛計程車。」

下車後，計程車一駛離，米猴立刻露出鬆了一口氣的神情。「我最害怕搭計程車被司機搭話了。」「這個司機還滿有趣的。」

「計程車變火戰車嗎？她說的是電影情節吧，前幾年很紅的韓國電影《我只是個計程車司機》。」「劇情不是這樣啦。」

我不知道司機大姐說的是不是真的，不過我隱約記得以前跟小丘玩桌遊時曾聽過類似的歷史。那是一款根據一次大戰某場決定性的戰役設計出來的遊戲，玩家必須抽牌完成任務，在半小時內依照計程車限額載滿士兵，開出圓環傷兵院累積分數。由於不夠刺激，也不能陷害別人，我們玩完一回合就放棄了。小丘跟其他人討論接著要玩「狼人之夜」還是「Bang！」，我把鐵盒裡的手冊攤開來看。上頭都是法文，我看不懂，不過還是被古地圖，老式計程車，和一個戴帽子的將軍照片給吸引。小丘湊過來說，就是這個翹鬍子元帥在軍醫院前集結計程車，把步兵載運到前線才打贏戰爭的。我那時覺得他在開玩笑，但剛才司機大姐挺直背脊的神氣模樣，讓我頓時對開車風格有時有點粗魯、滿街跑的黃色計程車，還有在鄉下躲債的姨丈，湧起奇妙的敬意。

米猴掏出手機看了一眼，伸了伸懶腰。「時間還沒到，我們先去全家晃晃吧。」

我跟在他身後走進超商。自動門打開響起歡迎鈴聲，我的口袋這時也傳來輕盈的震動。是她。直覺這麼告訴我。我急忙伸入口袋摸索，顫動的手機好像剛出生的小雞握不住一樣。我的手心開始流汗，心跳也越來越快。我花了一點時間，才終於將手機從口袋掏出來。

「小說卡關了。」

訊息這麼寫著，旁邊的頭像不是我心裡想的那張臉。我看著螢幕一時還無法反應，新的訊息又跳了出來。

「我們能見面嗎？」

5

莉卡推門走進來時，我幾乎認不得。我本來想像她一臉憔悴，穿著鬆垮垮的衣服，眼睛下方有暴雨來臨前的陰影。我看過不少作家靈感枯竭時都是這副模樣。他們兩眼無神，分不出左腳和無名指，一部分的靈魂從頭頂飛走了。但莉卡神采奕奕，臉頰和嘴唇都有櫻花般的顏色。她一出現，餐廳彷彿提早走進了春天。

莉卡張望一下四周，很快就看到我，帶著笑容朝我走來。

「你上次怎麼沒去河口？」我還沒來得及打招呼，莉卡就先開口。「米猴說你會去。」

我尷尬地笑了笑，「臨時有事。」因為不希望莉卡的目光停留在我臉上太久，我趕緊接著問：「點燈好玩嗎？」

莉卡拉開我對面的椅子坐下，「不錯啊，看別人寫的小卡滿有意思的，好像偷翻人家藏在抽屜裡的日記。」

「內容這麼有趣？」

「有一張小卡我印象特別深，我猜是男孩子寫的。他說他為了練身材，每天晚上都吃五份鹹水雞，再加早餐午餐六顆蛋。本來這樣的消化時間剛剛好，但因為新時，害他少消化一個鐘頭，又得提早一小時開始進食。隔天一早吃雞蛋都要吐了，而且還胖了一公斤。」

我聽完忍不住大笑。這不只是男生寫的，還很有可能是個大學生。我大學時就有這種室友。在他們的起鬨下，我有時也會跟著一起做蠢事。比如跨年夜和小丘他們跳下學校那座收集廢水的人工湖裸泳，還拿湖底的爛泥巴當死海泥敷臉，結果隔天就感染了毛囊炎，吃了兩個月的抗生素才治好。

莉卡又說了另一張比較令人遺憾的小卡。寫的人在超商上大夜班，新時讓他少了一個小時的工資，他得再去打烊後的餐廳多洗兩小時的碗才能付房租。莉卡剛講完，服務生便走上來問我們要點什麼。莉卡猶豫了一下，點了金針排骨湯麵，我則是點和往常與作者聚餐一樣的蔥燒雞飯套餐。服務生確認完我們的附餐內容和上飲料的次序，給了我們一個標準的微笑，走向後面那桌替客人點餐。

「你幾點要回辦公室？」莉卡問。

「沒關係，這裡離公司很近。」我把菜單放回桌旁，挪動紙巾盒讓它不至於掉下去。「不過這裡用餐有時間限制，超過的話再找其他地方。」

莉卡點點頭。這段期間有小小的沉默空檔，我決定直接開口問：「你之前說小說卡關，狀況還好嗎？」

「嗯。」莉卡稍微往椅背靠，十指交叉向前伸。「怎麼說呢，不太好，有時候會很迷惘，不知道接下來該怎麼寫。寫作的感覺，尤其長篇小說，就好像站在一大片芒草叢前一樣，地上沒有半點路跡，也聽不見褐頭鷦鶯的鳴叫聲，或是看見牠們尾部上下擺動的身影。我赤手空拳，不知道該徒手撥開割人的芒草，還是隨便撿起地上的枯枝、石頭，一股腦劈砍出一條歪歪斜斜的路比較好。我時常感到迷惘。」

「需要我怎麼幫你？」

莉卡眼裡好像早就已經有了答案，但她假裝想了想。

「像這樣吃個飯，輕鬆聊聊天就可以了。」

戴帽子的服務生先送上我們的飲料，我幫忙把水杯移向中間。莉卡點的是蘋果汁，玻璃杯中透出漂亮的琥珀色。她喝下一口，臉慢慢皺了起來。

「這是加冰塊的洗髮精吧。」

我記得這裡的果汁冰沙系列很受女同事歡迎，夏天常看她們專程來外帶回公司。不過米猴有次跟著買了鳳梨百香果汁，喝了一口也是這種表情。

「這麼難喝嗎？」我問。

「你喝喝看。」莉卡把杯子推到我面前，吸管前端沾著淡淡的唇印。「喜歡的話我跟你交換。」

我看著吸管口那層薄薄發亮的口水，猶豫了一下。「我還是喝咖啡吧，」我舉起我的馬克杯，熟悉的雨林香氣飄了上來。「回公司還得打起精神工作。」

莉卡把蘋果汁移回中央，拿起水杯漱口。沒多久，我們的餐點就送了上來。我們一邊吃，一邊漫無目的地談天。大部分都是莉卡在講她家貓咪的事，我聽著聽著，有時候也會分心想起翻出肚子、一臉舒服的咪嚕。我把餐盤裡配色用的辣椒挑開，正要舀醬汁淋飯時，看見豹子馬從門外走了進來。她手臂下夾了一疊書稿，快速掃視餐廳一圈，跟走上前的服務生不知道說什麼。這個時段幾乎沒有空位。服務生一臉為難，勉強在角落幫她拉起一個位置。莉卡意識到我的視線落在遠方，順著我的目光轉身往後看。

「認識的人嗎？」

「同事，也是編輯，最近做的其中一本書你可能有聽過，叫《午夜樂園》。」

莉卡聽了睜大雙眼，一臉不可置信的樣子。「那本書我很喜歡，」她不自覺垂下筷子和湯匙，「不管從哪一頁開始讀都讓我無可自拔地掉進故事，想像也跟著天旋地轉，就像把跳跳糖丟進腦袋一樣。」莉卡轉頭過去，看到了坐在最角落、桌上一疊稿子的人。「要請她過來併桌嗎？」

「不用，」我苦笑著說，「實際跟她面對面，你可能會失望。」

我很快就把我的餐點吃完，連蔥燒醬汁也沾得一滴不剩。我看著莉卡吃麵，小口小口喝湯，注意到她再也沒有動那杯蘋果汁。等莉卡終於吃完，我用比較不傷人的方式暗示她不要忘了那杯飲料。

「我不想喝，」莉卡抽起一張紙巾擦拭嘴巴，以此表示用餐結束，「感覺喝下去會中毒。」

我有點難過。我不喜歡食物剩下，那會讓準備食物的人傷心。之前有次回老家，跟妹妹去附近新開的路邊攤吃陽春麵，我不知道我的國中同學大智在那裡煮麵。那天天氣很熱，我胃口不好，沒有把湯喝完。和老闆結帳時，我聽到大智一邊收碗，一邊小聲地罵髒話。他從以前開始只要難過就會罵髒話。端著碗走到廚餘桶前，大智又罵了句三字經，然後咬著牙齒把湯倒掉。幾根麵條跟著豆芽菜和肉燥滑了出來。我聽到他痛苦地叫了一聲。那時我才意識到，我做了一件讓廚師多傷心的事。

「那我喝掉好了。」

我拿起那杯蘋果汁咕嚕咕嚕喝下肚。莉卡目不轉睛地盯著我，我才注意到我捏著吸管，對著她含過的管口猛吸。我突然覺得有點難為情，放下空杯，盡量不動聲色地說：「午餐我來付，可以報出版社的帳。」

離開前我看了角落的豹子馬一眼。她左手舀炒飯送進嘴巴，右手拿紅筆圈圈畫畫，眼睛從來沒有離開過書稿，自然也沒發現我的存在。走出店門，我突然想起豹子馬前幾個月另一本內容十分精采，但米猴來不及做行銷曝光的書。

「你有看過《死亡的搖籃》嗎？」我問莉卡，「講一個自殺者的鬼魂在路上遊蕩的故事。」

莉卡搖搖頭。我問她願不願意跟我一起回出版社，我要拿這本書送她，或許能刺激她一些靈感。

莉卡想了一下，決定在樓下的超商等我。

「我可以順便翻翻雜誌，聽說最新一期的《文藝朗報》出刊了。」

回辦公室後，我蹲在我的書櫃前找出《死亡的搖籃》，又挑了幾本我認為不錯的小說，像《食蜜之人》和《魚骨時代》。我拿起之前做的《夜裡的敵人》，想了想又放了回去。我抱著書下樓走進超商，莉卡正站在飲料櫃前看冬季限定的熱飲。看見我手中的書，她嚇了一跳。

「這麼多，」莉卡接過去後一本一本念出書名，「都給我沒關係嗎？」

「沒關係，我們有公關書額度。」我看到莉卡的目光在《死亡的搖籃》背後的書介多停駐了一會。「能給你寫作上的刺激就更好了。」

莉卡翻了翻書頁，隨機從某一頁讀了起來。超商外頭人來人往。我不經意看向落地窗，豹子馬抱著書稿從我面前走過，正要走回公司，一個綁馬尾的女人正巧與她錯身而過。是她。她低著頭，好像在想什麼。她推了推壓住鼻梁的眼鏡，把掉下來的頭髮塞到耳後。太陽被灰色的雲層遮住。她的頭髮蒙上一層像是鐵鏽一樣黯淡的色澤。

莉卡好像說了什麼，但我完全聽不進去。玻璃窗外的她碰巧抬起頭，往超商裡面看，我們的目光就這樣碰上。她凝視我，把眼睛轉向我身旁正對我說話的莉卡，接著又回到我臉上。莉卡的手搭上我的手臂。她看了一眼我們交疊的手，別過頭，逆著人群走了。

6

接下來幾個禮拜，我的工作一團亂，日子不知道怎麼過的。《快門下的心跳》不知道什麼原因，入庫後才發現第一百八十七頁整頁空白，緊急把鋪出去的書全數召回，一頁一頁、一本一本地檢查。印刷公司不肯負責，他們說都是依照我的回樣設定印刷條件的，只是最後留作對證的數位樣被某個問題員工搞丟，我們不能因此就把錯全賴在他們頭上，他們已經解僱他了。獅子非常生氣，快年底了，業績已經開始結算，她不能忍受這種莫名其妙的損失增加支出。她拉著我去向社長解釋。我結結巴巴說出經過。社長一邊聽，在剛剛好的時機點頭，偶爾拍拍我的肩膀，臉上的笑容從來沒有少過。一開始我還覺得他親切，後來漸漸感到恐怖。

在這種焦頭爛額的時刻，快遞又把《長長敲門聲》的一校稿寄丟，然後說好要交一月新書《人魚日記》封面提案的設計者人間蒸發，整個禮拜都聯絡不上。我每隔十分鐘撥一次他工作室的電話，兩分鐘後撥他的手機，這樣重複循環，打到指頭都痛了，電話另一頭還是無人接聽。

「我是新橋出版的阿基，」轉接進語音信箱後我說，「這週要交《人魚日記》的封面初稿，不過一直沒收到你的提案，電話也打不通。聽到這通留言，請你立刻回電給我。」

我掛上話筒，埋頭重做《長長敲門聲》的校對。只要電話聲一響，我就會從座位彈起來。發現鈴聲不是來自我桌上那台電話，而是其他地方，我只好拾起紅筆坐回去。中午米猴走到我身邊，問我要不要出去吃飯。

「你看起來好衰喔，」米猴一手撐著隔板，同情地看著我，「是不是被詛咒了？」

「我沒有跟誰結仇啊。前幾天在路口等紅燈，我還跟一個坐輪椅的先生買牛奶糖。」

「說不定上天是要懲罰你拋棄馬尾眼鏡娘。」

我啞口無言，只能對著米猴苦笑。「什麼馬尾眼鏡娘，講得跟動漫人物一樣。」

「所以去宜親排骨飯包還是港龍燒臘？我肚子餓死了。」

我看了看桌上那疊稿子，還有信箱裡十幾封等待回覆的信件，全身向後一靠。

「我真的沒辦法，幫我外帶全記的麻婆豆腐炒飯回來吧。」

米猴嘀咕了幾句，拖著腳步往外走。這一、兩個禮拜我很少跟他一起吃飯，我不是去樓下超商隨便買個飯糰塞進嘴裡，就是忙到根本忘了時間。米猴曾說，一整天他最期待的無疑是下班，第二就是中午出去吃飯。「就像不得已被關進監獄，一天只有一次難能可貴的放風時間。如果不出去甩甩手、繞繞圈子，久了就會漸漸忘記自由的滋味。」

想起米猴這番不無道理的論調，我有點後悔沒跟著他一起出去。小說看到某個段落，我決定至少去頂樓讓風吹吹臉頰，感受一點冬日陽光的溫度。我忘了穿上外套，到頂樓一推開門我就卻步了。風彷彿剛裁切好、銳利的紙，劃過我的臉頰，頭皮，耳朵。我覺得自己可能會因此而流血。

我往外頭走一、兩步，盡量把脖子縮在領子裡，兩手插進口袋，慢慢走向水泥護欄。雖然太陽被一層一層厚厚的雲團遮住，仰起頭時，我還是不由自主瞇著雙眼。底下來往的車聲聽起來好遙遠，好像一切都與我無關。我漸漸感受到一種繩子鬆開的感覺。我把意識抬高，想像自己是一隻鷹，慢慢張開翅膀，隨著氣流盤旋上升，往光的方向翱翔而去。

後方的推門聲將我的意識拉回樓頂。我的雙腳又穩穩地踏回地面。我轉過頭，發現開門的竟然是她。我沒想到我們會在這裡相遇。她伸手擋了一下刮起的風，馬尾飛了起來。看到我站在這裡，她似乎嚇了一跳，有點猶豫要不要走過來。

「嗨，」我想也沒想，出聲把她喊住，怕她就這樣轉身關上門離開。「好久不見，最近在忙嗎？」

她看著我，稍微低下頭，考慮了幾秒，慢慢走過來。我們之間的距離有一點遠。風時大時小，她的聲音因此有些不清楚。「有很多該做的事。」

「我也是，工作上遇到好多麻煩。你常來這裡嗎？」

「有時候。」她低頭看著自己的鞋尖，「心情不好的時候。」

我講了被抓進社長辦公室的事，還有封面設計者莫名人間蒸發。她有時看著天空，有時看著對面大樓的避雷針，一直沒有說話。不像上次去吃野菜時會看著我的臉、主動聊起話題，她好像對著什麼在生悶氣。我想來想去，原因可能只有一個。

「上次超商跟我在一起的女孩子——」

「我知道她是誰。」我話還沒說完，她就立刻打斷，「你的一個作者。」

我頓了一下，腦子還在想她是怎麼知道的，她又問：「她小說寫得好嗎？」

這個問題讓我難以回答。我不知道她對莉卡的了解到什麼程度，也一直認為所謂的「好」就像海上的浮球，會隨著浪和風移動。我就曾遇過在會報上激動地講述書中某個讓我震撼的片段，卻被業務冷眼回應。我想了想，在心中那片迷霧一點一點摸索適切的字句。

「可以的話，」我說，「我希望能繼續當她的編輯。」

她撥開被風吹上臉頰的髮絲，終於轉過頭來看我。「嗯。」

我不太能判斷她的表情，但我感覺我們之間的氣氛好像砂糖在咖啡裡慢慢化開。我想朝她走近一步，肚子卻咕嚕叫了好大一聲。我和她看著彼此，同時笑了出來。

「快去吃午餐吧，」她把背部靠向護欄，收起一隻腳抵在牆上。「說不定吃完飯，你等的封面就寄來了。」

「如果是這樣就太好了。」我看著她側臉的弧線，也想往護欄靠，和她並肩望著天空，聽大樓換氣系統轟隆轟隆運轉。但我沒有這麼做。我在原地站了一會，脖子越來越冷。因為肚子餓，手腳也開始有點發麻。

「那我下樓了。」

她凝視我的雙眼，隔一陣子才點點頭。「好。」

我還想再說些什麼，卻什麼也想不到。我搓了搓褲管，慢慢走向鐵門。由於大樓內外的壓力差，我花了一點力氣才把門拉開。當我正要踏進門內，她突然把我叫住。

「今天還要帶稿子回家看嗎？」

我想了想，《長長敲門聲》大概剩下一半。「可能不會，」我說，「今晚想偷懶一下。」

門關上以前，我又看了她一眼。她也是。她伸長脖子，好像想從縫隙尋找我最後的身影。回到辦公室，我脖子上因為寒冷而起的雞皮疙瘩終於漸漸消退。便當已經在桌上了，米猴還很貼心地幫我在下面墊了一張從回收箱撿來的廢紙。我轉身跟米猴說謝謝，準備拿皮夾掏錢給他。

「數位樣找到了嗎？」米猴接下我的鈔票，從口袋摸出一枚十元硬幣給我。「你看起來心情很好。」

「有嗎？我不知道。」我甩動滑鼠喚醒電腦，更新信箱的新進信件。「沒有。」我瀏覽寄件人，點入其中一封信讀了起來，「不過《人魚日記》封面的設計者倒是回信了。」

設計者說，他上個禮拜去參加朋友的樂團表演，他們好不容易能在大型音樂祭露面，他也跟著一起上台炒熱氣氛。他附了一張他戴著公雞頭套、高舉雙手的照片，台下每個觀眾都在笑。他沒有為自己遲交提案的事道歉，只在信末淡淡地寫：「我這幾天會盡快給你封面。」

奇怪的是，我竟然沒有生氣。我想正常人碰到這種情形不是抓起電話打去劈哩啪啦罵人，就是直接撕破臉。至少我其他同事，特別是豹子馬都是這樣。關於合作對象，我們心中都有一份天使和地雷名單。這份名單是憑著運氣換來的。要是不小心踩進地雷區，編輯也會跟著一起被炸得粉身碎骨。我拿起記事本，計算我還剩下多少時間。我吃了幾口炒飯，身體慢慢熱了起來。便當剩不到三分之一時，我決定回信。

「明天中午前得看到你的提案。我們沒有時間了。」

下午我一鼓作氣把《長長敲門聲》的校對做完，一頁一頁拍照記錄，才打電話叫快遞送件。我站在櫃檯等快遞先生，來的人和上次搞丟的人不同，但一樣在安全帽底下戴著鴨舌帽，褲頭繫了專門放簽收單的腰包。他在單據上寫下幾個歪七扭八的字，對我指著空白格說：「這裡簽名。」

一、兩個小時後，排版美編說她收到了，三天內就會給我修改過的版本。我喘了口氣，事情總算有慢慢回到常軌的感覺。我覺得頭重腳輕，耳朵好像進水，胸口莫名有股渴望想直奔頂樓。我想去找她，告訴她這些開始發生轉折的事。我離開辦公室。搭電梯向上時，我腦海裡一次又一次浮起她交叉雙腳，背部靠著水泥護欄，額頭微微抬高的樣子。我深吸一口氣推開頂樓的門。中午她站的那個位置空空如也。她當然不在那裡。換氣系統依然像蒸氣火車轟轟作響。對面大樓有幾格窗戶亮起燈光。天已經黑了。

我走樓梯下去。經過九樓時，還放慢腳步，探頭往裡面看了一下。回到辦公室，我寫了幾封信，把最後一點工作收尾。米猴準備要下班了。他拎著背包揮手從我面前走過，走了幾步又退回來。

「你中午是不是跑去哪裡拜拜？」米猴指著我的頭頂，「你頭上的烏雲都不見了。」

我把估價單放進文件夾，對米猴笑了笑。「快回去吧，我也要走了。」

關上電腦時，我心中突然閃過一種奇妙的預感。我很難說清楚，就是一種像閃電一樣，非常強烈的預感──她會來找我。為了那個預感，我在公司附近的三商巧福唏哩呼嚕吃完一碗味道單調的牛肉麵，搭直線距離最近的公車回家。到家後我沒有打電動，而是直接進浴室洗澡。我把身上的泡沫沖乾淨，把排水孔的頭髮撿起來。刷完牙、吹乾頭髮後，我躺在床上看著天花板，等待心中那個預感的時刻來臨。

叩叩。門板響起兩記短短的敲門聲。那是手指關節在木板上碰撞的聲音。「來了。」我沒有問是誰。我走上前去，握住門把。轉開以前，我的心裡已經浮上了那張臉。

第四章

舊的月亮

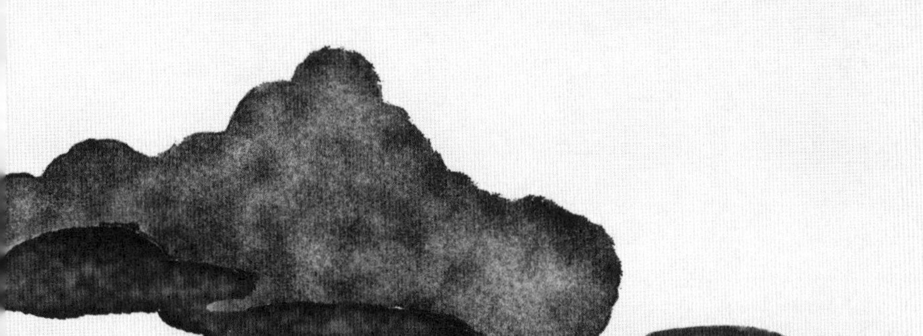

莉卡

1

門一打開，我就看到阿基臉上的表情從期待轉為淡淡的失落。雖然只有一瞬間，很快就恢復成以往平靜的樣子，但我還是看到了。直覺告訴我，阿基正在等什麼人，而他心裡想的那個人，並不是此刻站在門口的我。

「對不起，這麼晚還突然跑來打擾你。」

我緊張地向阿基道歉。他一手握著門把，對我露出微笑。「不會。」阿基看著我的臉幾秒鐘，之後問：「你怎麼在這裡？」

老實說，我也不清楚自己為什麼會在這裡。剛才遇到的事讓我腦子一團亂，只想快點找個人說說話讓自己冷靜下來。幾個小時前搭公車經過這附近，我碰巧看見阿基走進這棟大樓。我想他應該住在這裡。於是事情結束後我想也沒想，就跑來敲他家的門。

「剛才我遇到一件不可思議的事……」

我有點頭重腳輕，話還說不太清楚。阿基大概沒聽懂我說了什麼，專心盯著我的嘴巴，問：「外面是不是很冷？你的嘴唇都裂開了。」

「有嗎？」我碰了碰自己乾燥的嘴唇，嘴角感到一陣刺痛。

「要進來房間聊嗎？還是去外面喝個熱的？巷口有個賣花生仁湯的小攤子。」

阿基把房門往後拉開。從我的角度看進屋內，只看得到洗衣籃，冒出蒸氣的浴室，堆著毛巾的置物架，和一張雙人床，床上只有一個枕頭。我想起之前阿基曾說，他分手了。

阿基身上淡淡的肥皂香味飄了過來，有點像剛下過雨的草原，空氣都洗乾淨了那種味道。我本來要走進那個帶著濕氣的房間，坐下來跟阿基說一、兩個小時前我遇到的事，但是當我準備傾身向前、踩下右腳鞋跟，眼前忽然閃過門打開那一瞬間阿基看見是我時失落的表情，以及他可能正在等待的那個人——戴眼鏡，綁馬尾，頭髮是紅色的。我不想害人。一想到此，我不禁往後退了一步。

「沒關係，我現在冷靜了。突然跑到你家真是抱歉，我想我還是快點回去好了，不然托米要生氣了。」

「時間有點晚，要不要我陪你去搭車？」

阿基走出房門一步，草原的味道跟著飄了出來。我搖搖頭說沒關係，轉身從樓梯快步往下走。

我一路走向幾個路口之外的公車站。靠著廣告牆，我吐出的熱氣讓薄薄的塑膠板起了霧。上方的電子看板似乎壞掉了，一直顯示公車距離到站還有十五分鐘。我無法分辨是不是前幾站發生了交通事故，還是時間真的在什麼地方停了下來。回想一、兩個小時前，我搭著同一線的公車，在這條路上，正要去一間能欣賞河岸夜景的餐廳赴約。公車一路駛過屈臣氏，中醫診所，NET，熄了燈的聯邦銀行。在麥當勞轉彎後沒多久，停在Y字路口等紅燈時，我往窗外一望，碰巧看見阿基走在對向的人行道。他帶著淺淺的微笑，雙眼發亮，好像即將會遇上什麼好事。隔著車流，阿基當然不可能看見我。我看著他繞過電線桿轉進巷弄，掏出鑰匙打開一棟灰色大樓的鐵門。沒多久，二樓第二間房間的電燈亮了，屋內浮起一個淡淡的黑色人影，那個人影的形狀和阿基一模一樣。車道的綠燈亮了。公車向後震了一下，繼續往前行駛。這時我包包裡的手機突然傳來震動。

「我已經在餐廳裡了。」

讀完訊息，我握住手機做了個深呼吸。要和我以為已經死了的人見面，我心裡其實有點緊張。在死人穿越時間，在另一端對我開口說話以前，我曾因為收到那張發黃的舊照片，在腦海裡幻想過她的一舉一動、可能的心情，以及她和照片之外的某人短暫交會的各種情節，甚至還為此寫了小說。我怕她和我的想像有差距，又渴望她一開口，就讓我單薄的幻想世界響起雷聲、浮現太陽和月亮。公車左搖右晃。手機螢幕暗下來前我回覆：「我快到了。」

經過萊爾富和摩斯漢堡後，公車慢慢滑入終點站。我跟著車上的乘客依序下車。有個穿制服的高中生頭靠著窗戶睡著了，排在我前面一個媽媽模樣的銀行員伸手過去搖醒他。下車後，我走入河岸與商家間細長的窄路，往河口的方向走幾分鐘，到一間門口種著菩提樹的餐廳。店內溫暖的燈光從窗戶透了出來。我推開木條裝飾的玻璃門，朝座位望了望。我原本預期的是個充滿韻味的婦人，就像照片那樣。她不一定還穿著和服，外面罩著白色圍裙，但她一定全身上下散發燭火般迷濛的光暈，我可以一眼就從人群中認出她。我望了一圈，餐廳裡沒有半個人接近我想像中的模樣。我伸長脖子正要察看角落低頭吃薯條的女人，恰巧和一個頭髮灰白的男子對上視線。

我們互相凝視了幾秒，之後他對我展露微笑。「是作家嗎？」男子站起身，朝我走了過來。「你應該就是作家了。」

我有點遲疑地對他點了點頭。他向我伸出手，「終於見面了，之前都在LINE上聯絡。我叫灰哥，很簡單，因為我頭髮是灰色的。我從國中就開始長白髮了，看起來比同年紀的人老上許多，那時候學長都叫我去檳榔攤買菸。不過四十歲以後，我的白髮沒有再增加，現在看起來倒是和實際年齡差不多，算是先老起來放。」

灰哥說完，手往窗邊的座位一揮。我順著他指的那桌看過去，座位空盪盪的。

「只有你一個人？」我問。

「對啊，第一次見面，難道要帶上爸媽？這樣進展速度太快了。」

灰哥說完自己笑了一下，領著我走向座位。他在我對面坐下，舉手招呼服務生過來點餐。「你吃魚嗎？這裡的鮮魚套餐很好吃。」

我不知道我有沒有點頭或搖頭，只是看著他對服務生指著菜單比手畫腳，偶爾逗服務生笑，久久說不出話。有一瞬間，我甚至懷疑自己是不是在做夢。

服務生複述完餐點離開後，剩我和灰哥兩個人。灰哥見我遲遲沒有說話，攤開雙手笑了一下。

「好，我們輕鬆一點。別緊張，現在不是面試，想聊什麼就聊，就當作認識新朋友，也不用在意我年紀比你大。」

我用喉嚨發出有點乾燥的聲音，隔了一會才緩緩開口。「你跟你寄給我的照片不太一樣。」

「對啊，大家都說我本人比較好看，」灰哥舉起水壺往我的杯子裡倒水，「所以我不喜歡拍照。」

「不，完全不一樣。」我看著灰哥的眼睛，鼻子，嘴巴，耳朵線條，把那張發黃的照片疊上他的輪廓。「還是你是旁邊那三個男人的其中一個？」

「三個男人？你是說寶萊塢電影《三個傻瓜》（*3 Idiots*）？我可不是藍丘。我寄的是今年夏天去明池的獨照。」

「獨照？」我重複灰哥說的話，仍然搞不清楚狀況。我拿起手機，往前找出那封信。點開信件後，我看看照片又看看他，把手機轉個方向放到他面前。「我收到的是這張。」

灰哥一看見照片，立刻露出吃驚的表情。「你怎麼會有這張照片？」他上下滑動螢幕，滿臉不可置信。「這是我阿公的遺物。」

阿公的遺物。聽到這句話讓我心底爆出小小的火花。我好像看見黑暗中有個人影逐漸浮起輪廓。

「其中一個男人是你阿公？」

「不是，那三個我都不認識。真尷尬，我不是寄那張照片給你，是這張才對。」

灰哥在自己的手機上翻了一陣子，才找到當初寄給我的信。那是張截然不同的照片。他一個人站在湖畔，背後是一株插在水中的枯木，後面還有一座種植落羽杉的浮島。霧氣從遠方山頭降了下來。他的頭髮看起來是銀灰色的，像雪豹。

「欸，該不會是因為這樣你才不回信吧？以為我是什麼怪老頭。」」灰哥兩手交叉抱胸，把身體靠向椅背。「一定是新時的關係，那陣子一堆系統錯亂，很多人寄 Email 都出了問題。我那幾天剛好整理家裡，把幾張狀況不好的舊照片掃描成電子檔。」

我盯著灰哥的照片愣了一會，又回到自己收到的那一張。「那這個女人是誰？」我指著中間穿和服的女人，「她是你阿嬤？」

「不是，」灰哥猶豫了一下說，「她是我阿公的初戀情人。」

我瞪大眼睛問他：「他們後來怎麼了？」

「我不能說，」灰哥把手機推還到我面前，給了我一個意味深長的微笑，「我答應我阿公要保守祕密了。」

2

後來那幾天，我滿腦子都在想灰哥阿公的祕密，還有他和那個和服女人之間發生了什麼事，卻怎麼想都沒頭緒。我有點挫折。餵完托米罐頭，我決定出門透透氣。我本來只想在附近走一走，買個茶包就回家。但等我回過神，我已經站在安古之前帶我去的汽水店門口。

我猶豫了一會，還是掀開汽水店的門簾。一踏進店裡，我的眼睛等了一下，才適應縮減的光線。我反手將門帶上，在我逐漸看清楚桌子，高腳椅，書架……的輪廓，老闆娘的臉也跟著從黑暗中浮了出來。

「嗨，」她問，「今天一個人？」

我有點意外老闆娘還記得我。我對她點頭笑了笑，「一杯黑貓。」

老闆娘將上半身往前靠，興致盎然地盯著我看。「你是那種專一到底的類型？像小鴨子把第一眼看到的東西當作母親，你只會選擇第一次嚐過的滋味，不會被其他誘惑動搖？」

老闆娘的問題讓我思考了一下。我不害怕嘗試新事物，也不討厭改變，只不過我會點跟上次一樣，或許是因為「貓」。

「因為味道很好。」我對老闆娘輕輕點個頭，準備走向上次角落的小圓桌。

「連座位也是嗎？」老闆娘一手叉著腰，一手放上吧檯。「今天只有你一個，要不要坐近一點？」

老闆娘指了指她正前方的座位。我想了一下，覺得不太好意思拒絕，於是轉身走向吧檯，在她指定的位子放下包包和外套。

「你記得每一個來過的客人嗎？」我問。

「差不多。我對人的記憶就像照相機，拍下之後會存放在腦袋裡的資料庫。而且很先進喔，影像全部都已經數位化了，不管過多久，每個人的臉孔，表情，不自覺的小動作，始終都像第一次一樣鮮明。」

「真厲害，你一定有很多忠實顧客。」

「而且我會在心裡幫每個客人取名字。譬如有個臉頰還有點嬰兒肥的上班族叫『倉鼠』，喜歡在大拇指戴戒指的女人叫『土星』，常穿吊裡仔（tiàu-kah-á，無袖內衣）露出啤酒肚的中年男子叫『維士比』，會把冰塊咬得咔咔作響、每次來都西裝筆挺的業務叫『邦迪亞上校』。不過我不會告訴本人他們叫什麼。」

老闆娘對我眨眨眼，從酒櫃拿出兩支細長的伏特加和咖啡酒，開始調製我的黑貓。我很好奇老闆娘在心裡怎麼叫我。從小到大我沒怎麼被取過綽號，只有小學五年級常常因為肚子痛去保健室，又戴著眼鏡，被班上一個調皮的男同學叫「蒼白雞」，是「蒼白的四眼田雞」的簡稱。而我上高中後為了挽救急遽惡化的視力，已經改戴隱形眼鏡了。

我一手撐著臉頰，環視吧檯上的擺飾，偶爾伸手碰一下水杯裡漂浮的雞蛋花。靠近門口的檯桌放著一小疊深色名片，上面沒寫店名，只有一串長長的電話和營業時間：上午十一點至凌晨十二點。

「怎麼會想從白天就開始營業？」我問，「這種店一般不是都開晚上到深夜嗎？」

老闆娘用尖錐敲下冰塊一角，放進杯子，又從玻璃罐裡拿出幾顆咖啡豆。她低頭盯著咖啡豆淺淺浮在冰塊上，過了幾秒才開口。

「你知道嗎？暴雨不會只有在晚上降臨。如果你是一隻羽毛被雨淋濕的小鳥，你會希望附近就有棵樹能短暫棲身。在這片說不準什麼時候會降下暴雨的多雨地帶，我希望我的店是一根上頭有葉子遮蔽，能讓小鳥暫時躲雨的樹枝。」

老闆娘在桌上擺上一片杯墊，把黑貓放到我眼前。我舉起杯子喝了一口。雖然冰塊貼著我的嘴唇，我的喉嚨，胸口，胃一直到腳底，都流過一陣溫暖的微火。

「很好喝。」我抿了抿嘴唇，對老闆娘微笑。

「當然囉，」老闆娘說，「沒有女生不喜歡黑貓。」

我一口一口慢慢喝，心情感到一陣說不上來的舒服。以前一個愛喝酒的朋友光頭曾跟我說，即使像他這樣嗜酒如命，每天都得喝掉一整瓶威士忌，心情好或不好還會再加上一手啤酒、半瓶葡萄酒和幾支冰火，但無論身體細胞多渴望酒精，他仍堅持天黑了以後才會打開酒瓶。在光頭還沒搬回老家接手他爸那間搖搖欲墜的工廠前，我們晚上常一起去公園邊鞦韆聊天，他總是一邊就著瓶口一邊說：「我是個酒鬼，一事無成，沒有錢，不喜歡保持清醒。但太陽還沒下山就開始喝酒的人，幹，那些死活都要喝酒的人，他們是真正放棄人生的混帳。」

如果光頭知道我變成他口中「放棄人生的混帳」，不曉得會用什麼眼光看我？我沒有再往下想，舒服地呼出一口氣，繼續拿起酒杯。背後突然傳來門打開的聲音。老闆娘從流理台抬起頭。她先是用只有我聽得到的音量說「豆腐湯來了」，然後才對著門口打招呼。「下午又要去拜訪客戶？」我跟著轉過頭。站在一團蒼白光線裡頭的人，是安古。

「嗯。」安古低下頭，轉身把門關上。「我今天要『老街白日夢』。」

跟我剛進門時一樣，因為視力短暫無法聚焦，安古一開始並沒有發現我。等她瞳孔放鬆到能看見店裡除了老闆娘以外，我也坐在吧檯上時，臉上便露出一副「你怎麼在這裡」的表情。安古看了一眼牆壁，走到我旁邊坐下，視線一直沒有在我身上。老闆娘拿出果凍和萊姆切片調製安古點的汽水，微酸的香氣頓時瀰漫四周。我等著安古開口說話，不過她只是脫下圍巾，安靜地趴在桌上。

「你都知道嗎？灰哥的事。」我忍不住問。

安古伸直雙臂，雙眼直盯著老闆娘把梨子白蘭地倒進量酒器。「我認識他十幾年了，」安古說，「他不是壞人。」

「不是，我不是指這個。我是說你給他我的Email，他一開始寄來的那張照片。」

「我又不是他老媽。」

安古懶洋洋地把頭轉過去。我拿出手機打開那封信，湊到安古面前。安古一看到照片，立刻從桌上爬起來，雙眼彷彿被火柴擦亮。

「じょきゅう。」安古低聲說。

「酒窟？」我聽不太清楚。

「女給，珈琲店女給，女服務生的意思，一九三〇年代台灣曾經非常流行的庶民文化。他為什麼寄這種照片給你？」

「灰哥說不是他寄的，是新時造成的系統問題，夾帶檔案時，不知怎麼變成他那幾天掃描成電子檔保存的其中一張舊照片。」

「他是跟阿南爸買的嗎？」安古問，「我以為他也不買老照片了。」

安古的眼神稍稍暗了下去，但她仍緊盯照片，放大女人端著的酒瓶上面的酒標。我清了清嗓子說：「不是買的，這是他阿公的遺物。」

老闆娘送上安古點的老街白日夢後，也跟著歪頭看手機上的照片。「阿公的遺物啊？那一定很有紀念意義。」

「嗯，感覺有很多故事。可惜他說他答應要幫阿公守密，不能告訴我。」

「你不好奇嗎？」安古抬起頭問我，「你不是在寫小說？」

安古這麼說讓我嚇了一跳。我以為她是個不聽別人說話的人。上次安古一心只想著要把我和灰哥送作堆，想不到她竟然還記得當時我匆匆說過的話。

「可是能怎麼辦呢？他都說要替他阿公保守祕密了。」

「這還需要想嗎？」安古說，「去他家。」

3

沒多久，我的小說便陷入寫作者視之為惡夢的狀態：**停滯**。

就像被浪打上岸的魚，被惡作劇的孩子翻倒的烏龜，被拔掉一隻腳的金龜子，無論我怎麼掙扎，都只是困在原地，等待時間一分一秒過去。我很討厭這種感覺。我開始思考安古的建議——去找灰哥，不過不是直接去他家，而是再和他見面。上次我們聊的話題大多圍繞在表面的事物，例如去過哪些地方，印象深刻但已經失聯的朋友，還有他當兵時候的事。除了那張照片，灰哥什麼都能聊。我有點後悔。要不是當時我腦袋太過混亂，說不定我可以旁敲側擊知道更多。

我握著手機，苦惱該怎麼開口問灰哥願不願意見面，托米忽然對著牆壁張開嘴巴，發出牙齒上下打顫的聲音。接著有個灰色的東西從牆壁上掉了下來。托米衝上前去一口咬住，不過很快又吐掉。我走過去蹲下一看，是一截斷掉的壁虎尾巴，還在奮力左右擺動，只是壁虎不知何時已經不見蹤影。托米低頭聞一聞那截漸漸失去活力的斷尾，沒多久就失去興趣。我伸手碰了它一下。大概是受到刺激的關係，尾巴突然又跳了起來。它晃動的樣子，很像嬰兒小小的指頭。

托米跳上我的電腦椅，輕輕舔著自己的手腳。我收拾完壁虎尾巴，決定轉換一下心情，從書架上挑一本之前阿基送我的書《死亡的搖籃》，坐在床上讀了起來。阿基說這本書是關於一個自殺者的鬼魂在路上遊蕩的故事，不過我怎麼讀，都覺得比較像是鬼魂版的公路小說。故事裡提到，自殺者的鬼魂不能上天堂，也無法下地獄，只好在路上流浪。主角鬼魂本來只在自己家門口徘徊，看著屋內的燈亮了又暗，暗了又亮，想像年邁的母親為了自己先走一步而流乾眼淚，不由得悲傷起來，後悔自己一時想不開從頂樓一躍而下。有天他遇到另一個自殺者的鬼魂，這個鬼魂精神奕奕，剛和過世不久的老朋友見面，老朋友因為是自然死亡，又沒做過什麼壞事，很快就得去天堂報到，而這個自殺的鬼魂明天還準備去基隆文化中心欣賞火柴盒的展覽，後天還要到花蓮溪出海口看討海人捕鰻苗。它安慰主角鬼魂「鬼生」漫長，與其愁眉苦臉，不如盡情享受，讓自己成為真正受人敬畏的孤魂野鬼。主角鬼魂受到了鼓舞，決定去環島。以前活著的時候，他太在意別人的眼光，無法從內心的殼走出去。現在沒有任何一個活人看得見他了，他可以去東部台灣黑熊館摸摸黑熊標本的鼻子、手掌，也可以走進手工女鞋店，眼睛貼著鞋皮上精緻的蝴蝶雕花，那都是母親掛念著他，一針一線縫製的。他去了淡水，員林，燕巢，玉里……。環島的路上，他有時會用巧妙的方式幫助活人，讓那些心靈脆弱但還不想死的人倖免於難。他發現自己漸漸生出勇氣。死亡帶給他新生。陽光穿透他看不見的身體，穿透他早已停止的心臟，而他踏出太魯閣族的傳統竹屋，正要往下一站前進。

讀完最後一頁，我忍不住嘆息。這本書關於台灣鄉鎮街景的細節描寫得非常細膩，作者肯定投注了大把時間以雙腳走遍每一條街道，場景才得以如此立體。我躺著看天花板一會，然後從床上爬起身。托米已經離開椅子，跑去窩衣櫃了。我打算告訴阿基簡短的讀後心得，拿起手機，發現灰哥傳了訊息給我。

「好久不見，下星期二晚上有空嗎？」

傳送時間是兩個半小時以前，大概是壁虎出現沒多久、我開始讀小說的時候。我急忙回覆「有」，捧著手機等待灰哥回覆。

幾分鐘之後，灰哥回我：「真的嗎？我本來以為跨年夜你會跟朋友一起過。」

我翻開行事曆，才知道灰哥說的那天是十二月三十一日。一年就要過完了。老實說我不喜歡人擠人的地方。跨年我通常早早就買晚餐回家，甚至不出門。不過我還是回：「我沒有約。」

灰哥說：「那就去上次河岸那邊吃宵夜吧。」

一下公車，我就看到灰哥站在紅磚牆前等我。總站人很多，我花了一點時間從人潮中擠出去，灰哥也慢慢逆著人群向我走近。另一班公車到站了。下車的乘客像湧泉一樣流出來。我們之間還是隔著幾個人。灰哥揮了揮手，對我比了河岸的方向。

「去上次那間餐廳嗎？」我扯開喉嚨問。

「沒有，」灰哥大喊，舉起他左手提著的塑膠袋，「我買了鹽酥雞和甜不辣，我帶你去人少一點的地方。」

離開河岸那條窄路，鑽進巷弄後，我們終於漸漸脫離人潮。房子和房子之間有條狹窄的防火巷。不知道是下雨還是河邊水氣豐沛的關係，地上常常出現積水。灰哥走在我前面一、兩步。我一邊學他側身閃避住家加蓋出來的鐵窗，一邊聆聽屋內傳來電視、拖鞋走過，還有小孩哭鬧的聲音。這種感覺就像走在城市的後台。你不必參與演出，也不會有人發現。

經過一盞沒有燈泡的路燈，灰哥向左轉彎，進入一棟看起來似乎早已荒廢的建築。入口的鐵捲門不見了。灰哥打開手電筒，提醒我小心地上有玻璃碎片。我一階一階踏上樓梯。到了二樓，面向河岸的窗戶全都已經拆掉，一眼就能看見外面的河流，河水流動的樣子彷彿融化的巧克力。地上鋪著幾個紙箱，旁邊還有幾條毯子，看起來還算乾淨，感覺像是有誰時常待在這裡。灰哥關掉手電筒，一屁股坐在紙箱上。

「這是你的祕密基地？」我問。

「對啊。這裡本來是公有市場，後來碼頭那邊蓋了新大樓，這邊就廢棄了。沒多久，一樓的鐵捲門和檯子就被缺錢的人偷去賣，還好沒有迷失方向的青少年在裡面吸強力膠。」

「你住這附近？」

灰哥沒有回答我，低頭撕開鹽酥雞的紙袋說：「啊，都軟掉了。」

街上的燈光透了進來。我很快就適應這種亮度，開始能看清楚二樓的樣子。遠一點的地上放著幾塊壓克力招牌，還有電扇拆下來的扇葉，水盆，工人手套跟尼龍繩。有人在牆上用紅色油漆寫了大大的髒話。

「其實我滿意外你會來的，我還以為年輕人跨年都會約去看台北大炸串。」

「台北大炸串？」

「就是101大樓的煙火。你不覺得好像要把整棟樓炸掉嗎？」

我不禁笑了出來，跟著坐在平鋪的紙箱上。坐下時我壓到一個柔軟的東西。我拉起來一看，是灰哥的襪子。他不知何時脫掉鞋襪，赤腳踩在紙箱上。

「不會冷嗎？」我拎著灰哥的襪子問。

「不會，紙箱很暖和的。以前念書時跟朋友晚上睡在社團辦公室，我們都是在地上鋪一層紙箱，身上再蓋一層。如果風比較大，我們就直接把身體套進紙箱裡，肚子一下就暖起來，很快就睡著了。」

灰哥把竹籤分別插在鹽酥雞和甜不辣上。他還買了魷魚，三角骨和芋粿。灰哥說比起馬鈴薯，他更喜歡地瓜薯條，不過不知道我喜歡哪一種，所以他兩個都買了。其實我比較喜歡中間吃得到泥的馬鈴薯條，但我還是叉起他眼前的地瓜條。還好，咬下去的時候，嘴裡沒有沾到太多會割舌頭的梅粉。

「你很喜歡河岸嗎？兩次見面你都約這邊。」我問。

灰哥看著窗外，一陣聞起來帶了點鹹味的冷風吹了進來。「怎麼說呢？我喜歡霓虹燈，也喜歡泥土和海水帶著鹽粒的味道。這裡兩種都有，很剛好。」

之後我們聊了一下安古。灰哥對她的印象跟我有點出入。他認識安古時她剛大學畢業，客氣又有禮貌，總是安安靜靜站在一群歐吉桑後面，從縫隙窺看攤子上的老奶油燈，發條鐘，銀行員的離職信……等古物，偶爾會顫抖著雙手拿起沒人注意的徽章商會包裝紙小心翼翼地觀賞。他們有時會告訴對方在哪個老闆那邊挖到了寶物。不過安古開始工作後，她眼裡的火就慢慢熄滅了。

「真可惜，少了一個志同道合的夥伴，」灰哥說，「所以安古才把你介紹給我吧。」

我抬起頭，視線碰到灰哥的眼睛，不自覺別過頭閃避。不知道為什麼，我心中有種欺騙別人感情的罪惡。我猶豫了一會，決定告訴灰哥實話。

「其實我在寫小說，」我抿了抿嘴，整個脖子都在發燙，「跟我收到你寄的那張舊照片有關。」

「『在一個月黑風高的晚上……』」灰哥說著自己笑了起來，「是這樣嗎？」

我不知道該怎麼回答，只好跟著微笑。河岸那邊傳來一陣歡呼。沒多久，煙火在黑色的天空綻放，河面也跟著映出一束一束的金色光芒，就像被夕陽鍍金的蘆葦。十二點了。灰哥伸直雙腳，兩手向後一撐。

「我一直在想，為什麼新時不是從一月一日開始，而是十月一日？」

「什麼？」我愣了一下，一時之間不懂灰哥的意思。

「那時候也是一樣。八十幾年前，一九三七年，台灣仍被日本統治的時候，沒有人知道為什麼，在十月一日凌晨，時區就跟日本調整成同步。我阿公就因為這樣錯失了約定時間，從此跟某個人錯過。」

外頭祝賀新年快樂的歡呼聲像浪一樣起落。隔了一會，灰哥都沒有再說話。於是我問：「你阿公過世很久了嗎？」

灰哥扳指頭數了數，「十年有了。」

我盯著河面彷彿縐布皺褶細細的水波。幾秒鐘後，突然有股不知名的力量推開我乾燥的喉嚨。

「只要曾經活著，每個人心中一定多少都帶有遺憾吧？特別是那個巨輪壓在身上，你無從抵抗的時代。說不定你阿公並不想把祕密帶進墳墓。說不定你阿公希望有人代替他找答案。他告訴了你，就是為了不要被遺忘。」

說完後，我才突然意識到自己的口氣似乎太自以為是了，趕緊低下頭道歉：「對不起。」

煙火再次綻放。這次是彩色的光芒。紅的，綠的，黃的，還有帶著一點藍的紫色。火花散開之後，接著是讓胸口隨之震動的爆炸聲。我的耳裡只聽得見砰、砰的聲音。在下一次煙火升空的空檔，我感覺到灰哥轉過頭來，對我動了動嘴巴。

「其實我家就在附近，」灰哥說，「要來吃早餐嗎？」

4

「你要花生醬還是海苔醬？」

女人抹完兩片剛烤好的吐司，將盤子推到少年朗面前。少年朗左右看了看，指著黃色的那一片。

「這個，」他抬起頭對女人說，「昨天吃過海苔的了。」

自從那個有風的夜晚女人把他帶回家後，少年朗就在女人小小的房間住了下來。女人沒有帶他去警察局，少年朗也沒有自己打開門離開。他們一起吃飯，一起洗碗，一起把報紙塞進滲入雨水的窗戶縫隙，不過不會一起睡覺。女人總是在天暗下來之後出門工作，天色變亮了才回來。少年朗沒有問女人晚上出去做什麼。他知道人和動物一樣，不是都在晚上睡覺，像白面鼯鼠，像夜鷹，像蛇。女人不在的時候，少年朗自己一個人爬上床。女人白天回來睡覺，少年朗就坐在地上，把瓶瓶罐罐按照高矮胖瘦重新擺放一番，就像白浪老師要他們排隊升旗那樣。少年朗最感興趣的是女人稱之為「口紅」的東西。跟他的手指頭差不多長，屁股轉一轉頭就會冒出來。少年朗喜歡看女人張開嘴巴塗口紅的樣子。他以前都不知道，人的臉可以一下子變成長芽的季節。如果Ama也有口紅，她的臉就不會像樹皮那麼老了。少年朗有點想念Ama，不過只有一點而已。

吃完吐司，少年朗跟著女人走進浴室，在洗手台洗盤子。他們先把餐具放在水龍頭底下沖水，接著拿起牙膏旁的菜瓜布，抹一抹肥皂，將盤子和用來抹醬的湯匙搓上泡泡。這時少年朗會把馬桶的蓋子放下來，在上面鋪一條毛巾，接過女人沖洗乾淨的盤子，倒放在馬桶蓋毛巾上。等晚一點少年朗想尿尿，盤子就差不多乾了。

少年朗打開房裡唯一一扇窗戶，反手坐上外推的鐵窗。今天有點陽光。早上睜開眼睛前他聽到麻雀在叫。他已經好久沒有看見鳥了。女人本來掀開被子準備躺上床，看見少年朗望著天空的神情，沉思了一會，起身走向少年朗。

「你可以去外面走走，」女人把幾張藍色鈔票塞進少年朗手心，「我不會鎖門。」

「你不要我在這裡？」

「不是，冰箱裡沒有火腿和雞蛋了，」女人輕輕握著少年朗的手，「回來時幫我買點麵包，我睡醒可以吃。」

少年朗出門前，女人提醒他肚子餓記得吃午餐，注意紅綠燈，大鬍子魯肉飯和豆漿店中間的巷子走到底就會到家。「看到什麼喜歡都可以買，」女人蹲下來，用手指勾了勾少年朗的臉，「這些錢應該夠花。」

少年朗握著錢走下樓梯，手心因為流汗而有點黏黏的。在三樓樓梯間，有個穿著寬鬆體育服的女生剛好從家門走出來，左手抱著一顆上了髮捲的假人頭。她看到少年朗，對他瞇起眼睛微笑。少年朗也對她微笑。走在女生身後幾步，少年朗發現自己的眼睛離不開她手上那顆假人頭。他想起歐比冷開的理髮店裡也擺了好幾顆。沒有客人的時候，歐比冷會把櫥窗的假人頭拿出來，梳直彎彎曲曲的捲髮，像編黃藤那樣編辮子。少年朗想，女生手上的假人頭拆掉髮捲後，一定也會像歐比冷店裡的一樣美麗。

出了一樓大門，少年朗跟著假人頭走了一段路，直到女生搭上公車才停下來。少年朗望了望四周，大部分的人都苦著一張臉走過，不然就是兩眼無光，像喉嚨被割斷的猴子一樣。少年朗猜測，現在可能八、九點左右，還不到十點。如果更晚一點，他們的表情會像被火燻過的竹子，乾巴巴的，但是可以彎折。少年朗舉起手腕想看時間，但他忘了把他從醫院拿的錶戴出來了。

太陽被一棟蓋著灰布的大樓擋在後面。風吹開布的一角。大樓裡面空空的，好像老人家掉了牙齒的洞。少年朗沒有特別想去哪裡。路上行人有的往前面走，有的往後面，也有人握著手機站在騎樓燕子窩底下靠著牆。少年朗考慮了幾秒，決定朝太陽的方向前進。

經過一間整面都是透明玻璃的店，少年朗忍不住停下腳步。那間店是賣房子的。櫥窗上貼了滿滿的房子照片，每一間都很漂亮。有的客廳擺著三角鋼琴，有的地板鋪了油亮亮的木頭，有的還有電梯。少年朗伸長脖子一張一張仔細看，最後將視線停在上面畫著皇冠的那一張。那間房子有紅色沙發，黑色桌子，窗戶外有山淺淺的輪廓，天空也很藍，跟他以前住的地方很像。最重要的是，浴室裡的洗手台跟馬桶都很大。如果住在這間房子，他跟女人洗碗時手臂就不會撞在一起，也不用擔心盤子會從馬桶蓋掉下去。

店裡有個禿頭房仲剛掛上電話，起身去拿影印機吐出的紙，剛好看見門外眼神發光的少年朗。他捧著還有點燙的文件，拉開玻璃門，對少年朗彎下腰。

「小朋友，你一個人來看房子嗎？」禿頭房仲往少年朗身邊看了看，「大人呢？」

少年朗把眼睛轉向他的禿頭，又移回那張讓他的心彷彿有隻小牛在跳躍的房子照片。少年朗指著它說：「我喜歡這個。」

禿頭房仲順著少年朗手指的方向看過去，「這間嗎？這間房子確實不錯。你喜歡洗澡的時候有浴缸？」

「我喜歡大一點。」少年朗目不轉睛盯著洗手台。

「喜歡空間大一點啊，家裡人很多？」

「兩個……」少年朗一說完，Ama的臉突然飛到他眼前，他又張開嘴巴，「三個。」

「三人家庭嗎？那兩房應該最適合。這間是四房兩廳，價錢比較貴。」

「我有錢，」少年朗伸出握著鈔票的手，「我喜歡這個，我要買。」

禿頭房仲看著少年朗手裡捏著幾千塊，先是愣了一下，然後輕輕握住少年朗的手，將錢放進少年朗的褲子口袋。

「錢要收好，財不露白。」禿頭房仲說。

少年朗低頭看一下鼓起的口袋，又抬頭望著禿頭房仲。禿頭房仲把手上的資料夾入腋下，撕下少年朗喜歡的廣告單，將膠帶反折，兩手遞給少年朗。

「這張給你拿回去給家裡大人看，」禿頭房仲摸了摸胸前口袋，「這是我的名片，上面有我的電話，有什麼想知道的，隨時都可以打給我。」

少年朗接過名片，上面印著禿頭房仲的照片，名字旁邊還直接括號寫了「禿頭」兩個字。禿頭房仲推開玻璃門，走進店裡後，回頭對少年朗拍拍褲子，提醒他要注意口袋裡的錢。少年朗也跟著拍拍自己的口袋。他們相視而笑。禿頭房仲回到自己的座位，挽起袖子開始摺傳單。少年朗拿著廣告單和名片，腳步像是飛魚躍出海面張開翅膀一樣。他迫不及待想回家告訴女人，他交到新朋友了。

5

我很少在人前戴眼鏡，除非是朋友。在我心裡灰哥還不是，但我兩隻眼睛緊得像是有什麼東西快斷掉了。我走進浴室拔下隱形眼鏡。即使鏡子上覆蓋一層厚厚的水垢，我還是清楚看見自己眼球布滿血絲，像一隻紅色蜘蛛。

看我戴著眼鏡走出浴室，灰哥似乎有點意外。「怎麼上個廁所出來變成另一個人了？」灰哥側身看著我的鏡片，「你度數很深？」

「近視超過一千度，再加上散光。不要一直盯著我，我戴眼鏡不好看。」

「不會不好看，看起來很聰明，感覺像每次數學都考一百分的小天才。」

「真可惜，」我對灰哥皺了皺眉，「我最差勁的科目就是數學了。」

灰哥家裡有很多不可思議的東西，例如幾乎塗滿藍色、只在底部露出透明玻璃的防空燈泡，新高飴糖果盒，芝浦鐵製電風扇「睡蓮」，還有據灰哥說是美軍空襲台灣的砲彈碎片。這些古老的東西就跟衛生紙，拖鞋，指甲剪，扭成一團的擋風夾克……放在一起。如果今天發生大地震，灰哥家不幸被土石流給掩埋，但是奇蹟似的完整保存在地層裡，幾年之後，這間時代感亂七八糟的屋子一定會讓考古學家傷透腦筋，尤其掛在牆上那支壓扁的米酒瓶更是會擾亂視聽。起初我以為那只是塊玻璃裝飾，靠近一看，才知道是個時鐘。它的酒標沒有撕掉，上面寫著「菸酒公賣局」，底下還有一行小小的製造日期。

「那是酒瓶時鐘，裝瓶日和我出生日期同一天，我在跳蚤市場找了好久才找到。」灰哥指著酒標下面的字，「這時你應該還沒出生吧？以前還叫公賣局的時候。」

「早就出生了。我對公賣局有印象，小時候有個阿姨就在那裡工作。阿姨因為有狐臭，被同事欺負得很慘，後來五十歲一到，她就申請退休了。」

「職場霸凌？這種事在公家機關好像特別容易發生。」

「你是水瓶座？」我指著那行字跡有些磨損的製造日期，「最前面的數字是西元嗎？」

「不是西元，如果是西元我現在年紀就快六十，都可以當你阿公了。台灣很多東西是政黨輪替之後才改成西元紀年的。第一次政黨輪替時你出生了嗎？」

「當然，你到底以為我幾歲？」

「你戴眼鏡看起來像國中生。」

我對灰哥皺了皺鼻子，猶豫了一下才開口說：「其實我國中有一段時期很迷政治，尤其是阿扁，一個三級貧戶之子靠著苦讀翻身、最後當上總統真的太勵志了。民進黨執政後，我以為台灣很快就會擁有屬於自己的名字。」

「我也是。沒想到二十年過去，我們卻一度選擇割掉自己的聲帶。」灰哥深深嘆了一口氣，「只能說國民黨的洗腦教育，還有中國撒錢的手段太成功了。」

窗外突然冒出一記紅色火光，像是花火。我和灰哥同時往光的方向看，等著它綻放，以及隨後可能伴隨而來的聲響。不過什麼也沒發生。過了一陣子，那團火焰的殘影仍留在我的視網膜上。我眨了幾下眼睛，舉手朝眼前揮了揮，紅色光點才開始一點一點慢慢消散。

「剛剛是閃電嗎？」我問。灰哥家不是面向河岸那一側，而是朝後對著山，那記紅色亮光並不是河岸慶祝跨年的煙火。先前來灰哥家的路上他曾說，他住的房子窗外看不到河，只看得到山，因為前排面河的房價一坪足足貴了四萬。不過這不是他放棄眺望河岸的理由。小時候他曾住在一間群山環繞的房子。一張開眼睛，他就能看見山嵐、樹木，還有像手指骨頭一樣的山脊。他忘了那是在哪裡。他選擇住在窗戶面向山的房子，其實是為了重現那時候的感覺。

灰哥打開窗戶，把頭探出去。過不久，對面山頭又開始冒出一束一束的亮光。黑暗中，突然出現一座宮廟大放光明，七彩光束輪番出現，就像以前孔雀餅乾的廣告一開始羽毛開屏那樣。

「看來是宮廟的燈光秀，」灰哥傾身靠著窗框，「現在廟的花樣還真多。」

冷風從打開的窗戶吹了進來。我們看著宮廟時而交叉時而平行的光束，兩個人都沒說話。雲層有點低。不管光束是金色還是藍色，一打到天空就立刻被雲層吸收，最後都變成有點亮的黑。我站在灰哥身後一步，臉頰被風吹得刺刺的。這時宮廟的光突然全部暗掉。我以為燈光秀結束了，廟的屋頂頓時又射出三道橘黃色光束，就像人伸出三根指頭，緊接著又瞬間熄滅。要不是眼前還留著微微發熱的殘影，我會以為剛才只是視覺疲勞引起的幻覺。

宮廟陷入一片全黑，融進山和夜色之中。灰哥跟我一樣仍目不轉睛盯著黃光留下的殘影。他做了個深呼吸，忽然開口說：「小時候，我看過一種黃色的閃電。」

「黃色閃電？」我問。

「嗯，忘了那時幾歲，好像是不穿衣服也沒人在意的年紀。我們那邊不常下雨，但是只要有雲，即使晴天也很容易閃電打雷。那天也是一樣。我記得那天天氣很好，天空有淡淡的白色月亮，可以看得很遠，山上一棵一棵樹也看得很清楚。我跟幾個孩子泡在一條夏天才會浮出來的溪水，玩憋氣，用鼻孔吹泡泡，在水裡翻跟斗，還有各種你想像得到和想像不到的遊戲。我躺在溪水底部，打算發明新的招式吸引同伴注意。我雙手各握一顆大石頭，睜著眼睛，讓身體一寸一寸往上浮。快浮出水面時，隔著一層薄薄的溪水，我忽然看見山頭後面劃過一道黃色閃電。它跟我看過的所有閃電都不同。一般閃電是從天空或雲朵之間往下竄流，長得像樹枝，一道比較粗的主閃電，旁邊延伸出密密麻麻的細腳，而且大部分是白色的。那道黃色閃電是從山的背面向上噴發，長度有點短，電流也非常細，還沒接觸到天空就消失了。然後有一團像棉花一樣的白煙在山頭綻放，接著是市場磅米芳（pōng-bí-phang，爆米香）那種讓人心跳加速的聲音。我跟其他同伴都很興奮，以為外星人來了，還是地球要從那裡裂開，趕緊從溪裡爬出來，朝那個地方跑過去。山腳下有個沒見過的大人，戴著黃色安全帽，兩手交叉站在那裡。他看我們全身濕答答，臉上還滴著水，裂開嘴巴對我們微笑。

『放煙火囉。』

「那個大人一說完，山頭後方又發射出兩、三道黃色閃電。有幾顆石頭往我們的方向飛過來。不過很神奇的是，那些石頭都沒有砸中我們。煙霧飄浮而過。不知為何，我們心中的興奮感消失。什麼感覺也沒有。心裡面空空的。我們跟那個不認識的大人站在一起，靜靜看著黃色閃電從山頭打向天空。後來我才知道，原來那是在炸山。」

灰哥說完後闔上嘴巴。過了幾秒，我才發現自己忘了呼吸。灰哥對我微笑，準備關上窗戶，宮廟那邊又閃過幾道亮光，還有剛才在河岸聽過熟悉的爆炸聲。金色火花在天空綻放。

「放煙火了。」我說。

灰哥跟著抬起頭，輕笑了一聲。「說不定他們其實是在炸山。」

煙火四射的光芒照得灰哥的臉一亮一亮。他臉上始終帶著淡淡的笑，我卻覺得他看起來比真的掉下眼淚還悲傷。

「我可以看看那張照片嗎？」我開口問，「我收到的那張原始的照片。」

灰哥凝視我的臉一會，用喉嚨發出一個短短的聲音，接著領著我走向後面的房間。他打開衣櫃抽屜，掀開卡其褲和T恤，有一疊老照片就壓在格紋襯衫下面。灰哥把照片拿出來遞給我。我站在日光燈底下一張一張翻開看。有老舊的全家福，神情嚴肅的結婚照，嬰兒，還有父親及孩子的合影。最後一張是那個和服女人。我的手停了下來。不知道是歲月痕跡還是壓在最下面的重量，照片中央有一道細細的白色壓痕，剛好就劃過她身上的圍裙。我翻到背面，那行字寫在那裡：「我還在等你。」

「這是你阿公寫的嗎？」我問。

「嗯，他寫的。你看得懂？一開始我以為是誰的名字，問了人才知道意思。」

「還有沒有她其他的照片？」

灰哥搖搖頭，「只有這張了。」

我把照片轉回正面。手心開始微微流汗。「你阿公跟你說了什麼？」

灰哥凝視我的眼睛幾秒，垂下視線，做了一個很長很長的深呼吸。然後他抬起頭，慢慢張開嘴巴。

「在一個月黑風高的晚上……」

6

在一個月黑風高的晚上，女人出門工作前拉了拉少年朗的褲頭，蹲下來看他的褲腳，說：「你的腿變長了。」

少年朗低頭看，他的褲腳縮到小腿肚下方，露出微微突出的腳踝。他沒有注意到這件事。他只覺得最近坐在地上的時候，下面尿尿的地方有緊緊卡住的感覺。不過只要站起來，或者往後躺下去，那隻掐住的手就會慢慢鬆開。

「過幾天我帶你去買褲子，」女人從頭到腳把少年朗看了一遍，「你長大了。」

「長大了。」少年朗跟著附和。

「就像毛毛蟲變蝴蝶，醜小鴨變天鵝一樣，你會變成大人。」女人拍拍少年朗的肩膀，從地上站起來。「以後就是我抬頭看你了。」

少年朗有點難想像。一直以來都是他舉著脖子看其他人，很少人仰頭看他。他只有在女人睡覺時曾經站在床邊低頭看過她。如果女人朦朦朧朧張開眼睛，他會很自然地彎下膝蓋。少年朗想起以前那隻在草叢出生、跟他很親近的黑狗。即使牠長大後跳起來比少年朗高，牠還是會在少年朗曲著腳揉牠耳朵時把頭垂得更低。

少年朗一邊幻想黑狗有一天不再低下身子，而是低頭俯視他的畫面，繼續和女人過著同樣的生活。女人出門工作，少年朗睡覺。天亮了兩個人一起吃吐司。洗完盤子女人爬上床，少年朗趴在摺疊桌上看禿頭房仲給他的房子廣告單。然後天黑了，少年朗幫女人關門，再幫自己關燈。

有天少年朗迷迷糊糊睜開眼睛，發現有股又熱又甜的氣息噴在他的脖子上。少年朗轉過頭，女人正閉著眼，跟他一起躺在枕頭上。他不知道女人什麼時候回來的。

「早安，」女人感覺到動靜，有氣無力地說，「再睡一下，晚點我們一起出門逛逛。」

那是少年朗第一次和女人一起在白天走在路上。之前不是在深夜，就是少年朗自己一個人在街上遊蕩。少年朗覺得很新鮮。灰色空氣好像都變藍了。他有時走在女人身後，偷看她鼓起的臉頰和脖子線條，有時又追到女人身邊，學她的步伐踏出腳步。少年朗沒有問女人要去哪裡。他只是跟著她，到遠一點的早餐店吃鐵鍋蛋餅和煎餃，接著又去郵局領一些藍色鈔票。郵局人很多。女人排隊的時候，少年朗就坐在椅子上等，看面色凝重的大人來來往往。他把眼睛轉向牆上的電子時鐘。十點二十九分。是他以前分神聆聽大冠鷲鳴叫，幻想中午便當菜色的時間。不過現在他還不餓。

「你怎麼不用上學？」

少年朗聽到身後有人在對他說話。轉過身去，是一個戴粉紅色口罩的小女孩。她咳了幾下，聲音裡都是沙子。「你也生病了嗎？」

少年朗搖搖頭。「我們出門逛逛。」

「你跟你媽媽？」

少年朗又搖搖頭，這次他不知道該怎麼回答。

「我媽媽在那裡，」口罩女孩指著櫃檯前一個皺著眉頭看存摺的婦女，「她說等一下要買雞蛋糕給我。」

婦女朝等候椅走了過來。她把存摺丟進提袋，一手牽住口罩女孩，一手貼上她的額頭。女孩微燙的體溫讓婦女輕輕嘆了一口氣。她手指順了順女孩被汗水沾濕的瀏海，輕聲對少年朗說再見。口罩女孩瞇著眼睛，也對少年朗揮手。她們互相依偎著走出郵局。自動門慢慢關上。少年朗心裡卻好像有什麼地方沒辦法閉緊。

離開郵局後，少年朗跟女人又走了一段路。他有時抬頭望著女人的臉，有時看一下她垂在身側的手。少年朗猶豫要不要伸手過去牽住女人。在十字路口等紅綠燈時，少年朗點了點女人的手背。

「我們要去哪裡？」少年朗問。

「我們要去買你的褲子，」女人說，「還是你有想去的地方？」

少年朗看了看四周，眼睛瞄到頂呱呱旁有一間奇特的店。招牌上是一件很大很大的牛仔褲，裡面放了個鳥籠，前面敞開拉鍊，露出一隻神氣的短耳鴞，旁邊一排字寫著：「再大的鳥都裝得下」。

「我想去那裡，」少年朗興奮地指著看板上的短耳鴞，「我想看鳥。」

「那裡是賣大人的褲子，不是你想的那種鳥。」

女人忍不住笑了出來，但仍帶著少年朗走去那間店。自動門一打開，響起機械歡迎鈴聲。少年朗在一列列的褲子走道繞了幾圈，都沒有看見短耳鴞或其他貓頭鷹。他走到更衣間前，仰頭望著假人身上最大件的牛仔褲。它的褲襠鼓鼓的，短耳鴞可能就藏在那裡。少年朗滿懷期待，舉著脖子等了好久，褲襠裡卻一直沒有任何動靜。

「你要找什麼？」店員嚼著口香糖，越過少年朗，把一件風箏般大的紅色四角褲掛在假人旁邊。

「這裡沒有你的尺寸。」

「我想找貓頭鷹，外面看板那隻短耳鴞。」少年朗說。

「鳥？這裡沒有鳥。」店員調換短褲與西裝褲的位置，突然想起什麼，從口袋摸出一顆小圓球。

「欸，這給你，我昨天扭蛋轉到的。」

少年朗轉開圓球，裡面是一隻玄鳳鸚鵡，身體卻連著香蕉。他從來沒看過這種像食物又像花的鳥。少年朗捏了捏鸚鵡的冠羽、鳥喙和腳爪。不管哪個部位，摸起來都像他們以前接山泉水的塑膠管。

「這是什麼？」少年朗問。

「香蕉鸚鵡，很可愛吧。」

店員吹出一個泡泡，把衣桿上的褲子按尺寸排了一遍，接著拖著腳步走回倉庫。少年朗捧著香蕉鸚鵡，掌心感受不到生命的跳動，也沒有羽毛之間夾著寄生蟲那種讓人全身搔癢的感覺。他對它吹一口氣，那隻鸚鵡只是歪向一邊。少年朗有點失望，不過想起飛毛腿巴那曾經把雞蛋放在口袋，後來孵出活生生的小雞的事，少年朗決定也把香蕉鸚鵡收回圓球中，放進口袋，等待它開始有自己的呼吸。

「你口袋鼓鼓的是什麼？」女人從休閒褲區走到少年朗身邊問，「店員哥哥給你糖果？」

「他給我鳥，香蕉鸚鵡。」

少年朗掏出小圓球，有東西跟著從口袋掉了出來。是那張照片。那張壓在阿公枕頭下，穿著圍裙的圓臉女孩很舊很舊的照片。少年朗愣了一下。他一直都把照片放在口袋，放到他幾乎都忘了。他已經好久沒有把它拿出來看。女人彎下腰撿起發黃的照片，拍拍灰塵，端詳了幾秒，小心翼翼地放回少年朗的口袋。

「我們先去吃午餐吧，對面有一家咖啡店看起來生意很好。肚子吃得飽飽的，我們再去買你的褲子。」

女人和少年朗走出褲子店，過了馬路，到一間玻璃窗上畫著兔子的咖啡店。一走進店裡，少年朗的眼睛就亮了起來。每個在座位間穿梭的服務生都穿著白色圍裙，有的臉頰還像孩子一樣圓潤。少年朗一個一個端詳她們，把她們的臉疊上剛才那張灰灰舊舊的影像。坐進座位後，帶位的服務生把菜單攤開，低頭往杯子裡倒水。少年朗目不轉睛看著她被髮梢遮住的下巴。這一切舉動都被女人看在眼裡。

「你不去找照片裡的人了嗎？」

服務生離開後，女人問少年朗，「你不是想去她那裡找阿公，把阿公帶回阿嬤身邊？」

少年朗對女人眨了眨眼睛，一時之間說不出話。他以為女人要趕他走。這段時間，少年朗很少再像個獵人追蹤台灣長鬃山羊那樣尋找照片上的女孩，也很少想起阿公去另一個地方的靈魂，他以為女人因此覺得他太懶惰而生氣了。少年朗低下頭，聲音小得像雀榕葉掉落。「我會回家。」

女人得到意料之外的回答，靜靜深呼吸，雙手往前靠上桌子。「想家了？」

少年朗搖了搖頭，又緩緩點頭。他不知道胸口這種感覺是什麼，好像有石頭在敲打他的心，敲得都破洞了，又好像哪裡被塞子堵起來。少年朗緊緊抓著自己的衣服。他想Ama，想黑狗，想一直都是藍色的空氣，但他也想在天色微亮的時候，跟女人一起擠在小小的洗手台前洗碗。少年朗鬆開衣服，對女人抬起頭。

「我不想走。」少年朗說，聲音像潮水襲上沙灘。

女人看著少年朗逐漸漲潮的眼睛，她的心也有同樣的感受。女人揉了揉鼻子，問：「你還想找照片上那個人嗎？」

「會，我會去找她，也會找阿公。」

少年朗從口袋拿出那張脆弱的照片，上面多了一道被香蕉鸚鵡的殼壓出的凹痕，剛好就在女孩圓圓的臉上，讓她看起來像是一枚失去光芒，有點舊的月亮。「我不想讓Ama的心生病。」

女人接過少年朗手中的照片，輕輕撫平凹痕，久久凝視那道淡淡的灰色陰影。「不會讓阿嬤生病，」女人抬起月光般柔和的臉，對少年朗說，「我們一起去找她。」

第五章

那天晚上風的盡頭

阿基

1

我從電腦上莉卡寄來最新進度的文稿抬起頭，發了一下呆，才慢慢從故事脫離進入現實。桌上的電話似乎響一陣子了。我把滑鼠游標停在最後一個句號，心裡模模糊糊想著莉卡寫的小孩與女人，一邊接起電話，反射性說出「新橋出版」，話筒傳過來的是獅子的聲音。

「現在有空嗎？」

我一時之間還無法肯定是獅子，轉頭往植物園看。獅子也在看著我。我趕緊把頭轉回來，握著話筒低聲說有。周圍有點吵，獅子的聲音仍清楚地傳進我耳裡。

「去角落那間會議室，我有話想找你談。」

第一次接到這種電話，我完全沒有頭緒獅子要跟我談什麼。她通常是一想到什麼事，就直接走到你座位前打斷你工作。我有點緊張，從凌亂的桌面翻出記事本，年度出版計畫，最近三個月的業績表，還有紅筆，跟在獅子身後走進會議室。中午大概有人在裡頭吃泡麵，整個空間瀰漫著一股讓人口乾舌燥的味道。獅子推開一點窗戶。風吹進室內，很快就改變會議室的溫度。我拉開獅子對面的椅子，頭皮不知不覺有點發涼。

「剛才在看什麼？看你讀得很入迷。」

獅子兩手交疊在桌上。我低頭看著帶來的資料，才想到獅子問的是進會議室之前的事。

「莉卡的長篇小說，下午剛收到最新進度。」

「幾月要出？」

「可能要等下半年了，莉卡還沒寫完。」

獅子意味深長地點了點頭，但我隱約察覺她懷著別的心思。

「接下來的進度都還好嗎？二月、三月，甚至更後面的書。」

我攤開記事本，「《長長敲門聲》下禮拜三會送印，書展開始前就會入庫。預計三月出的《一顆蛋的回憶》開始排版了，這個月底會拿到一校稿。」我接著翻到下一頁，上面只簡單寫了幾部作品的故事主題，有些和莉卡一樣還沒寫完，有些作者交稿了，不過還想再修改。我假裝往後多翻幾頁，然後蓋上記事本，故作鎮定地清了清喉嚨。「目前是這樣。」

聽到我這麼回答，獅子摸了摸下嘴唇。我抬頭與她對視一眼，很快就把目光低下去。

「所以四月以後的書可能還有變數？」獅子問。

我拿起出版計畫，想跟獅子解釋《鱷魚的妻子》的作者跟她的同志太太去法國度蜜月，遲遲沒有交上最後一章；還有已經定稿，寫《殺手計畫》的老師不知什麼原因一直不肯簽下合約。不過我還是只回答：「對。」

獅子抿著嘴，突然像下定決心似的深吸一口氣。

「我想我就不要再浪費時間拐彎抹角，直接問了，阿基，」獅子攤開雙手，背部往後一靠。「你是不是準備要跳槽？」

我愣了幾秒，完全沒料到獅子問的會是這個問題。我本來以為因為最近接連幾本書犯了一些錯，比如封面遲了幾天才建檔，新書資料卡上傳成舊的版本，獅子要檢討我的工作態度，或是考慮砍我的薪水，心情緊張得不得了。沒有人喜歡在過年前被減薪。我垂下肩膀，鬆了一口氣。

「沒有，」我說，「為什麼會這麼問？」

「最近你常盯著什麼發呆，也很常不在位子上，」獅子用手指敲了敲桌面，「感覺你的心不在這裡。」

獅子持續敲著桌面，她的影像忽然像一隻沒塞進抽屜的襪子，跟著那陣輕輕的敲擊聲掉了出來。我尷尬地扯開嘴巴一笑，不敢告訴獅子實話。自從知道她心情不好會去頂樓散心，只要沒下雨，有時候中午吃飽回來我會上去一趟。這個季節頂樓的風就像鋸子，會劃開皮膚，一陣陣割進骨頭。或許接下來她工作都很順利，我沒有再遇到她。我不知道她幾點下班，中午通常去哪裡吃飯。只有一次，大概下午兩、三點左右，獅子心血來潮提議去好佳小吃旁新開的鬆餅屋開出版社內部會議，我們一群人走在停滿機車的騎樓，我遠遠看見她在馬路對面的小米甜甜圈攤子排隊。來來往往的車流讓她的身影忽隱忽現。我本來想揮手吸引她注意，米猴剛好拉住我的袖子，低聲問我要不要提醒走在前面的同事裙子沾到血。等我再回頭，她已經不在了。

「真的不是要跳槽？」

我回過神，獅子突然傾身朝我靠近。

「很多人會趁拿到年終、過完舊曆年後換工作，我這幾天才聽到隔壁山光出版的企畫編輯年後也要走。」

「做《台北夜生活考》的那個企編？」

我有點驚訝。那本書賣得非常好，他為此上了不少節目，廣播和網路都有，上個月底還從社長那裡拿到一筆聽了金額下巴會掉下來的獎金。

獅子點點頭，一根手指抵在嘴唇上，要我為她剛才透露的事保密。獅子的視線一直沒有離開我臉上，如果有誰在我們之間放一把放大鏡，我想我的眼睛很有可能會因為獅子熱烈的注視而失明。

「身為一個編輯，你有剛剛好的緊張感，」獅子把身體稍微往後退一些，「你自己可能不曉得，其實你已經做出了屬於你的質感，走出一條有你個人風格的路，我希望你繼續在這個位子努力下去。」

聽到獅子這麼說，不知道為什麼，我的心情變得很奇妙。我明明知道獅子只是在說場面話，收到業績又會變成另一張臉，我卻還是有腳跟離地、輕飄飄的感覺。在看不見終點的馬拉松賽，你總會自作多情地以為裁判禮貌性的微笑是在替你打氣。我的心情就像這樣。

「最近因為某些因素，我確實有點分心，之後我會打起精神，更專注在工作上的。」

我挺起背脊說。獅子久久看著我，好像在判斷我是否有所隱瞞。沉默在我們之間徘徊了一小段時間。有陣冷風從窗口吹了進來，獅子才終於開口。

「做別本書的校對可以幫你把注意力拉回來嗎？」

我沒搞懂獅子這麼問的用意，依然回答她：「可以。」

「這樣的話，我手上有份三月要出的稿子，剛剛才排版好，你來做一校。」

等我意識到自己像一隻搖著尾巴走進籠子裡被關起來的狗，已經來不及了。我離開會議室，跟著獅子走去她的植物園。獅子從堆滿報表和計畫書的桌上翻出一疊厚厚的稿子，交到我手上。我低頭看了一眼書名，是獅子之前開會曾提過想爭取選書的《命運交換市集》。

「不急，你就依你的節奏安排進度。沉下心來，把整個心思都泡進去，相信你很快就可以找回過去那種專注力。」

我不敢再多說什麼，只能點點頭，扛著磚塊般的書稿回到座位。看見電腦螢幕還停留在莉卡寄來的小說，我忽然想起剛才讀完後一隻腳還陷在故事裡頭拔不出來的感覺。有些故事真的很奇妙。明明它還沒完全長出手腳，你卻已經知道它注定會成為一頭漂亮的獨角獸。我感覺莉卡的故事差不多要進入高潮了。我決定拿起手機，直接回她訊息。

「寫得很好看，會讓人掉進去。真想快點看到接下來的發展。」

莉卡很快就讀了訊息。過沒多久，她傳給我眼裡有星星閃動的表情，我也回傳一張手拿加油棒的貼圖給她。之後我把手機放到一旁，確認記事本上的進度。雖然我早就為接下來幾本書預留作業時間，可是一旦加入獅子的書稿，很有可能會因此拖累原本的進度。趁著《一顆蛋的回憶》排版稿還沒來，我深呼吸，攤開《命運交換市集》開始校對。

小說讀起來比我想像的還有趣。主角是一個對人生不怎麼滿意的家庭主婦，老公每個月的薪水少得可憐，兒子也有點笨，小學四年級了還會把自己的名字「士技」寫成「土枝」。根據她幼稚園時某個神準的算命仙掐指一算，她應該是要嫁給企業家老公，生下宛如愛因斯坦再世的天才神童，過著幸福快樂的日子的，而不是像現在灰頭土臉，為了一籃一百元的柳丁斤斤計較。有一天送完老公和兒子出門，她打開牆上的信箱，發現在水電費帳單和汽車貸款名片底下有一張小小的廣告紙，上面寫著「老巫命運交換市集」，下方一行小字吸引了她的注意：「你值得更好的命運」。

那句話像咒語一樣，深入她枯槁的心。你值得更好的命運。刷馬桶時，追垃圾車丟廚餘時，她都想著自己確實值得更好的命運。某天傍晚去黃昏市場買菜，她假裝不小心路過名片上的地址，想偷看裡頭是不是又是什麼騙財騙色的神棍。「進來吧。」她還沒湊近門簾，黑漆漆的屋子裡傳出一道聲音。「你可以先聽一聽你的命運再決定要不要相信。」

一走進去，是一個個子矮小、看起來再普通不過的小老頭，一點都沒有巫師讓人折服的氣場。她有點後悔，但她已經在對面那張軟綿綿的沙發坐下來了。小老頭問她的出生年月日，她靈機一動，說出前幾天買的那盒豬肉上，產銷履歷 QR code 裡記錄的出生日期。

「可憐，」小老頭說，「牠昨晚已經變成你們餐桌上那鍋三層肉了。」

小老頭兩隻眼睛動也不動，甚至連眼皮也不眨一下。主婦恍然發現他是個瞎子，頓時全身起雞皮疙瘩。因為盲眼，再加上那番準得彷彿通靈的話，她突然相信眼前這個小老頭真的具有不可思議的神力。

「說出生辰八字，」小老頭張著他深潭般的眼睛，「我可以換到你夢寐以求的命運。」

當我正要翻頁讀主婦接下來怎麼做時，突然有一杯咖啡放到我的滑鼠旁邊。

我抬頭一看，獅子對我揚起一下嘴角，之後走回她的植物園。我轉頭向獅子道謝，不敢告訴她中午吃飯回來我已經和米猴去買過一杯，剛剛才喝完。我拿起咖啡，手機忽然亮了起來。我本來以為是莉卡回覆我剛才的訊息，結果是米猴。

「今天7-ELEVEN剛好有買一送一。」

「獅子對你？禁忌的辦公室之戀！」

米猴的玩笑讓我哭笑不得，我傳了一張受到驚嚇的表情貼圖，回他說：「你謎片看太多了吧。」

我喝著咖啡，繼續讀《命運交換市集》。對於把命運拿出去交換，主婦心裡其實有點害怕。小老頭告訴她這不是賭博，不會一眨眼整個世界就天翻地覆，而是一次換一點，慢慢換成她理想的人生。她抱著遲疑，先跟一個在外頭養小白臉的富太太交換到開生技公司的老公。新老公每個月都給她一筆花不完的錢，她開始能買以前想都不敢想的高級保養品和長大衣，也越來越接近雜誌上那些讓人忍不住多看一眼的貴婦。晚上圍坐在餐桌吃紅酒燉牛肉，看著眼前的新老公和不知道怎麼拿刀叉的兒子，她忽然靈機一動：她可以把這個笨兒子換掉。

我原本想繼續往下讀，尿意卻突然以讓人無法忽視的力道襲了上來。我其實不怎麼常有尿意，真的忙起來下班回家再上廁所也沒問題。以前看過某個健康節目，醫生說健康的膀胱一天只要尿四次就夠。一直以來我差不多就是這個頻率，可是下午接連喝太多咖啡，獅子找我去會議室前不久才剛上過，現在我又想去廁所。書稿還有一半，我決定不要跟自己的膀胱過不去。

尿量比我預期的還多。我在小便斗前站了一陣子，比我晚進來的人都出去了。終於結束後，我拉上拉鍊，打開水龍頭洗手。有個人影從門口踮著腳尖走進來，似乎在猶豫還是抗拒什麼。我抬頭一看，鏡子上映出一張女人的側臉。這裡男廁和女廁分開，我不禁嚇得瞪大眼睛仔細一看。

日光燈打在帶著紅酒光澤的馬尾上。是她。

我不禁忘了呼吸。我以為我看錯了。轉過頭，她就站在積水的磁磚地板，一手遮著左邊小便斗的方向，頭轉向右邊有門的馬桶間，表情看起來糾結萬分。

「你在這裡做什麼？」

我忍不住脫口問。我沒想到會在這種地方遇見她。她聽到聲音嚇了一跳，轉頭看見說話的人是我，立刻放鬆警戒，露出求救的表情。

「樓上沖水設備壞掉了，廁所變得很可怕。」

「這裡是男廁。」

我剛說完，別家出版社的同事剛好走了進來，就是獅子說過完年要跳槽的那個企編。他用狐疑的眼光盯著她，好像她沒穿衣服，還是臉上長了三隻眼睛。我想也沒想，拉起她的手快步往外走，帶她到前面逃生梯旁經貿公司專用的女廁。我靠在牆邊等她，有時來回踱步。幾分鐘後她走出來，似乎鬆了一口氣。

「還好嗎？」我走向她，「這邊的廁所定時會噴芳香劑，比較乾淨。」

她點頭附和，「地板是乾的。」

我不自覺凝視了她一會。她看起來好像比上次見面更蒼白，嘴唇沒什麼血色。我問她：「最近還好嗎？」

「前陣子感冒了，」她揉了揉鼻子，「就是在頂樓遇到你之後。」

她這麼一說，我心裡像是有個結忽然鬆開，但是很快又隨之一緊。

「嚴不嚴重？現在好點了嗎？」

「差不多好了，剩一點頭暈。」

我有許多話想對她說。比如這段時間頂樓不知道被誰放了一個魚缸，裡面養了好幾條動作遲緩的孔雀魚；比如前陣子對面大樓整棟玻璃都貼上防窺貼紙；比如我們之前去的那間野菜火鍋店漲了十元。我看得出來她也在等我開口。可是我扭著褲管，說出來的卻是：「我先回去，還有工作要忙。」

她點點頭，眼裡浮起淡淡的失落。她往上看了一眼，決定走樓梯回去。幾個穿西裝的上班族從樓上走下來。她讓他們先過，才一階一階踩著樓梯往上走。她的腳步很輕，幾乎沒什麼踏地聲。我看著她垂下脖子，胸口突然像被拳擊手揮了一拳。我往前握住樓梯扶手，不顧還有其他人，對著她喊：

「明天中午要不要一起吃飯？」

我的聲音在樓梯間迴盪。穿西裝的人扭頭過來看我，從廁所走出來的人也看著我。我的呼吸忽快忽慢。我第一次知道我的聲音聽起來像可樂一樣有氣泡。她停下腳步轉過身。因為逆光，她的臉是黑的。我看不見她的表情，不過我還是清楚聽見她說：「好。」

2

電梯到了一樓，前面的人還沒走出去，我就看見她站在飲料販賣機前探頭往我這裡望。

「等很久嗎？」

我穿過人群快步走向她。離開辦公室前我臨時接到讀者的抱怨電話，說他幾年前買的《垃圾少年》紙頁已經泛黃，變得跟真的垃圾一樣。他很喜歡那本書，希望我換一本新的、不會變黃的給他。我向他解釋台灣潮濕的天氣，翻頁時指尖留下的手汗，又為我們當初沒有選擇比較不容易變黃的畫刊紙道歉。折騰了十幾分鐘，等我終於能掛上電話，已經過了約定時間。

「沒等很久，我也才剛到。」她朝我走近一步，問我：「不跟米猴一起吃沒關係嗎？」

我愣了一下，不過很快就接受她知道我平常都和米猴一起吃飯。「沒關係，他今天要去吃鵝肉麵線，剛好我不吃鵝。」我問，「你想吃什麼？」

「我想去臭臉麵店。」

「臭臉麵店？」

我有點訝異她會知道那家生意慘淡的小店，而且還是我和米猴私底下的稱呼。老實說，那裡不是帶女孩子去的好地方。

「你感冒才剛好，不會想吃小火鍋或藥膳雞湯之類能暖身子的食物嗎？」

「還好，」她搖搖頭，「我想喝老闆娘不會把拇指泡進去的餛飩湯。」

決定去臭臉麵店後，我們慢慢步出大樓，跟著其他出來用餐的上班族走了一小段路。她沒有像上次去吃野菜火鍋那樣拉著我的袖口，而是走在我身邊大約一個肩頭的距離，我不用轉頭就能感覺到她的存在。等紅綠燈時，她的頭髮被一陣強風給吹亂。她解下髮圈，把飛進嘴裡的髮絲重新抓成一束。我假裝不經意地望向清洗大樓玻璃的工人，偷偷觀察她的側臉。她的耳朵小小的，像貝殼，耳窩裡還有一顆灰色的痣，就像被風吹進貝殼裡的沙子。

綠燈過了馬路，我帶她繞進彎彎曲曲的巷子，就是我和米猴常走的那條小路。巷子裡偶爾會有載瓦斯桶的摩托車駛過。我和她必須靠向旁邊的民宅，才不會擋到瓦斯工的路。快到那間圍牆用木條編織的老屋時，咪嚕聽見我的腳步聲，已經從踏墊爬起來走到圍牆前面等。我彎下膝蓋，伸手輕撫咪嚕濕潤的鼻頭。她看到我這麼做，也跟著蹲下來，把手伸進木條間的縫隙。咪嚕聞一聞她手指的味道，很快就攤開肚子倒在地上。

「你好大隻，好可愛喔。」

「我跟米猴每個禮拜五都會來看牠，有時平常中午經過附近也會。」

她捏了捏咪嚕軟綿綿的手，轉頭問我：「你有帶貓薄荷來嗎？」

我愣了幾秒，才想到她指的應該是獅子植物園裡的盆栽。「沒有，」我說，「之前都是米猴趁獅子去泡咖啡時偷摘的。」

她瞇起鏡片下的眼睛，「好可惜噢。」

那天星期三，不是我平常會去臭臉麵店的日子。老闆娘看到我時想了一下，不過馬上又面無表情低下頭。即使看到我身邊的人不是米猴，是另外沒見過的女人也一樣。點完餐後，我帶她走進店裡平常坐的老位子。她很自然地拿起兩雙筷子和兩隻湯匙用紙巾擦了擦，將其中一副餐具轉往我的方向。她抬起頭對我一笑。我忽然覺得這時我應該主動開口說些什麼。

「你們吃過尾牙了嗎？」我問。

「吃過了，上禮拜五。你們呢？」

「還沒，我們後天才要去吃。你們有抽獎嗎？」

「有，」她垂著臉，一副被擊倒的樣子，「可是我沒抽中。」

我安慰她我的抽獎運也不好，就連去年發行人喝得醉醺醺，加碼送二十張飛京都的機票我也沒抽到。我們出版社有同事剛好被抽中，立刻趁年假去玩了一趟，開工隔幾天才笑容滿面地回來上班。

「你過年有沒有要去哪裡玩？」我順勢問，「出國或者遠一點的地方。」

她想了想之後搖搖頭。「沒有特別計畫。」

「我們家初三要去花蓮。我妹以前在那裡讀書，說要帶我們去泡野溪溫泉和爬幾條古道。」

「哇，真好，不過聽起來不輕鬆。」

我苦笑了一下，正打算告訴她妹妹從小就是隻野猴子，老闆娘剛好送上我們的麵。她點的是餛飩湯和小碗的乾意麵，我則是吃摵仔麵（tshik-á-mī，切仔麵）加滷蛋。她取下眼鏡，低頭喝一口熱湯，瀏海和馬尾都往下垂，髮尾還差點掉進碗裡。她把頭髮往後撥開。我忽然發現，她身上的碘酒味消失了，取而代之的是淡淡的香味，有點像太陽升起後溪邊新開的野薑花。接著她撈起一顆餛飩，用舌頭把麵皮輕輕捲下來，最後才將肉餡單獨放進嘴裡。

「你吃餛飩的方式好特別，」我目不轉睛看著她，「我第一次看到有人皮跟餡分開吃。」

聽我這麼說，她忽然皺起眉頭，露出有點生氣的表情。「哪有，我這樣吃很久了，你都沒注意。」

「是嗎？」我不知道該怎麼回答，含含糊糊應了一聲，連忙低頭夾起麵來吃。麵條和豆芽菜不同的口感在我嘴裡混成一塊。我忽然想起以前小丘也曾用類似她的那種方式吃漢堡，被幾個朋友取笑好像在分屍。

「我大學有個朋友也會把麵包、生菜和漢堡肉分開吃。」我說。

「真的嗎？我也是。」她興味盎然地抬起頭，「你朋友肉圓也會分開吃嗎？」

「好像會，」我回想了一下，「我記得他連紅豆餅都會先啃掉外皮，最後才心滿意足地舔手上的奶油。」

「跟我一樣。」她一手掩嘴，兩隻眼睛好像遇見同伴一樣閃閃發亮。

「不過我不懂，特地把原本合在一起的食物分開吃，這樣會好吃嗎？」

「會，當然會，比合在一起更好吃。」她肯定地點點頭，「人只有一根舌頭，東西分開來吃才能完全感受到食物真正的滋味。」她從碗裡撈起一顆餛飩伸到我面前，「你要不要試一試？」

我兩手懸在空中，看著她，又看了一眼她湯匙裡的餛飩。她的表情充滿期待。我心裡還在想她前陣子感冒了，要怎麼拒絕才不會失禮，但是等我意識過來，我已經放下手裡的筷子，伸手過去接住她的湯匙。

「先吸住麵皮的裙子，再用舌頭慢慢推，就可以把皮全部拉起來了。」

她說完後等著我的動作。湯匙底部有一層油得發亮的湯汁。我沒想太久，就將湯匙整個塞入嘴巴。我的舌頭有點笨，把餛飩翻來翻去，最後只挑起一半的麵皮，讓它順著口水滑入食道。當我開始咀嚼內餡，我的臼齒慢慢感覺到絞肉顆粒裡混雜著不容易磨斷的筋，嘴裡也散發出一股油脂被鹽帶出來的獨特甜味。

「怎麼樣？」她試探地問，「有感受到合在一起吃所沒有的風味嗎？」

「嗯，」我吞下嚼碎的肉餡，點了點頭，「味道比較明顯。」

她露出得意的笑，要我滷蛋也試著將蛋黃和蛋白分開吃。我聽從她的話，咬開滷蛋後先挖起蛋黃，才第一次知道原來蛋黃帶有雪泥般的質地，還有雞蛋煮熟後才有的一種醬油也蓋不掉的溫泉臭味。我的嘴巴裡好像有一個新的宇宙，只是我不太會形容，當她問我時我只能回答「嗯」，或者對她的描述點點頭。

把東西分開來吃花去我不少時間。我吃得比往常慢，不過我還是注意到她吃完幾口會習慣性地把掉下來的頭髮往耳後塞，還有吃了肉燥會拿紙巾擦拭掉嘴唇上沾到的油。我喝完最後一口湯，問她需不需要多拿幾張衛生紙過來，電視上某則新聞忽然吸引了她的注意。她放下筷子，拿起桌上的眼鏡緊盯電視。行政院發言人和幾個官員坐成一排，說政府正審慎考慮是否要將時區改回，理由是有家長反應冬天孩子出門上學時天還很黑，對於得自己走路上課的小孩來說太危險了。受訪的上班族有人支持有人反對。支持方說這樣好像賺到了一小時，反對派則認為這麼做只是把民眾耍得團團轉，還有人開玩笑地問真的改回去的話要叫舊時還是新新時。

「你想改回原本的時區嗎？」

她突然開口問我，視線仍停留在電視上。我想了想。現在改回去，麻煩又會重來一次，我不想再花心力重新適應。最重要的是，我不想再像上次那樣為了時間而說謊。

「可能不會吧。剛剛有個受訪的人也說，真正的時間會在人類的數字遊戲中失去更多。你希望改回去嗎？」

電視畫面在她的鏡片上跳動。她沉默了很長一陣子，長到我以為我的聲音被電視蓋過，打算再問一次，她才緩緩開口。

「還太短暫了，我不想改，」她深吸一口氣，握緊手裡的紙巾。「現在這樣很好。」

新聞結束後進入斯斯感冒藥的廣告。她把頭轉回，但她不是繼續吃麵，而是雙眼凝視著我。她的眼睛在鏡片底下像月光照亮的海閃閃波動。我不知道發生了什麼事。我看過她流下眼淚，看過她抿嘴，看過她欲言又止，看過她露出牙齒笑，卻是第一次看到她眼裡混雜著憂傷，不安，落寞……和各種我不會形容的複雜情緒。有點像一隻窩在紙箱裡，知道自己即將被捨棄的小狗的神情。我心頭一緊，好像被一隻大手給用力握住。

我正想開口問她說的那番話是什麼意思，外頭突然傳來老闆娘用煮麵勺敲爐子的聲音。這個舉動通常表示老闆娘想收攤，在趕客人了，我跟米猴就曾被這麼趕過幾次。店裡只有我和她，老闆娘是在暗示我們該走了。她被金屬的撞擊聲嚇了一跳，慌慌張張看了眼前沒吃完的湯和麵。

「店要關了嗎？」

她的聲音底下彷彿有一條水管破了洞。我聽得出那裡有滴滴答答漏水的聲音。我的視線無法從她臉上移開。我沒有看牆上爬滿灰塵的時鐘，沒有看手機，也沒有看在爐子前繼續敲麵勺的老闆娘。

「還沒，別擔心。」我從隔壁桌拿來一包衛生紙，放到她面前。「我們還有時間。」

3

新聞播出後，要不要改回時區的議題像點火一樣越鬧越兇。臉書上幾乎每天都有人在吵。鐵路局和航空業者跳出來說他們不希望班表又一次大混亂，證券交易所更怕會造成另一波股市動盪。不過也有政治狂熱份子強烈要求改回原本的時區，理由只有一個，就是他們無法接受和中國不一樣。

每次看到新聞，我都會想起她那時候的表情。我不知道她說的「還太短暫了」是指什麼，不過我想或許是新時之後，她的日子過得比以前更好，比如工作量減少，或者可以從此不必做某件討厭的事。那時我還不知道我的想法有多天真，心裡只想著下次跟她出去吃飯，一定要記得從獅子的植物園裡拔幾片貓薄荷。

獅子一走進辦公室，就問我莉卡那本關於時差的小說寫完了沒。這是個意想不到的二次機會，倘若能趁勢搭上這波熱潮，勢必就有話題可以操作。我老實回答獅子可能還需要幾個月。獅子嘆了一口氣，什麼也沒說，提著三明治走向她的植物園。我不知道她是對我還是莉卡感到失望。

中午吃飯我把這件事告訴米猴。自助餐店裡有點小，地板上黏著一層黑色油垢，找位置時我的右腳還不小心滑了一下。米猴咬著裝了紅茶的塑膠杯。他上下動著嘴唇，紅茶就跟著在杯子裡左搖右晃。

「每本書都有自己的命運。」

米猴咬著牙齒，聲音聽起來好像壞掉的機器人。

「除非上帝的手伸進來，否則大部分的書只會像流水一樣滑過去。」

我在湯鍋旁油膩的桌子放下餐盤，不可思議地看著米猴。

「你好像不小心說出了名言。」

「欸，是啊，」米猴往後撥了撥頭髮，「誰叫我是佛系行銷。」

我們一邊扒飯、啃排骨，一邊閒扯些有的沒的。米猴說他最近在看房子，他原本住的地方房東打算把電費從一度五元漲到一度六元，還不包公電和水費。他考慮搬到公司附近，這樣以後上班還可以多睡半小時再出門。

「如果時區真的改回去，你覺得會像之前一樣還在晚上嗎？」米猴問。

「不知道，可能吧。這樣比較公平，也有從新的一天重新開始的感覺。」

「白癡，誰跟你講公平？世界上最不可能做到的就是公平。太陽是不可能平均照在每個人臉上的。政府跟資方都有一腿。我敢打賭，最後多出來的那一小時一定是上班時間。」

米猴把蒜頭吐到桌上，轉而講起接下來還有幾次連假，以及大樂透累積的十三億獎金。我們幻想自己一夕之間成為億萬富翁，要買豪宅，買超跑，搭破冰船去北極。不過講著講著，飯一吃完，夢很快就醒了。我和米猴收拾油膩的餐盤，丟向店外面的垃圾桶。門口有幾隻黑狗眼巴巴的坐在那裡，肋骨的痕跡像是鐮刀。我把骨頭倒在地上給牠們，洗了洗手，告訴米猴我不回辦公室，要直接去找插畫家。米猴用拳頭頂了一下我的肩膀，表示祝我好運，一個人走回公司。

我往公車站牌的方向走。經過麵包店，我停下腳步，考慮了幾秒，決定進去買點什麼當拜訪禮。我注意那個插畫家一陣子了。他很年輕，剛從美術學校畢業沒幾年，但我在網路上一眼就被他的作品吸引。我不知道該怎麼說。就像土壤裡的二葉松毬果需要一場大火才會釋出種子，我感覺他有一股能顛覆常理的能量。前幾個禮拜剛好有位作者交稿，寫手足從小到大複雜難解的情感，我覺得很適合配上插畫，計算過損平，便決定放手一試。

逛了麵包店一圈，我買了當季限定的草莓泡芙，搭上搖搖晃晃的公車到插畫家住的地方。那裡是比較早開發的舊社區，巷子彎彎繞繞，又有很多條岔路和死巷。我的方向感其實不錯，不過下了公車，我還是跟著手機導航繞了一陣子，才終於找到他住的老公寓。我喘著氣爬上頂樓，看見一間鐵皮加蓋的違建。門沒有關。有一隻貓在門邊蹭著門框。我放慢腳步靠近。才剛蹲下，屋子裡立刻有人走了出來。

「嗨，你好，你應該是出版社的阿基?我一直在等你打電話，想說去站牌那裡接你……抱歉，這裡會很難找嗎？」

插畫家拉了拉已經洗鬆的領口，看起來非常緊張。他請我進屋子。實際走進去，才發現裡頭比我預期的還要簡陋。屋內幾乎沒有稱得上家具的東西，只有一個懶骨頭沙發，幾隻貓，和一張顯得過大的木桌椅。他指著木桌椅說是前幾個禮拜從公園撿回來的。

「那幾隻貓也是。我不忍心看牠們在防火巷發抖，就撿回家，結果不知不覺越撿越多……你會怕貓嗎？」

「不會，我很喜歡。」

「太好了，」他鬆了一口氣，「喜歡貓的人值得相信。」

他揉了揉其中一隻三花貓的耳朵，問我要喝伯朗咖啡還是保久乳。這兩種東西都很讓人懷念。最後我選了伯朗咖啡。距離我上次喝罐裝的伯朗咖啡已經是國中三年級準備考高中時候的事，保久乳則更久。我一邊張望四周，一邊坐上公園撿來的木椅。牆壁釘著一層薄薄的木板。我注意到上面有一些線條簡單的鉛筆插畫，我想可能是他靈感降臨時隨手畫的。我打開草莓泡芙，貓咪們興致勃勃地跳上桌子東聞西聞，還把頭伸進去。插畫家拿著兩罐伯朗咖啡回來，問我介不介意他盤腿而坐。

「盤腿比較能讓我放鬆。你如果不介意，也可以脫鞋子。」

為了不讓他感到有壓力，我脫掉鞋子，學他把雙腿盤起來。一開始我們隨意閒談，問對方是哪裡人、在哪裡念書，後來我漸漸切入小說情節，也聽他講了一點成長路上手足帶來的傷痕。插畫家說他有個大一歲的哥哥，成績好又聽話，不像他一天到晚只會闖禍。有一次媽媽帶他們去廟裡拜拜，要他們兄弟倆幫忙洗水果，他趁媽媽去投香油錢時爬上洗手台旁的龍眼樹，對著哥哥的頭頂吐口水。他本來以為哥哥會失控拿起手上的蘋果砸過來，或者哭著跑去向媽媽告狀，哪對兄弟不是這樣打打鬧鬧？但哥哥只是抬起頭，用悲哀的眼神看著他說：「真可憐，你永遠也贏不了我。」

那句話真的像詛咒一樣，讓他和哥哥的差距越來越大。哥哥一路順利，考上第一志願，進入大企業，年紀輕輕就當上區經理，年收入破百萬，而他只是個一文不名、只會跟貓取暖的落魄小子。他不喜歡哥哥，越來越沒辦法交談上一、兩句話，但心底其實一直後悔自己到現在都沒有為吐口水的事道歉。礙於面子，這輩子可能也不會再開口了。我懂他的心情。我也曾因為妹妹比較會撒嬌而吃了不少虧，有次還因為賭氣，故意把腳踏車鎖在火車站不讓她騎，害她上課遲到被老師處罰。想到自己那時如此小氣，我常常會感到難受。不過每次見到妹妹，或是打電話給她，我又開不了口。

講著講著，我們又繞回來談小說，還有書可能的編排方式。我告訴他這本書預計印正四反一，他一頭霧水地望著我，我簡單解釋就是正面頁數彩色，反面頁數黑白，我會把他的插畫都放在彩色頁數，他不用擔心最後印出來只有單調的顏色。談到稿酬時，有隻橘貓跳到我腿上，把身體蜷成一團睡覺。牠全身熱熱軟軟的，像剛烤好的克林姆麵包，我一時心軟，就答應了比預算更高的金額。

「太好了，我可以多買一點罐頭。這幾天我一直聽到後面巷子有貓在叫，說不定我還能再撿一隻回家。」

插畫家說這些話時雙眼發光，我彷彿看見他靈魂底下還是個會朝太陽奔跑、用袖子擦汗的少年。交稿時間談妥後，我又在那裡和插畫家聊了一下，直到橘貓從我的腿上跳走才離開。走出老公寓，我特地繞去後面的巷子，也鑽入幾條窄得只能側身通過的防火巷，不過都沒看見插畫家說的小貓。空氣裡洋溢春天的味道。我不想太早回辦公室，於是沿著一排開花的苦楝散步。不遠的公園似乎掛著布條。我漫步過去，正好遇到一群人圍坐在草地上唱歌。樹上放了好幾個木頭做的圓形時鐘，有的指針是綠繡眼，有的是煮飯花，有的是月亮。布條上寫著「不要忘記月光和鳥鳴，那才是真正的時間」。我判斷不出這群人是支持或反對時區改回，不過我隱約覺得他們的訴求並不是純粹二分，而是反思時間的意義。我在他們周圍走了一圈，拍下標語和漂亮的時鐘。我第一個想分享的人是她，不過我沒有她的聯絡方式。後來我把照片傳給米猴，他很快就回我「蹺班！」和火冒三丈的貼圖。我想了一下，也把幾張照片傳給莉卡。

中間彈吉他的人換唱下一首歌，是阿美族歌手以莉・高露（Ilid Kaolo）的〈優雅的女士〉（A Graceful Lady）。那首歌非常哀傷，非常美，聽了會讓人忍不住掉下眼淚。我在心裡跟著哼，聽完整首歌才帶著難以言喻的心情離開。經過一台捐血車，有個人影蹲在前方的相思樹下，對著樹叢伸出手。我走近幾步，發現是她。她穿得比平常輕鬆，寬鬆的上衣配上深色運動褲，腳趾從拖鞋露出來。若不是那條在陽光下閃著溫暖光澤的紅色馬尾，我很可能就這樣錯過。我的腳步很自然地走向她。

「今天休假？」

聽見我的聲音，她抬起頭。光線讓她不得不瞇起眼睛。幾秒之後，她勉強睜開其中一眼。看見是我，才露出柔和的表情。

「對啊。你也是？」

「我剛才去見一位插畫家，現在要回公司。你在看什麼？」

我跟著蹲下來，往她一開始注視的方向看過去。樹叢底下有幾顆石頭，還有一團蒲公英。風微微吹過。那團蒲公英沒有飛起種子，只是隨風輕輕晃動。我伸長脖子一看。那不是蒲公英，而是一隻眼睛還睜不太開的小小貓。

「那隻貓咪好小，」她發出羽毛般的嘆息，「不知道牠媽媽在哪裡。」

我從來沒看過那麼小的貓咪。鈴鈴阿姨領養咪歐時大約三個月大，牠比那時候的咪歐更小，比我握起的拳頭更小。人很奇怪，看到幼小、毛茸茸的動物心會不自覺地揪緊，因為不這麼做你的心就會被吸入黑洞。我試著發出貓叫聲吸引小貓注意。她見我這麼做，也跟著「喵－喵－」叫了起來。我們叫了一陣子。小貓聽到聲音似乎有點疑惑，過了一會才站起身。牠的手腳軟綿綿的，走沒幾步就會往一邊傾倒。牠慢慢爬到我腳邊，聞了聞我的鞋子和褲管。我一時重心不穩往後坐。小貓愣了幾秒，之後一步一步爬上我的大腿，用牠小小的鼻子對著褲子東聞西聞。

「牠喜歡你。」她羨慕地說。

「可能我身上有別的貓的味道。剛才在插畫家那裡，有隻貓咪窩在我腿上睡覺。」

小貓柔軟的鼻頭到處碰了碰我的褲子。我伸出指頭，牠聞著聞著，突然像電池耗盡的玩具一樣頭歪向一邊，全身軟了下來。

「牠睡著了？」她小聲問。湊近小貓的臉，發現牠閉著眼睛。「真的睡著了。怎麼辦？」

我用幾根手指托住小貓的頭。牠鼻子噴出的熱氣弄得我指頭暖暖的。那股熱氣傳到我的手，我的腹部，我的脖子，最後傳到我的心。我想起插畫家說「喜歡貓的人值得相信」，心裡突然湧起一股衝動。

「我把牠帶回家養。」

我有點認不得自己的聲音。我的語調輕飄飄的，像一團拍鬆的棉花。聽到我這麼說，她似乎也有點意外。

「你不是還得回公司？」

「沒關係，跟總編說一聲，應該可以再找時間補回去。」

她抿了抿嘴，我想她應該跟我一樣有點興奮，因為她繼續輕柔地摩挲小貓的額頭，背，快速跳動的肚子，和漂亮的尾巴，偶爾忍不住咯咯笑，讚歎牠好可愛。小貓微微張嘴，露出玉米筍般小小的牙齒，頭朝著一邊點一下、點一下，就像上課忍不住打瞌睡的孩子。我的心好像融化的巧克力。我本來以為她會在這裡陪我直到小貓睡醒，然後跟我一起帶小貓去醫院檢查、打針，接著回家，不過她最後輕輕捏了捏小貓的脖子，站起身，說她還有事，要先走了。

「下次有機會再去你家看牠。」

這次換我瞇著眼睛抬起頭。我還來不及看清楚她的表情，她已經轉身離開。我忘了我有沒有說「再見」。我坐在原地，維持一樣的姿勢。但是等我回過神，我手上如棉花糖的貓咪也不見了。

4

後來幾次碰面，我都沒辦法跟她好好說上話，不是在擠滿人的電梯，就是我看著她走進我前面的人潮。我沒有機會告訴她後來小貓跑掉了。每次我試著往前擠，想推開前方擋住的人群追上去，紅燈就亮了。

那陣子我剛好也很忙，比較少在辦公室。書展期間不分平常日和週末，我幾乎天天都得往那裡跑，幫忙站收銀台、補書和維持作者簽名活動的秩序。有一場在小沙龍的講座，不知道是展場裡頭太吵，還是我的作者說話沒有魅力，開始沒幾分鐘，台下零星的讀者一個接一個走掉，現場只剩我和米猴兩個人。我急著去找其他主編和認識的人來幫忙充場面。他們被我拉來，兩眼無神地坐在台下，有的揉捏小腿肚，有的盯著手機，豹子馬還光明正大搬出筆電，寫起下個月的新書資料。作者的聲音越講越含糊，像是壞掉的收音機。到最後，連我也聽不清楚他在說什麼。

書展好不容易結束，過沒幾天，我和米猴又得去辦活動。主辦講座的其實是別家出版社，不過他們找的對談人之前曾在我手上出書，希望我們能夠一起協辦。我前陣子剛好寫信給那個作者，問他過得如何、有沒有新的寫作計畫。他告訴我他現在在樂器行教人家彈吉他，遇到不少有趣的學生，比如想追女孩子的混混，還有努力戒掉酒癮的中年男子。他考慮用短篇的形式，一篇小說以一首曲子為主題，開展不同的人情故事，像《深夜食堂》那樣。我很喜歡他的點子，跟他約好講座結束後，可以簡單談一談。

趁著去活動前還有幾個小時，我全神貫注，把桌上堆積如山的工作一件一件解決。送稿費申請單去財務部，打電話給美編修改內文最後幾個錯字，準備社內會報資料，寫信詢問某個老師能不能幫忙寫四月新書的推薦序，還有發書訊。檢查印刷廠送來的《一顆蛋的回憶》封面打樣稿時，米猴走過來跟我說該準備出門了。我請他再給我五分鐘。這段時間我努力睜大眼睛，一個字一個字看過封底簡介。我抓出書腰上一、兩個不容易發現的錯字，把校對過的打樣稿交給要回印刷廠的印務經理，然後去茶水間倒掉杯子裡沒喝完的咖啡，雙手濕淋淋地回到座位收背包。

在走廊等電梯時，米猴吹起口哨。他很少在辦活動前心情這麼好。我不記得那位作者是他的「我家」成員。米猴說過他是徹頭徹尾的異男，就算對方再好相處，只要是男的就立刻出局。

「這麼開心，難道中樂透頭彩了？」我問。

「嗯？你沒看手機？我有傳訊息跟你說。」

「手機？」

我把手伸進口袋。剛才我一心只想著趕緊消化掉累積的工作，沒注意到壓在稿子底下的手機曾經亮起。我正要掏出手機，米猴停下了口哨。

「我直接跟你說吧。豹子馬明天開始休假，聽說要去紐西蘭玩，下個月十號才會回來。」

走進電梯，米猴輕快地碰了一樓的按鈕。「明天我就自由了。」

米猴高聲歡呼，把手搭在我肩膀上，說他好久沒有這種螺絲鬆開、能自由張開雙臂的感覺。出電梯後，一走出公司大門，米猴突然想起忘了帶展示書本的書架。書店沒有準備，對方出版社請我們幫忙帶兩個過去。

「哎呀，真糟糕，我開心到腦袋提前秀逗了。」

米猴自嘲一番，要我在警衛室前等，他一個人折返回辦公室拿。警衛先生不在位子上。天色漸漸暗了下來。這個時間警衛應該去地下室巡邏。我靠著警衛室的玻璃，在腦中回想剛才校對過的封面。我腦袋裡彷彿有一隻眼睛，就像攝影機的鏡頭一樣，從書封正面一點一點移動。先是書名，作者名，書背，書系編號，然後慢慢移動到封底。在書籍簡介倒數第二行後半，鏡頭突然停了下來。我的心臟狂跳不止。因為我突然看見一個錯字像蚊子般停在乾淨的牆上。金絲雀，我寫成金思雀，而我反覆檢查三次竟然都沒有發現。

「下班了？」

背後傳來一道聲音。因為深陷在懊惱之中，我隔一陣子才回過神。黑暗中浮現一個黑色的身影。警衛室屋簷下的燈是感應式的。我前後移動腳步。燈亮了，才看見是她。

「在等人嗎？」

過沒幾秒燈又自動暗掉。我搖搖頭，又點點頭，才想到她可能看不見我的反應。

「要去辦活動，米猴上樓拿個東西。」

說完這些話，我的腦袋好像就當機了。我記得我似乎有什麼話要對她說，但是我全忘記了。我還沒從封面那個不應該的錯字中恢復過來，以至於我的心思跟不上我嘴巴的速度。

「去吃晚餐吧。回家小心，再見。」

我沒意識到自己究竟說了什麼，就看見米猴從門口走出來。我對米猴舉起手。她回頭一望，也看見了。她輕輕說了聲「祝你順利」，越過我往外面的馬路走。她看起來就像一片隨時會消失的影子。我的視線跟著她的背影。我正想著應該開口約她過幾天一起吃飯，米猴走上來碰了我的背。

「嘿，好了，我們走吧。」

搭上計程車，我整個人還是心神不寧。我打斷米猴說到一半的笑話，打電話給印務經理，告訴他我忽略的錯字。電話那頭傳來機器運轉的刺耳噪音。經理把我的打樣稿翻出來，扯著喉嚨說還沒印，我前面還有三本書等著上機。

「八點前我都在印刷廠，如果還有想到其他錯誤，我都可以幫你改過來，ＯＫ？」

「謝謝你。」我握著手機，音量不知不覺也跟著變大。「真對不起，麻煩你了。」

「那有什麼。別擔心，ＯＫ？我會幫你處理，ＯＫ？」

掛掉電話，我鬆了一口氣，背部往後一靠，全身彷彿奮力跑完跨欄賽那樣癱軟下來。我感覺我的手，心臟，腹部，塞在布鞋裡的腳趾頭，都湧起一股說不上來的疲勞感。

「你剛才都在煩惱那個錯字嗎？」米猴問。

「嗯，」我擠了擠喉嚨，「想得我頭皮都發麻了。」

「幹嘛壓力那麼大？沒有哪一本書是完美的，又不是網路上那些網紅網美去醫美做出來的臉。」

「我知道，但其他人不會這麼想。書好看、漂亮是作者和設計師的功勞，有錯就全是編輯。我只是不想當罪人。」

我想起以前也曾發生三校時，美編不知道什麼原因，誤把一行我根本沒有修改的句子刪掉，然後自己填上「嗚嗚哇啦啦呀」這種類似咒語的句子，直到書印出來我才發現。作者從此不給我好臉色看，在各種場合對我冷嘲熱諷，而我也沒辦法隨時攜帶二校稿三校稿證明自己的清白。根本沒人在乎。

我在心裡想著這件往事，聽米猴抱怨前幾天社長當著他的面說行銷人員沒有產值。沒多久，計程車就到了目的地。我們在一間中藥行前下車，買了刈包邊走邊吃。走到巷子盡頭，燈光從書店大片的落地窗透出來，好像即將起飛的太空艙。主辦講座的出版社人員已經開始在布場。米猴跟他們交換名片，拿出書架擺在桌上，我則是幫忙確認麥克風的音量，和我的作者打招呼，順便認識今天的主講人。他跟我握了握手，收下我的名片，轉身攤開一本書在扉頁上簽名。

「我沒有名片。書就是我的名片。」

主講人對我淺淺一笑，我不由自主吸了一口氣。他有一雙冰塊般的眼睛。凝視那樣的眼睛，我的靈魂彷彿有某部分會因此被灼傷。

讀者陸陸續續進場。我一個人走到不會妨礙出入的角落，瀏覽店內的擺飾。櫃子裡有琉璃金魚，手搖磨豆機，還有漂亮的骨瓷杯碟。不過最讓我感興趣的，是那些舊得不得了的火柴盒。有的盒身做成鋼琴的形狀，有的則是用藝術字體寫著我看不懂的字。我拿起其中一個畫了女人親吻雞尾酒杯的火柴盒。側邊用來摩擦生火的磷皮有焦黑的痕跡，盒子裡也有幾根火柴頭斷掉了。我湊近鼻子聞了聞，有股火種在暗夜裡熄滅、光陰消逝的傷感味道。我忽然想起很久以前去溪谷野炊時小丘曾說，台灣已經沒有生產火柴的工廠了。

講座開始後，我站在一旁販售書本的展區，指引遲到的讀者入座。過一陣子沒人了，我從牆邊拉來一張椅子，聽台上講者談他們如何把人生經驗轉化成小說裡的磚石。主講人說，他當兵時沒有自己的床位，每天都得睡不同位置，隔天醒來才知道前一個睡過這個枕頭的人有什麼毛病。有一天起床，他發現自己眼睛紅腫得不得了，眼球有說不出的灼熱感，應該是染上了結膜炎。他眼角垂著黃色眼屎，眼前籠罩一片迷霧，開始尋找隊伍裡跟他一樣有兔子眼睛的人。那一刻他心裡有個感覺——一個故事的「芽」冒出來了。

台下讀者有人跟著輕輕嘆息。他們心中被埋入一顆神奇的種子。我也是。我彷彿也透過那雙冰塊般的眼睛看見模模糊糊的紅點，掉入某種說不上來的氣氛，因此沒發現展區前站了一個人。直到那個人低聲叫了我的名字，我抬起頭，才看見莉卡就站在我眼前。

我花了一點時間從主講者描述的畫面爬出來，壓低音量問莉卡：「來參加講座？」

莉卡搖搖頭，彎下腰向我耳邊靠近。「我來找書。」

「什麼書？有找到嗎？」

「沒有，不過看到很有意思的東西。」莉卡側身指著其中一個櫃子，「這裡有好多好有味道的舊火柴盒。」

我對莉卡會心一笑，「我剛也有注意到。」

「我特別喜歡其中一個上面畫著女人端酒杯的火柴盒。底色有黃色、紅色鮮明的色塊，女人雙眼還矇上蝙蝠俠眼罩，看起來壞壞的，感覺好吸引人。」

「我也是，」我忍不住脫口說，「我剛也是被那盒火柴吸引，還特別拿起來看。」

因為突如其來的興奮，我沒注意到自己的音量。坐在後排的幾個讀者回頭看了我們一眼。我和莉卡不約而同朝對方比出「噓」的手勢。

「你有沒有看過帕慕克（Orhan Pamuk）的《純真博物館》（*Masumiyet Muzesi*）？」莉卡小聲問。

「有聽過，但沒看過。我知道它很經典。」

「那本小說非常厲害，用生活中的小物件書寫各種情感細節，打造出愛的博物館。一打開書，開頭的歡迎詞就是：『純真博物館的大門，將永遠為那些在伊斯坦堡找不到一個接吻場所的情侶們敞開。』就像博物館導覽手冊一樣。」

講到喜歡的書，莉卡不由自主變得激動起來。「而且現實中帕慕克真的打造出一座真實的純真博物館。他寫這本書時，就一邊在跳蚤市場、古董店蒐集鹽罐，鑰匙，手帕，香水瓶，甚至還有濾嘴沾著口紅的菸蒂這些東西。」

我在腦海裡想像莉卡說的情境。「感覺真有意思。」

「所以我也開始在蒐集小東西。剛才我問店員，他說火柴盒是老闆的收藏，不賣，不過他知道老闆三不五時會去逛橋下的古物市集。那裡有點神祕，只有晚上才有人擺攤。」說到這裡，莉卡對我使了個眼色。「我下禮拜要去看看，有興趣一起去嗎？」

也許是因為好奇，也許是某種神祕的召喚，也許是神奇種子在心裡發芽，也許是莉卡眼底就像火柴擦亮火光，我幾乎沒有考慮就點了點頭，告訴莉卡我很期待。

「真的嗎？好，那我們說好囉。」

莉卡伸手過來勾了勾我的小指頭，再三叮嚀我要記得寫在記事本上，才輕手輕腳離開。我轉頭回到台上，主講者已經結束當兵的話題，和對談人討論起文學之於人的意義。我有點跟不上，心思一陣一陣轉向老舊的火柴盒。一支火柴可以劃破黑暗，帶給小女孩溫暖和幻覺。只是那時我沒想到，一支火柴也可以點燃引信，把一切乾燥脆弱之物都燒成火海。

5

到了星期五，我整個人就像抽掉竹竿的稻草人，做什麼事都提不起勁。除了豹子馬，很多同事也休假，辦公室只剩我，米猴，獅子和兩、三個主編，幾家規模比較小的出版社甚至連天花板上的燈都是暗的。我一隻腳好像已經跨進放假的氣氛。我瀏覽臉書上朋友的貼文，有人去天元宮賞櫻，有人拍了自己辦公桌上的小蛋糕，小丘也在眠月鐵道打卡，放上舊鐵軌穿越森林的照片。被我擱在馬克杯旁的手機忽然亮了。我拿起一看，是莉卡。

「七點在衛生所前見。一起吃晚餐?」

今天晚上我要和莉卡去古物市集。也許是因為這樣，我才會不到四點就開始心浮氣躁。

「好，沒問題。」我回覆莉卡，「我今天會準時下班。」

莉卡傳了一張豎起大拇指的貼圖，我也回傳開心奔跑的圖片。我放下手機，從牛皮紙袋裡拿出前幾天美編排版好的書稿。才攤開稿子，手機又有新訊息。米猴問我要不要吃烤玉米，他請客。我其實不餓，但我沒怎麼考慮，直接回米猴「走吧」。

我和米猴一前一後走出辦公室。在門口遇到資訊部的同事胖狐，他對我們露出難以理解的微笑。米猴心情很好，拍了拍胖狐的肩膀，說幾句沒什麼內容的場面話。我伸手按下電梯，手上幾個玫瑰色的腫包從袖口露了出來。

「你手怎麼了，過敏？」

「被蚊子叮。我房間的紗窗破了，蚊子一直飛進來。」

「現在才幾月就有蚊子？」米猴瞪大眼睛，接著一副恍然大悟的模樣。「我知道了，一定是全球暖化害的。氣溫升高，牠們也提早繁殖。所以不要再砍樹了，不要出那麼多書，我們不要成為傷害地球的幫凶。」

我對米猴苦笑，「這樣我們可能會先失業喔。」

米猴嘖了一聲，嘀咕這真是兩難。他從口袋摸出一條包便當的橡皮筋，下意識要往嘴裡塞，忽然停下動作。「算了，」他把橡皮筋塞回口袋，吹了一聲口哨。「這禮拜沒這麼想咬東咬西。」

我正要取笑他是因為豹子馬不在，電梯就到了。門一打開，她站在裡面，對著鏡子用小指頭剔牙齒上卡住的胡椒粒。她從鏡子裡看到我和米猴，轉過身，抿著嘴對我們點了一下頭，因為一個人毫無防備的樣子被撞見而感到害羞。我跟在米猴身後走進電梯，按下關門鈕。一開始，我們三個人都沒有說話，眼睛各自盯著樓層顯示螢幕。氣氛怪怪的。我覺得我應該主動說些什麼緩和氣氛，米猴比我早一步開口。

「你下班了？」

她知道米猴是在問她。回答前，她先朝我望了一眼。

「沒有，要去廠商那裡一趟。」

「喔，我以為你下班了，想說哪家公司這麼有佛心來著。」

「怎麼可能。」她垂著臉苦笑，身體往後方鏡子微微一靠。「你們也要出去？」

「對啊，出去買個點心，嘴巴癢癢的。」米猴舉起手腕，假裝看著不存在的手錶。「這個時間，我們也還沒有從上班族變成下班族。」

她被米猴逗得笑了出來。我沒機會插上什麼話，電梯就到一樓。米猴伸手讓她先出去。公司大樓有兩個方向的門，一個往旁邊工廠林立的巷子，一個往大馬路。我和米猴走的是前面大門，她則是往工廠的方向。我們互相點頭道別。走了幾步，我忽然想到自己應該要告訴她晚上我要和莉卡去古物市集的事。我怕萬一不小心，她又會像之前在超商撞見我們那樣誤會。我停下腳步，朝她身後喊等一下。她回過頭，等著我說話。我腦海中飛過幾個關鍵字。有隻手伸出來，把「火柴盒」、「夜」、「小說」抓了出來，東拼西湊一番。當我終於整理好條理分明又恰如其分的句子，我抓了抓手上被蚊子叮咬的腫包，開口說：

「祝你週末愉快。」

說完後我愣在原地。我不知道為什麼說出口的是這句無關緊要的話。剛才我腦袋裡翻來覆去的明明不是這個。她臉上閃過一絲失望，不過很快又浮起微笑。

「週末愉快。」

我想再說什麼，喉嚨卻彷彿被石頭堵住。我走回米猴身邊。米猴說：「你有夠上班族的，星期五還祝人家週末愉快。」

走去烤玉米攤的路上，我心裡仍想著這件事，沒注意頭頂上有台冷氣機在漏水，直到水滴到我的脖子才發現。我抬頭一望，上方正好飛過一群鴿子。我幾乎能看見牠們縮近肚腹的腳爪。米猴向老闆點了兩支烤玉米，之後對著經過的女孩子上下打量。一拿到烤玉米，他立刻像吹口琴一樣啃了起來。我們慢慢走回辦公室。香味讓幾個同事抬起頭。我一手舉著烤玉米，一手夾著紅筆翻開書稿。我只有拿玉米的那隻手和嘴巴在動。時間不知不覺過去了。

桌上響起的電話聲讓我嚇了一跳。我手忙腳亂接起來，電話另一頭是排版美編，問我今天會不會做完一校。我低頭看了一下頁碼，告訴美編不會。她鬆了一口氣，說：「太好了，我這禮拜可以提前回家掃墓。」

「提早這麼多？現在才三月初。」

「不會呀，怎麼會早？時間像煙一樣很快就溜走。」她在電話那頭爽朗地說，「我阿公阿嬤都等一年了。」

還在跟美編講電話時，米猴背著背包從我面前走過，豎起兩根手指對我敬禮，還故意等我掛掉電話後祝我「週末愉快」。其他同事陸續下班。我寫了幾封信，關掉電腦，把沒看完的書稿放進背包。走出公司，我回頭看了一眼辦公大樓。燈光零零星星。用眼睛數不出出版社是在哪一層。我乾脆從頂樓往下算。找到她待的九樓，再往下一層就是出版社。這兩層樓的燈都是暗的。我轉回頭，搭上公車，慢慢朝約定的地方前進。

因為正好碰上下班尖峰時間，路上有點塞，我花了比預期還久的時間才抵達。莉卡還沒來，我坐在衛生所前的樓梯玩了一下手機遊戲。過不久，莉卡從一台擁擠的公車跳下來。她撥了撥頭髮，問我晚餐想吃什麼。我對這一帶不太熟。莉卡也是。我們走過幾條街，挑了其中一家看起來生意很好的越南河粉。老闆娘臉上和脖子都是汗珠，一下在火爐邊舀湯，一下又翻炒油鍋內的牛肉。店內大部分是孤獨的客人。或許因為附近有醫院，有人手上還吊著點滴。

店裡沒有比較寬的座位。我和莉卡兩人擠在一張靠著牆壁的餐桌。我點了招牌的生牛肉河粉，莉卡則是點雞絲乾拌米線。我把菜單交給滿頭大汗的老闆娘，從烘碗機拿了兩副湯匙和筷子回來。屁股一坐下，莉卡就抬頭看著我。為了不讓氣氛尷尬，我照例先開啟話題。

「小說寫得還順利嗎？」

莉卡笑了一、兩聲，表情看起來有些無奈。我本來以為是因為進度不如預期，畢竟寫作需要一點運氣，也需要一點水分。故事的生產不像分娩，而是像在沙地裡鑿井。你得在沒人想得到的地方為那些口渴的人沾濕嘴唇。不過莉卡皺起鼻子，似乎對我提的話題不太滿意。

「不要每次見面，就只問我小說寫得怎樣嘛，好像我除了寫小說以外一無是處。」莉卡說著，雙手交叉抱胸，「我也有其他面向啊，例如怕胖，例如對自然有興趣。就像你總不希望每個人看到你，都問你某個字怎麼寫、有沒有寫錯，哪部片的片名為什麼取得那麼爛一樣。」

我了解莉卡的意思，不過她這麼一說，我反而不知道該講什麼。我想了想，決定問莉卡前陣子吃飯米猴跟我討論過的議題。

「最近時區的事不是又開始吵很兇嗎？如果真的改回去，你覺得多的那一個小時會加在什麼時候？」

「我想想。這是心理測驗？」

「不是，只是問問。」

「其實台灣在一九四五年因為日本戰敗，時區也改回去過一次，從一九三七年開始的中央標準時（UTC+9）——也就是跟日本本島一樣的時間，改回西部標準時（UTC+8）。」莉卡像貓一樣瞇細眼睛，「而且改回去的那一天，正好是九月二十一日。」

「跟九二一大地震同樣日期？」我倒吸一口氣，「好像又可以寫一本小說了。」

我幾乎是反射性說出這句話。只是我一說完，莉卡雖然點了點頭，眉頭還是皺了起來。我馬上就知道我又講錯話了。

老闆娘這時正好端上我和莉卡的餐點，讓有些尷尬的氣氛暫時化解開來。食物是一件很小、很美的事。人面對熱騰騰的食物，心總是會跟著舌頭變軟。我先吃一片剛燙熟的粉紅色牛肉，喝一口高湯，然後擠幾滴檸檬汁滴進湯裡，再撒上一小匙辣椒。湯的味道立刻改變。我光是聞味道舌根就開始發麻。莉卡也攪拌她碗裡的米線和配料，把底部的醬汁翻上來，接著夾起一口米線、香菜和紅白蘿蔔絲，上面還沾著幾顆花生粒，準備直接送進嘴裡。

「你不會分開吃嗎？」我問。

「分開吃？」莉卡有點疑惑地看著我，「不會，料拌在一起口感才有層次。」

我腦袋裡有一秒閃過她用舌頭把餛飩皮剝開來的畫面，不過很快就淡去。我看著莉卡吃下那一口料混雜在一起的米線，也開始埋頭吃起我的河粉。我們一邊吃著，偶爾想到什麼有趣的事說個一、兩句。不到十分鐘，我捧起碗底的湯喝個精光。過不久莉卡也吃完了。她掩嘴打了一個嗝。我聞到酸酸甜甜，好像蜂蜜淋上檸檬皮的味道。

出了店門，我們往橋的方向走。我沒有看時間是幾點，可能八、九點，因為檸檬似的月亮在脖子必須往後仰才看得到的位置。橋下的堤防很高，一開始我們還找不到能穿過堤防走到橋下的階梯，之後莉卡蹲下身子，發現一個類似地下水道的地方。我本來還在找有沒有其他出入口，莉卡不知哪來的勇氣，想也沒想就跳進那個下水道。

「來吧，」莉卡對我伸出手，「踏得到地，小心裡面有水。」

我稍微猶豫了一下，才跟著滑下去。我的鞋子沒有防水，腳底很快就感覺到一股濕氣。

「應該先脫鞋子的。」

我無奈地笑著說。莉卡點了點頭，眼睛忽然一亮。

「現在脫掉也不遲，我們互相幫對方忙。」

莉卡說完一手搭上我的肩膀，另一手拉掉鞋後跟，食指勾著鞋子抓住我的手臂，然後再換邊。她抬起另一隻腳時忽然重心不穩，我下意識伸手扶住她的腰，讓她能夠站穩之後脫掉鞋子。「我好了。」莉卡把手從我的肩膀上移下來，改抓著我的腰兩側。我們好像摟著對方在跳舞。下水道的高度有點低。我按著莉卡的肩膀，把頭往下低，聞到莉卡後頸飄出一股淡淡的柚子香味。我拉掉一腳的鞋子和襪子，接著是另一腳。「好了。」我的聲音在下水道裡迴盪。我們拎著鞋子，赤腳踢著不知從哪裡流進來的水。我聞到類似牡蠣的味道，不過水沖在腳趾頭上冰冰涼涼的，其實很舒服。前方有個光點。

我和莉卡一前一後朝那個光點走。

一走出下水道口，我就愣住了。那裡和橋上、堤防外是截然不同的世界。有人把蛇像圍巾一樣纏在脖子上，狗追著人的腳跟又咬又叫，還有彷彿山谷風聲般流連不去的鼻笛樂音。每個攤販前都放著一盆燒熱的火，有的則是火把。我從來沒見過這麼奇異的景象。這裡簡直是叫人目眩神迷的馬戲團。我站在原地動也不動，忘了自己還沒把鞋子穿上。

莉卡也是。她雙眼發光，打著赤腳就往最近的攤子走過去。那個攤子地上放的全是骨頭。有的只有一個頭骨，有的下面還排著零碎的身體。「你在賣骨頭？」莉卡指著其中一個長了兩支角的頭骨問，「這是山羌？」

攤子主人點點頭，對莉卡露出欣賞的表情。「你不錯。」他指著莉卡，然後比了比自己的腦袋。「你不錯，有腦子。」

莉卡往攤子更靠近一步，目光從左慢慢移動到右。我注意到她在一具小小的骨頭停了下來。它看起來像縮小版的恐龍，手特別長，手指大大張開，好像撐開的傘骨。我本來以為可能是小鳥，結果莉卡問：「這是蝙蝠？」

攤子主人睜大眼睛，「你不錯，真的。」他露出神祕的微笑，「我還有更特別的，我的新寶貝，最近剛收沒多久。」

攤子主人把手伸到背後，像變魔術一樣摸出一個皮箱。皮箱裂開了，上面長著一團一團白色的黴菌。他慢慢攤開箱子，將蓋住的布一點一點往上掀。

「這是人骨。人的骨頭，厲害吧？」

他說完後盯著我和莉卡的表情。我不知道莉卡怎麼樣，至少我一時之間還沒辦法反應，因為跟我原本想像的完全不一樣。它不是我以前在生物教室或者漫畫上看過的那種乾淨分明的骷髏，而是像生鏽的鐵欄杆，紅褐色，舊舊的，看起來很脆弱，感覺稍微一用力就會被折斷。攤子主人說那是公墓遷移時沒有人要的屍骨。工人知道他平常在蒐集各種骨頭，叫他自己帶把鏟子去挖。他小心翼翼一把土一把土往外鏟，好不容易才把全部的骨頭都取出來。

「我可以摸摸看嗎？」莉卡問。

我驚訝地看著莉卡。「你不怕？」

「為什麼要怕？」莉卡蹲下來，對其中一支細細長長的骨頭伸出手。「這具骨頭生前是個女人。」

「你怎麼知道？」

「這支應該是小腿骨，兩支裡面比較粗的那支。骨頭形狀摸起來圓圓的，我想應該是女人。如果摸起來是尖的話，就是男人。」

攤子主人忍不住彈響指頭大喊：「老天，你真的很不錯。」

攤子主人實在太喜歡莉卡了，免費送她一具跟手指差不多長的壁虎骨頭，還叫她以後每個禮拜都要來。離開攤子，我仍對於莉卡對骨頭瞭若指掌感到不可思議。莉卡把壁虎骨頭捧在手上，伸出指頭撫摸宛如魚刺的壁虎肋骨。

「其實我很迷戀骨頭。」莉卡說，「不是有人用玫瑰代表愛情，鑽石代表永恆嗎？對我來說，骨頭才是真正愛的隱喻，因為那是人唯一能留下來的東西。雖然我沒辦法在活著的時候取出自己的骨頭，不過拔掉的牙齒我倒是都有留下來，打算以後當作定情物。」

莉卡說完，皺著鼻子笑了笑。可能因為地上火影閃動的關係，她看起來有種既純真又魔性的魅力。我的心跳不知為何變得有點混亂。我默默深呼吸，繼續和莉卡往後面的攤子走。

幾乎每個攤子都有讓人眼睛為之發亮的驚奇。比如有的在賣花磚，有的攤子只放了一把日本時代留下來的武士刀，有的則是擺著不同造型的窗花，有椰子樹，吉他，還有像布丁一樣的富士山。東西都舊舊的，可是每一件都好像在發光。莉卡有時會著迷地拿起攤子上的口簧琴仔細凝視，或者聞一聞資生堂琺瑯鐵的廣告牌。

「怎麼辦？好想把這些都買回家。」

莉卡幸福地嘆一口氣。她買了一張要價不菲的〈時的紀念日〉原版海報，已經把身上的錢花光了。其實我也對上下兩個三角形組成的「台」字徽章心動不已。老闆說那兩個三角形不僅是台這個文字，也有昂然聳立的玉山和祂在太平洋上的倒影這個意象。這個說法實在太美了。我掏出錢買下，忽然瞥見旁邊有個攤子在賣紗網。想起房間破掉的紗窗，我抓了抓被蚊子叮咬的手腕，很自然朝那裡走過去。

我沒有先量紗窗的詳細尺寸，只好對老闆比了比我的窗戶大小。老闆從桶子裡抽出紗網，憑直覺剪下一段。他只有一隻眼睛，刀卻剪得很直。我付了一百塊，老闆將紗網交給我。

「少年仔，它比你加上你老爸的年紀還要老，」他用那隻不會動的眼睛看著我，「這紗網一百多年了。」

我不知道獨眼老闆是在開玩笑還是說真的，總之我愣在原地。莉卡大概察覺到我有點不知所措，抓了抓我的手臂安慰我。

「你應該開心，這表示你還是個小鮮肉。」

莉卡說完笑了出來，輕輕往我身上一靠。旁邊有人用陶笛吹出〈山頂黑狗兄〉。那時氣氛好像橡皮筋，把我和莉卡兩個人綁在一起。我沒有推開莉卡，而是慢慢跟著微笑。我們互相凝視對方。莉卡的眼裡有比笑意更深的東西。我看得出來，只是我沒有勇氣釐清那是什麼，眼神就逃開了。我舉起脖子看天上檸檬色的月亮。它現在已經在我頭頂正上方。視線落下時，我看見賣陶罐的攤子前有一道非常熟悉的身影。那個人面對我，臉上的眼鏡反光，整個人全身上下都是紅色的，朝著我慢慢抿起嘴唇。

是她。我沒有認錯。風吹得地上的火往一邊傾斜。她的馬尾在身後也晃了一下。她深呼吸，別開臉，轉身往相反方向走掉。我想也沒想，舉起腳步追了上去。莉卡在我背後喊著問我要去哪裡。我來不及好好解釋，只回頭對莉卡說了「再見」。我緊抓著紗網和鞋子，用盡全身力氣跨出最大的步伐。我的襪子掉了。我的心臟好像要從喉嚨裡飛出來。只是我一心只想著，我不能再丟下她。

6

推開房門，我按下屋裡的電燈開關，等她走進來才把門關上。我的房間有點亂，洗好的衣服堆在床上，喝完的飲料罐、便當盒也忘了丟。我把地上傾倒的寶特瓶靠牆邊立起來。她正想開口講什麼，我搶先一步說：「你要不要先去浴室洗腳？」

我和她兩個人都很狼狽。她的鞋子濕了，我的腳底則是沾著碎石頭和菸蒂。剛才我打赤腳上公車，司機還皺了一下眉頭，一副想把我趕下車的樣子。我有點抱歉。那時我真的沒想那麼多。在古物市集時，我滿腦子只想著要追上她。我推開擋在我前方的每個人，還不小心踢到一個蹲著看蝴蝶標本的小孩。她走得很快，一下子就進了地下水道。我跟著追進去，對她大喊「等一下！」下水道裡除了我忽快忽慢的喘息聲，還有水花、腳步踏地的聲音，以及飽含一切的回音。她大概沒聽見我叫她，仍踩著水大步往前走。

「等一下……」

我一邊喘氣一邊喊。我的聲音像破掉的音箱，沙沙的，很快就被其他聲音蓋過。我們之間的距離沒有縮短。她好像全然不在意自己穿著鞋子踩在水上。濕黏的風撲了上來。我的心越跳越快。我下意識往手上癢的地方一抓，突然有股力量推開我的喉嚨。

「這張紗網一百多年了！」

我不知道自己為什麼要喊出這個。我應該要說更能讓人理解、更有意思的話。不過我的聲音終於穿過其他雜音，傳進她的耳朵。她往前多走了一、兩步，之後慢慢停下來。我的腦子一片空白。接下來要說什麼我完全沒有頭緒。那股不知名的力量繼續推動我的嘴巴。

「你相信嗎？真是不可思議。這張紗網竟然比我的年紀加上你的，甚至再加上米猴的還老。」

她動也不動。地上的水波光閃閃。雖然知道她背對我沒看見，我還是把紗網舉了起來。

「這是我剛才在市集跟一個獨眼老闆買的。他只有一隻眼睛，另一隻眼睛像玻璃彈珠一樣。我房間的紗窗不知道什麼時候破了，一直有蚊子飛進來。很奇怪吧？現在才幾月就有蚊子。米猴說是因為全球暖化，說我們都是傷害環境的幫兇。我不知道，只是我被叮得實在受不了，所以才來這裡，所以才買紗網，想說回家自己換。」

地下水道另一頭有微微的亮光。我看到她身體起伏，好像用力吸了一口氣。

「為什麼不拿去外面給紗窗師傅換？」

隔了幾秒，她的聲音才被潮濕的空氣傳過來。等我終於聽懂，她又說：「你連拿尺畫直線都畫不好。」

「對，對……」我結結巴巴，「我想說……這樣比較省錢，我想說，我應該可以……」

我的聲音在下水道裡迴盪了一陣子，之後漸漸消失。我深呼吸，縮了縮泡在水裡的腳趾頭，忽然靈光一閃，決定抓住這個機會重新開口。

「沒錯，你說的對，我想我一個人可能還是不行。畢竟像你說的，我連線都畫不直，而且老實說，我沒有換紗窗的經驗。所以你可以……你可以幫我嗎？」

她沒有說話。時間彷彿地上的水流來流去。她的肩膀又往上起伏，然後緩緩轉過身。我遲疑了幾秒，小心翼翼往前靠近一步。

「你願意幫我嗎？」

我又問了一次。她沒有點頭或搖頭，也沒有回答好或不好。不過看到她的表情，我知道她答應了。

我打開浴室燈，讓她走進浴室洗腳。之後我翻了翻書櫃、拉開抽屜，都找不到舊報紙，我只好把牆角廢棄的書稿揉一揉，塞進她濕掉的鞋子。聽到蓮蓬頭關上的聲音，我拿了一條上禮拜剛洗好的毛巾走到浴室門口。她一走出來，我十分熟悉的肥皂香氣就從她腳底冒了上來。我把唯一一雙室內拖鞋讓給她，自己打著赤腳收東西、把床上的棉被和還沒摺的衣服推到角落，讓她有地方能坐。她看著我忙來忙去，指著地板上的髒腳印說：「你也去把腳洗一洗吧。」

我聽從她的話，走進浴室洗腳。一沖水，我的腳底板立刻感覺到一陣刺痛。我想可能是哪裡被劃傷了。我搓了搓腳底，菸蒂、石頭和不知道哪來的郵票堆積在排水孔。我抽張衛生紙把這些垃圾一把抓起來，髒水立刻嘩啦啦捲下去。轉身丟衛生紙時，我看見她的襪子擱在洗手台上。我沒怎麼考慮，拿肥皂洗了那雙襪子。擰乾後，跟毛巾一起掛在桿子上。

「會不會冷？要不要我泡杯熱可可給你暖暖身子？」

走出浴室，我看見她縮著腳，雙手交叉抓著手臂，看起來好像有點冷。我住的地方附近有一條沒加蓋的水溝，冷風常常會從門縫底下鑽進屋內。有時回家脫下襪子，我也會因為腳冷而忍不住打顫。

「沒關係，先換紗網，」她吸了吸鼻子，「時間也不早了。」

我搓著褲管，不知道還能做什麼，只好點頭說：「好。」

我花了一點力氣才把紗窗拆下。窗軌卡了許多灰塵，縫隙還有幾隻死掉的蛾，以及片片散落的白蟻翅膀。我忍不住打了幾個噴嚏。我忘了先在地板上鋪紙。一放倒紗窗，灰塵全都撒到地上，比較輕的則飄向天花板。「糟糕，」我看向一旁跟著遭殃的床鋪，「明天得洗床單了。」

我正要抬起頭，忽然有個像面紙一樣的東西伸到我眼前。「把口罩戴上，」她說，「不然你會打噴嚏打到變豬頭。」

戴上她給的口罩，我的鼻子確實沒那麼癢了。我先用一字的螺絲起子把原本固定紗網的壓條挑起來，舊紗網很快就像蟬脫下的殼一樣分開。接下來是重點。我記得以前我媽換新紗網前會拿舊牙刷刷一刷溝槽。「就像戴假牙前，你得先把卡進牙齦的草莓籽刮掉一樣。」我媽很會譬喻，我馬上就記住了她的提醒。

清潔完溝槽裡的灰塵，我把在市集買的紗網疊上。「歪了。」她說。我看了一眼她的視線方向，拉一下右邊。「還是歪了。」她低下頭，把右邊的紗網推一些回去，然後瞇起一眼。「好。」她說，「可以了。」

我開始把壓條塞回溝槽。一字起子因為尖端是平的，一次只能推一點。她比較聰明。她左右看了看，從床底下摸出兩枚積滿灰塵的硬幣，一枚五元，一枚十元，不知道什麼時候掉進去的。她把十元的給我，自己捏著五元，讓硬幣像滾輪一樣滾過壓條。作業變輕鬆了。我有時會偷偷抬起眼睛看她。日光燈照得她的鏡片反光。我發現她專注做什麼時，上唇會微微掀開，然後不自覺用嘴巴呼吸。

我們就這樣安靜地用硬幣滾著壓條。我本來想開口聊些什麼，不過想來想去，都沒想到適合的話題。最後我把硬幣滾到她前方，她也剛好停下手，換紗網的工作便結束了。我拿剪刀修剪掉多餘的紗網，拍了拍手上的灰塵，把紗窗翻回正面。一舉起紗窗，我不禁愣在原地。

紗網歪掉了，而且集中在我負責塞壓條的那半邊。我不知道什麼時候弄歪的。明明我都聽她的話，把紗網調正。我拉下口罩，睜大眼睛看向她。她也看著我。我本來想拆掉壓條重來一次，後來才想到我已經把超出的紗網剪掉，沒辦法再補救。她大概也想到同樣的事，因為我們看著對方，同時笑了出來。

「結果還是歪了，」她碰了碰凹凸不平的網子，「這邊鬆垮垮的，蚊子應該會從這裡鑽進來。」

「我真的是……連擺正的東西都沒辦法維持直線，難怪每次封面打樣的裁切線都會摺歪，摩托車直線七秒考了兩次才過。」

「怎麼辦？要拿去給紗窗師傅重做嗎？」

我猶豫了一下。我不是怕浪費錢，或討厭白做工，而是看著這張歪七扭八的紗網，心裡並沒有不舒服的感覺，甚至還有一種難以割捨的心情。

「就這樣留著吧，蚊子應該沒那麼聰明。它看起來有點像我小時候餐桌上的菜罩，也滿有喜感的。」我停頓了幾秒，說：「而且，現在這樣，比較有意義。」

我想說的是：這是我和她兩個人一起換的紗網。我不太會表達心裡的感覺。我不知道她能不能聽出我話裡的意思。她聽完後，應了一聲「嗯」。我和她凝視對方，又同時把眼神別開。雖然只有一瞬間，我還是感覺到氣氛好像繩結被拉掉一角一樣鬆開了。

我多看了一會紗網，才把紗窗裝回去，她則是幫忙把地上的碎屑收集起來，丟進垃圾桶。整理完後，她伸了個懶腰，手往旁邊一伸。我以為她要拿包包準備離開，趕緊說：「謝謝你幫我。口渴不渴？想喝什麼？甜的鹹的？我有咖啡、蜜香紅茶、可可，還有南瓜濃湯。我去泡。」

不等她回答，我拿了一包可可就往外走。飲水機在走廊盡頭。我把可可粉倒進杯子，一邊加熱水一邊攪拌。我本來怕她會趁我泡可可時離開，急急忙忙走回去。打開房門，看見她站在桌子旁邊，歪頭看著從我背包露出來的書稿。

「這是你在做的書？」她問。

「嗯，四月要出的。」

「《那天晚上風的盡頭》。」她念出書名，翻了幾頁稿子。「書名聽起來很美。是什麼樣的故事？」

我想了想，「關於一個母親離家出走的兒子，每天穿著母親的洋裝出門，希望母親有一天能像童年時曾經走失的貓，聞到熟悉的味道而回到他身邊的故事。」

她微微點頭，「感覺很有意思。」

「想法確實滿有詩意的，但實際讀起來很累。作者對副詞的迷戀簡直走火入魔，幾乎每一句話都要加副詞。這實在沒必要。副詞是鞋子裡的石頭，是走在路上黏上來的鬼針草。史蒂芬・金

（Stephen King）說副詞就像蒲公英，只有一株你會感受到獨特和美，但如果是一大片，你就會看清它的雜草本質。而且我覺得作者對人與人之間的互動掌握得不太好，很多時候都是他自己跳出來說話，沒有顧及角色性格。」

我不知不覺把心裡話講出來。我連米猴都很少抱怨，他對小說細節一直沒什麼興趣。她聽完緩緩點頭，抿了抿嘴唇，抬起頭看我。

「那她呢？」她問，「她的小說寫什麼？」

她沒有說名字，但我知道她指的就是莉卡。我必須慎重、好好地回答。我深呼吸，在腦袋裡喚出那些泛著光暈的畫面，然後在倉庫堆中翻找最適合的字眼，把故事一點一點描述出來。

「跟時間和愛，還有錯過有關的故事。新時開始那天，主角少年的阿公死了。護士說阿公終於追上他心裡的時間，醫生說阿公的靈魂去了另一個地方。少年以為他們說的，就是指阿公藏在枕頭底下那張舊照片上的女孩身邊。他不知道那個女孩是誰。為了找回阿公，少年在陌生街頭徘徊，遇見一個宛如月亮般存在的女人。女人把少年撿回家，他們一起吃早餐，一起洗碗，像家人一樣生活。少年喜歡女人，但是心裡仍惦記著阿公的靈魂，女人也發現了。於是女人決定帶著少年，一起去尋找從那張照片開始逝去、被遺忘的時光。」

說完後，我重新開始呼吸。她問：「他們最後有找到照片上的女孩嗎？如果阿公的靈魂在她身邊，那個女孩是誰？」

我不知道，莉卡還沒寫到那邊，不過我回答：「阿公生命中很重要的人。」

「他喜歡她嗎？」

我想了一下，說：「他們曾經錯過，不過她一直在他心裡。」

她看著我，沒有說話。很久以後，她才從喉嚨發出短短的聲音。「嗯。」

氣氛變了。那一刻我有強烈的感覺——我和她想的是同一件事。雖然我說得很隱晦，幾乎都是回答小說內容，我們卻都往另一個與我們切身相關的方向想。我凝視她的眼睛。她的虹膜跟她的頭髮一樣，都帶著糖燒過的顏色。我和她的呼吸漸趨同步。她肩膀微微上升，我的胸膛也跟著向上鼓起。我彷彿聽見她心裡沒有發出來的聲音，看見她腦海裡閃過的影像。我把手搭上她的肩，慢慢靠近她的臉。碰到她的鼻尖時，我聞到一陣夏天夜晚雞蛋花過熟的甜味。我忍不住慢慢貼上她的嘴唇。我從來沒有吻過那樣的嘴唇。涼涼甜甜的，像香草冰淇淋，彷彿下一秒就會在我嘴巴上融化。

我不敢太用力，輕輕地吻、輕輕地碰。我把手伸進她的衣服，開始向上摸索。先是腰、脊椎，然後碰到她的內衣鉤子。在她迷離的眼神下，我把鉤子解開，一手托著她的背，一手往前游移，握住她柔軟的乳房。她顫抖著吸了一口氣。我低頭吻她的脖子，還有她耳朵裡那顆沙子般的痣。這時她把手放在我的褲襠上，手指伸進拉鍊，溫柔地撫摸我全身上下最堅硬的地方。我幾乎無法呼吸，於是脫下她的針織衫、襯衣，然後鬆開她的牛仔褲。她的下腹部有一條暗紅色的疤，像被奇異筆畫過一痕，就在大腿上方。

「這是什麼？」我問。

「之前割盲腸的疤，你忘了？」她說，「你還因為我前一晚送急診，隔天跟她碰面遲到。」

我試著回想這件事，不過我的腦袋已經無法思考。她解開我的褲子，我布滿青筋的陰莖便從四角褲開口冒出頭來。她伸手碰了一下，我全身彷彿被強大的閃電給擊中。我已經無法克制，踢著腳把內褲褪到腳踝，另一隻手也脫掉她的，將她帶到床上，抬起她的臀部。我沒花什麼力氣，一下子就滑進她的身體。她忍著不敢呼吸，閉著嘴巴輕輕叫了一聲。那個聲音非常迷人，簡直讓我心醉神迷。我開始遵循原始的律動動了起來。有時往前撞擊，有時只是慢慢地摩擦。她兩腳夾住我的腰，讓我朝更深處推進。我們兩人連接的地方發出色情的聲音。我忍住幾秒，身體又不自覺恢復令人愉悅的節奏。

她兩手勾著我的脖子，氣息噴在我的耳朵上。我忍不住開始加快速度，之後腹部突然感覺到一陣僵硬。在我失去最後一點理智前，我推開她的肩膀，從她體內拔出來。我的尖端同時射出一道長長的噴泉，灑在她平坦的肚子上。我禁不住往下一倒，那片白色液體便像漿糊緊緊黏住我們的身體。

我就這樣趴著，沒有從她身上離開。她的心臟在我胸口底下像小鳥一跳一跳。我的四肢漸漸變冷。她也是。我們在彼此耳邊的呼吸變得越來越慢。

「睡著了嗎？」

我不知道是她問還是我。沒有人回答。我把臉埋進她披散在枕頭上的頭髮，一直捨不得閉上眼睛。浴室裡的濕襪子滴滴答答作響。我聞著她身上混合蜂蜜、汗水和精液的味道，心裡只希望這個夜晚永遠不要結束。

第六章

影子鞦韆

1

夜晚很快就結束了。

少年朗迷迷糊糊睜開眼睛，發現自己面朝下趴著枕頭，嘴角流出一點口水。他不常有這種睡姿，他通常不是大字形仰躺，就是側身向看得見門的那一邊，這樣女人開門回來他就能馬上從睡夢中清醒。少年朗慌慌張張從枕頭上爬起身，朝門口一望，又回頭看了看床上和窗邊。天快要亮了。女人還沒回家，屋裡只有他一個人。少年朗揉揉眼睛，抹掉枕頭上還沒乾的口水印，到浴室去洗臉。昨晚女人出門前洗的襪子還掛在毛巾橫桿上。少年擦完臉，拿著那雙濕襪子去窗邊的曬衣繩上晾。

天空灰灰的，沒有陽光，不過少年朗還是感覺得出天色像掀開布簾般漸漸亮了起來。女人應該快回家了。少年朗回床上躺著，沒多久又坐起身，在小小的房間裡走來走去。等待讓他的心變成一顆氣球。少年朗想起以前每到放學時間，黑狗就會跑到學校門口不斷往上跳，等他背著書包從教室跑出來一起回家。那種感覺很好。少年朗想到黑狗搖著尾巴跟在他身邊的畫面，決定也要去巷口等女人。

走廊的燈一閃一閃。少年朗扶著把手，小心翼翼走下樓梯。有些人可能已經醒了。少年朗聽見門裡頭有吐痰聲，馬桶沖水聲，還聞到一點蒸饅頭的香氣。走出大樓沒多久，少年朗發現路燈底下躺了一個人。他身上的衣服破了，頭髮又長又亂，看起來就像一頭受傷倒地的熊。或許是因為冷，那個人赤裸的腳掌縮在一起互相摩擦。少年朗看了看四周。附近沒有其他人，倒是停了不少生鏽的腳踏車和摩托車，車籃裡被人丟滿垃圾。他從其中一台堆著廢紙的摩托車踏墊上抽出一個紙箱，蓋在那個可憐的男人身上。少年朗的手離開紙箱前，那個男人還動了一下。

少年朗起身往巷口走，遠遠的就看見女人從轉角彎了進來。她滿臉疲憊，肩膀往一邊傾斜，走沒幾步就深呼吸。但是一看見少年朗，女人的臉馬上像燈泡一樣亮起。

「你怎麼在這裡？」女人快步走向少年朗，「你出來等我？」

少年朗不好意思承認，抓了抓自己的褲子。

「我肚子餓。」

少年朗言不由衷地這麼說，正好讓女人想起家裡的吐司昨天已經吃完，火腿也是，冰箱裡只剩前幾天吃到剩下半盒的義美小泡芙。她心疼地揉了揉少年朗的耳垂，轉身往巷口看，有幾家店已經開始點亮招牌。

「我也肚子餓，我們一起去豆漿店吃頓熱騰騰的早餐。」

時間還很早，店裡只有兩、三個睡不著的客人，各自占著一張桌子安靜地吃油條、喝豆漿。少年朗仰頭讀著牆上的菜單。有些字太難了，他還讀不懂。女人帶他到餐檯前，讓少年朗用手指想吃的食物。少年朗比了比飯糰和泥土色的米漿。女人點完少年朗和自己要的餐點，還多叫了一份蘿蔔糕和豆沙酥餅。她帶著少年朗在柱子旁的位子坐下，頭頂上方正好掛著日曆和時鐘。那個時鐘跟以前少年朗家裡的一模一樣，不過比較新，指針也還像有力的雙腿規律地往前走。少年朗盯著轉動的時鐘，滴答滴答聲不知為何讓他有點緊張。

沒多久，店員送上餐點，把他們小小的桌面給擺滿。眼前這麼多食物讓少年朗心情雀躍。他迫不及待咬一口飯糰、吃一口甜甜的豆沙酥餅。嘴裡又甜又鹹的，好像吃鹽巴配糖。少年朗正要拿起米漿喝喝看是什麼味道，女人湊過來對他低聲說：「你看那邊，電扇前面那個穿圍裙的女孩，是不是很可愛？」

少年朗往女人暗示的方向看過去，不過沒看到什麼女孩，只有一個還算年輕的阿姨，綁著辮子，有點肉肉的，正在揮汗揉麵團。電扇把一些麵粉吹上她流汗的脖子、臉頰和頭髮，讓她看起來像學大人化妝卻把自己搞得灰頭土臉的小孩。少年朗還在思考她算不算可愛，女人又說：「不對，她的耳朵比較大，跟我們的『小月亮』不一樣。」

「小月亮」是女人對照片上那個圓臉女孩的稱呼。他們決定一起去找女孩帶回阿公的靈魂那天，女人對少年朗說：「我們應該幫她取個名字。」

少年朗一臉懵懂地望著女人。為一個人命名通常不是小孩子的事。女人見少年朗沒有反應，進一步向他解釋：「不管在哪裡，只要有名字，那個人都會被找到。」

少年朗想起以前跟飛毛腿巴那他們玩警察抓小偷，也都會幫當小偷的人取代號，比方「跛腳狗弗多爾」，「殭屍坦克拉厚克」，「臭口水蛋打利」，都是些不怎麼好聽又像在罵人的名字。不過女人說得對，少年朗記得那時只要呼喊小偷的代號，很快就能在想也沒想到的地方找到他們。

「可是我不知道她的名字，她爸媽的名字。」

「沒關係，我們幫她取一個。她長得這麼可愛，叫小月亮怎麼樣？」

「小月亮。」

少年朗重複念了一遍，對女人點點頭。他喜歡這個名字，比他們以前取的那些代號好聽太多了。回到豆漿店，少年朗把目光轉向辮子阿姨的耳朵，從口袋拿出那張照片仔細比對。女人說得沒錯，辮子阿姨的耳朵比較大，鼻翼兩側也很寬，而且仔細一看，兩人眼裡的神韻也不太一樣。辮子阿姨的眼睛像是沒有回音、被石頭堵住的隧道，而他們的小月亮則像夏夜裡銀河流淌而過的天空。

「小月亮的眼睛有星星，她沒有。」

少年朗對女人說出自己的發現。他本來以為女人也會這麼認為，但女人只是輕輕一笑。

「這沒辦法，畢竟時間流逝會改變很多東西。」

少年朗不懂時間流逝是什麼意思，不過他馬上聯想到溪水。有些溪流很急，站在溪邊會聽不見水花以外的聲音；有些河流比較慢，可以踩進去，抓蝦子，逆著水流往上走。少年朗忽然想起以前阿公的時間總是過得比Ama還要快。

「阿公的時間不一樣。」少年朗說。

「阿公的時間？」

「比Ama快。傍晚竹雞還沒叫，阿公就先吃飯了。有時候半夜我爬起來尿尿，阿公會一個人坐在門口等太陽。阿公的時間是從山頭流下來的溪水，跑得比較快。」

女人沉思少年朗說的這番話，不過沒在裡頭找到什麼線索。她拿起桌上的照片，指著小月亮身後的背景。

「阿公有說過這是在哪裡拍的嗎？這個窗戶形狀好特別，是拱窗，好像童話故事裡的城堡。如果找得到這間房子，說不定就能夠找到小月亮。」

少年朗之前從沒注意過後面的窗戶和柱子，甚至旁邊還有一株椰子樹，女人說了他才第一次發現。他的視線一直都集中在小月亮身上。少年朗看著深色的木門與磚牆，突然想起一個人。

「我知道一個很懂房子的人，禿頭，是我的朋友！」

少年朗急急忙忙從口袋翻出禿頭房仲給的名片，還把上次那張房子廣告單攤開。「他說過有房子的問題都可以打電話給他。」

女人看了看名片，又看著少年朗認真的眼神，忍不住輕笑了起來。但是女人沒有戳破少年朗。她想了想，告訴少年朗現在時間太早了，人家一定還在睡覺，打電話去會吵醒他。他們應該先回家，她洗個澡，在床上躺一下，晚一點再去找他的禿頭朋友。

「到時候我們直接去店裡，給你朋友一個驚喜。」

女人對少年朗眨眨眼睛。少年朗一想到能帶女人認識他的朋友禿頭房仲，整顆心就怦怦跳。他一口氣喝完米漿，巴不得自己的時間能像阿公的一樣流得快一點。

回到家，女人洗好澡躺在床上休息，少年朗就坐在窗邊，看風把曬衣繩上的襪子和毛巾輕輕吹起一角。女人沒有睡太久，她知道少年朗滿心期待要帶她去見他的禿頭朋友，房間還沒開始變熱就醒了。她幫少年朗把上衣紮進褲子，還幫他戴上一頂遮陽帽。走在路上，少年朗都在想禿頭房仲見到他和女人會是什麼表情，還有第一句話要說什麼。過了幾個紅綠燈，賣房子的店映入少年朗眼簾。玻璃窗上有幾張房子照片不一樣了。

「帶大人來看房子嗎？」

禿頭房仲正好送走一對老夫婦，推開門就看見少年朗和女人站在玻璃窗前。少年朗從他的眼神看得出禿頭房仲很高興見到他們。

「我們想找一間房子。」少年朗說。這原本是他打算說的第三句話，前兩句是「你有沒有睡好」和「我本來要打電話給你」，不過既然禿頭房仲先提到房子，少年朗就順著接下去。

「喔？哪一間房子？比上次有大浴缸那間還喜歡？」禿頭房仲彎下腰問。

「這間，」少年朗從口袋掏出照片，「你知道它在哪裡嗎？」

「我瞧瞧。哇，好漂亮的房子，這是你小時候的家？」

「不是，我阿公的靈魂可能在這裡，可能跟上面那個女孩子在一起。我們要找她。」

禿頭房仲的目光在照片上轉來轉去，少年朗接著說：「她叫小月亮。」

「小月亮？好可愛的女孩。你想去找她？」

「對，所以要找到這間房子，才能找到她。」

少年朗的呼吸變得有點急促，希望這個朋友能幫幫他。禿頭房仲看了一會照片，想起女人的存在，抬頭望著她。

「你跟照片中的女孩有點神似。這是你親戚？」

「應該不是，我是大眾臉。」女人笑著說，「你在這一帶很久了嗎？」

「很久了嗎？我幾乎一輩子都在這裡了。不過別看我禿頭，我女兒還沒到嫁人的年紀呢。」

禿頭房仲說完女人笑了出來。少年朗不懂他們在笑什麼，但是看女人和禿頭房仲一下子就相處得這麼融洽，他也跟著有點開心。禿頭房仲問：「你們想逛古蹟？」

「不是，只是想找出這間房子在哪裡。你對它有印象嗎？」

「恐怕沒有，」禿頭房仲露出有點抱歉的笑容，「這裡房子幾乎都長一個樣，很難再見到這種有味道的老屋。」

「房子不見了嗎？」聽到禿頭房仲這麼說，少年朗緊張地問，「找不到小月亮了嗎？」

禿頭房仲蹲下來，輕輕握著少年朗的肩膀。「對不起，沒能幫上你的忙。」

此時另外一對想賣房的兄弟檔客人來了。禿頭房仲推門帶他們進去店裡前，還回頭跟少年朗說會替他留意有沒有那間房子，希望少年朗以後還能再來找他。少年朗雖然點了點頭，心卻像羽毛被剪掉的鳥拍不動翅膀一樣。少年朗垂頭喪氣跟著女人回家。路上沒有半顆小石頭可以讓他踢一踢分散心裡的苦悶。他低頭看著地上。有隻老鼠抱著半截黑輪竄出來，急急忙忙鑽進排水溝。女人也看見了。這時女人像被觸動什麼似的突然開口。

「我們要不要晚上出去找找看？」

少年朗抬起頭問：「晚上？」

「嗯，晚上。」女人說，「到了晚上，月亮就會出現了。」

2

從此之後，女人晚上出門工作，少年朗不再是幫她關門，而是跟著她走一段路，到女人工作的地方才折返回家。一開始女人有點擔心，怕少年朗一個人找不到回家的路，「我沒有近視，」少年朗張著明亮的雙眼說，「我的眼睛像貓頭鷹一樣好。」

女人工作的地方常常不固定，有時不到兩、三天就得改走不同的路，這也剛好讓他們能夠到處找那間舊房子和小月亮。少年朗跟著女人穿過大大小小的街道，經過夜市，醫院急診間，加油站，烏漆抹黑的辦公大樓，有時也走到橋墩下和水溝堤防。少年朗和女人會一面走，一面往有燈的屋子裡看。有一次他們經過一間居酒屋，門上掛了一盞宛如夕陽燒紅的紅色燈籠，少年朗從拉門縫隙看見一個拿刀的女人，身上穿著日本衣服，外面套上半截白色圍裙。他原本以為那個人是小月亮，畢竟在黃色燈泡照耀下她的臉像月光一樣柔和。可是當少年朗推開拉門，抬起頭的女人眼神卻和她手上的刀一樣冰冷。

「晚上小月亮就會出現嗎？」

每當走了長長的路到女人工作的地方，分別前，少年朗都會這麼問。

「月亮只會在晚上出來。」女人用手指梳一梳少年朗刺刺的頭髮，「回家小心。」

少年朗心裡知道，其實月亮不只在晚上出現。以前放用麵包樹樹葉做成的風箏，少年朗有時也會在藍色天空看見一道銀白色的影子。他的飛毛腿同學巴那告訴他那不是雲，而是月亮，旁邊還有許多看不見的小星星，因為音樂課教過一首歌叫〈白天的星星〉，裡面有一句歌詞是「媽媽在天上變成星星，白天依然照看著你」。少年朗很喜歡那首歌，洗澡的時候都會唱。

少年朗一個人沿著原路往回走，準備回女人和他的家。一閃一閃的路燈下有幾隻蛾盲目地撞著燈罩。經過預售屋接待中心的大型廣告看板前，少年朗看見有個老婦人彎著腰，用手掌舀地上的積水來喝。傍晚剛下過一陣雨。那灘積水看起來是黑的。老婦人彎曲的背讓少年朗想起Ama。他忍不住對著老婦人叫出聲。

「Ama。」

老婦人抹了抹嘴巴，又舀起一點水抹抹臉和脖子。大概因為很渴，她又舀了好幾口水來喝。

「Ama，我會回去，找到阿公的靈魂我就回去。」少年朗說。

「Ama，我的算數比大人好了，老闆少找錢我都有發現。」

「Ama，你看，我的腳變長了，現在跟牛的腿一樣有力。」

「Ama，黑狗是不是一樣愛流口水？牠有沒有偷跑進家裡睡我的枕頭？」

「Ama，你的心有沒有生病？」

少年朗一連說了好幾句話，老婦人都沒有任何反應，少年朗才想到她可能耳朵聽不見。少年朗點了點老婦人的背，對她伸出大拇指按了按。白浪老師教過他們簡單的手語，少年朗只記得「你好」、「謝謝」和「我愛你」怎麼比，不過他把前面兩個記顛倒了。老婦人用手背擦過嘴角，也對少年朗比了壓拇指的手勢。

少年朗忍不住跟在老婦人身後，想知道她要去哪裡。不過老婦人哪裡也沒去，她走到接待中心旁的樣品屋，臉貼上窗戶往裡頭望了望，然後從身上摸出一片指甲刀，對著門鎖弄了一陣，終於把門給打開。少年朗看得目瞪口呆，愣了幾秒才追著老婦人走進去。樣品屋裡裝飾得美輪美奐，但什麼都是假的，假葡萄，假電視，假魚缸……。少年朗把鼻子湊近插在花瓶裡的玫瑰，聞起來只有塑膠袋的味道。

老婦人沒有去睡房裡那張蓬鬆柔軟的大床，而是躺在沙發上，曲起一手枕著頭。她連睡覺的樣子都和Ama很像。少年朗記得Ama也常橫臥在客廳的藤椅，睡到一半還會用腳趾搔一下小腿肚。沒多久，老婦人開始發出平穩的鼾聲。少年朗本來想幫她關燈，不過連電燈開關都是假的。他在樣品屋裡走來走去，摸一摸假的電磁爐、冰箱，打開假的衣櫃，之後走進浴室。假馬桶旁有個像船一樣大的浴缸，少年朗整個人躺進去，伸長雙腳都碰不到底，他想要是在裡面放水就可以游泳了，不過當然上面的水龍頭也是假的。

少年朗回到客廳，在長毛地毯上抱著膝蓋坐了一會。老婦人睡得很熟，有時肩膀還會抖動一下，看得少年朗也跟著昏昏欲睡。外頭夜色還很黑。少年朗決定再回到路上去走一走。他輕手輕腳走出樣品屋。關上門以前，少年朗還對著老婦人輕聲說：「Ama，我找到阿公的靈魂就回去。」

空氣變得比之前更冷。少年朗吸了吸鼻子，聽見不遠處傳來夜鷹宛如吹葉片的叫聲。少年朗心想附近一定有河床。他的腳底開始發癢。他已經好久沒有踩在真正的土地上了。少年朗毫不猶豫往遠離馬路的方向走。過不久，他發現黑暗的碎石路中有間屋子在發光，同時還傳來一陣瀑布般的打水聲。燈光打在寫著「釣蝦場」三個大字的招牌上。少年朗走進去，裡面有兩、三個大水池，池邊坐了幾個大人，都是男的，有的人嘴裡叼著一根菸，有人腳邊堆了好幾罐喝空的啤酒。老闆坐在櫃檯後方按著計算機。他抬頭看了少年朗一眼，又繼續對著計算機敲敲打打。

少年朗走近其中一座水池。池子裡的水不是很乾淨，又濁又綠，連倒影都看不見。少年朗懷疑裡面是不是真的有蝦子。那種顏色的水一看就知道沒有靈魂。少年朗走到一個駝背的男人身邊，看他單手握著釣竿，不停微微抖腳。駝背男人注意到少年朗看著自己水面上的浮標，問他：「你是不是老闆在外面偷生的？」

少年朗想了一下「外面偷生的」這幾個字的意思，之後才搖搖頭回答：「不是。」

「那你這個時間不睡覺在這邊做什麼？」駝背男人問，「你也想釣蝦？」

「裡面真的有蝦子？」

「當然有，我就釣了好幾隻。噓，別吵，又中蝦了。」

駝背男人用手腕輕輕甩一下釣竿，然後拉起來，前端便出現一隻灰色大蝦。那隻蝦比少年朗的手還長，身上還有一節一節類似紅貓的條紋。少年朗目不轉睛看著牠前後擺動兩隻藍色長螯，被駝背男人甩進地上的網子。那裡面有一大群疊在彼此身上想要往上爬的蝦子。

「今天大豐收。」駝背男人說。

駝背男人抬起那袋蝦子，倒入洗手台沖水洗一洗，之後拿起剪刀剪掉蝦子全部的腳，包括那兩隻漂亮的藍色長螯，還刺入牠兩眼之間夾出內臟。失去手腳的蝦子在駝背男人的手中扭來扭去。駝背男人接著拿起竹籤穿過蝦子的身體，放到烤爐上烤。蝦子掙扎了一下，很快就不動了。少年朗看著一隻蝦子在駝背男人的手中漸漸透紅，想起以前有一次他和飛毛腿巴那他們去溪邊玩，巴那他爸用陷阱抓到偷吃田裡作物的壞猴子，當場在溪邊宰殺的事。那隻猴子比拉比剛出生的女兒還小，被兩個大人壓著肩膀，發出比拉比女兒更淒慘的哭聲，好像知道自己再也看不見明天的太陽。巴那他爸先用岸邊的石頭磨刀，然後一刀割斷猴子的脖子。少年朗看著鮮血像霧一樣噴灑至空中，又像雨滴一樣落下。接著巴那他爸剖開猴子的肚子、砍斷猴子的手腳，其他大人就幫忙洗內臟、剝皮，煮成一鍋香噴噴的猴子湯。猴子掏空的頭殼後來還被巴那他爸拿來當水瓢，舀溪水往鍋裡加湯，以及澆熄岸邊的殘火，水還不斷從那兩個空洞洞的眼窩流出來。或許是因為想起猴子湯的美味，少年朗忍不住舔了舔嘴巴。蝦子差不多烤熟了。駝背男人拿起最大的那隻給少年朗。

「來，拿去吃。」

少年朗一邊吹氣一邊剝蝦殼，不時甩一甩被燙到的手。蝦子吃起來有股土臭味，讓少年朗感覺自己好像回到了以前生活的地方。真正的食物就該有泥土和血的味道。少年朗心滿意足地抹掉嘴角沾到的鹽。駝背男人塞了兩個五十元硬幣到他手裡。

「幫我去冰箱拿一罐台啤，」駝背男人說，「你也可以拿一罐沙士。」

少年朗握著銅板，到冰櫃拿駝背男人要的啤酒，不過找不到沙士。最後他拿了阿薩姆奶茶，到櫃檯找老闆結帳。少年朗兩手端著冰冰涼涼的飲料。經過廁所前，他看見池邊有個戴帽子的男人，長得非常像以前坐他隔壁的女同學妮卡樂在美勞課畫的「我的爸爸」。妮卡樂畫裡的人也是戴帽子，穿背心，脖子上披著一條毛巾，門牙有一顆是黑的。雖然那個帽子男人沒有露出牙齒，少年朗還是覺得他看起來非常熟悉。帽子男人背靠著白色塑膠椅，把釣竿垂在池邊，兩隻手交叉抱胸。少年朗注意到他的浮標懸在水面上。風一吹，就在空中左搖右晃。

「你的線沒有垂到水裡。」少年朗說。

帽子男人用脖子上的毛巾擦一下額頭，過了幾秒才從喉嚨擠出聲音。

「嗯。」

「這樣抓不到蝦子。」

「嗯。」

「我可以幫你。剛剛我看別人抓，很快，只要打一下水面就可以抓到蝦子了。」

「嗯。」

「我可以幫你。你要我幫你嗎？」少年朗把飲料夾在腋下，準備伸手去碰釣竿。

「不用了，快要做什麼？」

帽子男人點起一根菸，深吸一口氣，之後長長地吐出來。

「夜還那麼長。」

莉卡

3

小說寫到一半，我忽然聽見外面傳來一陣熟悉的摩托車聲。它停下來鳴了兩聲喇叭。我打開窗戶往下一看，郵差先生正好對著我抬起頭。

「你的包裹，」郵差向我喊，一手遮著眼睛，「下來領，有點重。」

我匆匆套上一件薄外套走下樓。一打開公寓大門，我才發現外頭正在下雨。郵差似乎來不及穿雨衣，上衣和褲子變成兩種顏色。他指著簽收欄要我簽名時，雨水便沿著他的手指流到掛號單上。上頭的字跡暈開了，我只看得出寄件人寫著「出版」兩個字。不過憑著這兩個字，我已經知道寄的人是阿基。

送走郵差後，我抱著濕淋淋的包裹回到房間。托米對濕掉的紙箱沒什麼興趣。牠從床上抬起頭，動著小小的鼻子聞一聞空氣裡雨的味道，很快又把頭埋回肚子繼續睡。我撕開膠帶。箱子裡有好幾本書，最上面那本書腰上還夾了一張淡黃色的小卡。

「上次突然跑開真的很抱歉，我不知道該怎麼解釋，請讓我以這些書來表達心中的歉意。」

阿基寫的字句又把我帶回那個尷尬的晚上。直到現在，我還是不清楚當時到底發生了什麼事，也不明白阿基最後說的那句話。那天晚上，我們約好一起去逛橋下的古物市集。那個市集很特別，只有特定的晚上才有人出來擺攤。等阿基下班，我們先到附近一間越南料理店填飽肚子，之後再沿著堤防尋找能穿越到橋下的樓梯。路不好找，最後我們是穿過一條又濕又暗的下水道才終於找到市集。那個市集非常不可思議，就像庫斯杜力卡（Emir Kusturica）的電影《地下社會》（*Underground*）一樣，完全是另一個超越想像的世界。我第一次看到有人賣動物的骨頭、人的骨頭，還有三〇年代的寄藥包，木炭熨斗，從來沒被嚼過的風船口香糖，以及各種奇妙的老東西。氣氛本來很好。因為興奮，再加上攤子前燒得人臉紅暈眩的火盆，我和阿基都有點輕飄飄的。我不知不覺花掉半個月的生活費買下一張〈時的紀念日〉原版海報，還對一個印著日出的椰子樹剪影、寫著「曙」的菸盒心動不已。忘了是不是阿基在買紗網的時候，我剛好放下菸盒走到他身邊。阿基一臉著迷地望著老闆剪下紗網。賣紗網的老闆只有一隻眼睛，目光卻和他的刀子一樣又直又利。他把剪下的紗網捲起來遞給阿基，說：「少年仔，它比你加上你老爸的年紀還要老，這紗網一百多年了。」

阿基大概是被老闆這番話嚇得愣住了。老實說，我當時也嚇了一跳。我不敢相信紗網竟然能放那麼久而沒有一絲損壞。不過幾秒後，我想到老闆有可能是在開玩笑，只是阿基似乎還沒從震驚中恢復過來。為了化解僵局，我拍了拍阿基的肩膀說：「你應該開心，這表示你還是個小鮮肉。」

話才剛說完，忽然有人從後方撞了我一下。我來不及反應，就朝著阿基身上靠過去。阿基沒有閃避，我的臉剛好碰上他的胸膛。周圍聲音很吵，不過我還是聽見他的心臟像麻雀一樣跳動。我往後退了一步，抬起頭想道歉，阿基的表情忽然變得很複雜。該怎麼說，他的表情一開始像望見天空美得讓人屏息的月色，可是下一秒，又突然變得跟撞見死人一樣蒼白。阿基的喉結上下跳動。我正想問他怎麼了，他忽然越過我，朝我們一開始穿過的下水道跑了起來。我一時之間搞不清楚狀況，愣了幾秒後，腦袋裡才閃過四個大字：他要走了。

我轉身問阿基要去哪裡。聽到我的聲音，阿基回頭看了我一眼。他的嘴唇動了一下，不過我讀不出他說了什麼，好像是「十一點」還是「那邊」。我掏出手機一看。十點多快十一點。但我還是不懂他的意思。等我再抬起頭，阿基已經消失不見了。

我原本以為過一下子阿基就會傳訊息來向我解釋發生了什麼事，但過了一天、兩天，我的手機依然沒有動靜。然後又過了好幾天，眼前便出現這箱淋了雨的書。我拿起他寄來的書一本一本翻看。幾乎都是小說，有《第四道門》，《廢物人生》，《不道德紀念日》，還有最近傳出電視台要翻拍成連續劇的《老年塗鴉》。我很容易想東想西。看著這些書名，我在想阿基會不會有什麼言外之意，或是難言之隱，想藉著書名來表達，於是在心裡把它們拆下來拼湊了一番，例如不道德人生，廢物塗鴉，第四道門的紀念日……等等，不過怎麼想都沒什麼發現。或許阿基並沒有特別的暗示，只是單純從書架上抽出幾本書裝進箱子裡。我呼口氣轉換一下心情，挑了封面畫著一隻窺探的眼睛、瞳孔中藏著一個露頸女人的《不道德紀念日》，爬到床上讀了起來。

小說一開頭就非常吸引人。有個年輕男子，從小就發現自己有偷東西的天賦。他偷過涼麵，彈珠鉛筆盒，有錢太太的皮夾，甚至偷過牙醫的放大鏡，都不曾被逮住。長大一點，男子開始想利用這個本領做些危險的事。有一次他偷了警察的手槍，被偷的警察跟他的大塊頭搭檔沒有發現，倒是被一旁賣古早味紅茶的攤子老闆看見了。男子對上紅茶攤老闆的視線，全身冷汗直流，等著老闆向警察揭發他。不過紅茶攤老闆神色自若，招手要男子過去，倒了一杯加冰塊的紅茶請他喝。

「你的天分不應該浪費在這種小事情上，」紅茶攤老闆說，「應該要做更大的。」

男子喝完冰涼的紅茶，抹抹嘴角，以為紅茶攤老闆指的是偷銀行金庫，或是潛入富豪家裡，或者更糟糕的——其他正當清白的事。不過紅茶攤老闆輕鬆一笑，用他冰塊般讓人太陽穴發疼的聲音說：「偷人。」

接下來的情節就是男子在幾個有夫之婦間流轉，偷取她們的芳心。我忍不住翻到後記，作者說他的寫作靈感來自一次與學生簡單的談話。某天早上他被系主任要求陪一個女學生去辦理退宿。他和學生不熟，連名字都不知道，為了表現自己不是那種對學生漠不關心的老師，他問女學生為什麼學期中突然退宿，是不是家長要她重考去念更好的學校。女學生搖搖頭，輕描淡寫、甚至嘴角還掛著一絲笑容回答他：「我偷東西被舍監抓到。」女學生態度輕鬆自若，就像在講一件再普通不過的事，這使他不由得對這個孩子感興趣起來，也讓他重新思考不道德像魔鬼一樣在人的心中按下指紋後，「惡」開始發酵的魅力。

我又回到小說繼續讀下去。讀沒幾頁，托米忽然從我身上站起來，走到碗架去吃飼料。聽著牠咬飼料清脆的咔、咔聲，我也開始感覺到餓，這時我才注意到已經過了中午了。外面的雨似乎停了，我決定去附近的麵店吃午餐。

或許因為時間比較晚，我常去的麵店和自助餐都已經休息，我只好往更遠一點二十四小時營業的連鎖滷肉飯走。還沒到路口紅綠燈，雨突然又下了起來。我在提包裡翻找不到傘，趕緊躲進一旁的彩券行。彩券行老闆坐在櫃檯後面吃便當，看到我進門瞄了一眼，又低頭繼續吃。店裡只有一對小情侶，看起來大約國、高中生的年紀。他們穿著制服坐在電視前看賓果開獎節目，輪流遞著一杯黃澄澄的飲料喝。我不好意思只待在店裡躲雨，於是走向櫃檯買了一張一百元的刮刮樂。我問老闆哪個中獎機率比較高。老闆用小指剔了剔牙縫，拿出一疊中間印著圓形時鐘的刮刮卡。

「這是去年新時發行的紀念刮刮樂，中獎率超過一半。剩下這些，賣完就沒有了。」

我翻了翻刮刮卡，憑感覺挑了上面數來第二張。付完錢後，老闆拿起便當繼續啃他的排骨，我則是走到靠門邊的座位坐下。刮刮卡中央有個比較大的時鐘，旁邊是另一個小一點的，右下角還有一隻手錶。只要小時鐘刮出和主鐘一樣的數字，或是手錶出現和主鐘相同的圖形就中獎。我用身上的硬幣刮開刮膜。主鐘有九、十二、四和一個沙漏，小時鐘是五，手錶那裡則剛好也是個沙漏。我來來回回看著主鐘和手錶上的沙漏，不敢相信它們真的是一樣的。我一直都沒什麼偏財運，從沒想過有一天運氣之神竟然會跟在我身後跑進來一起躲雨。

「要不要直接換一張？」

我把中獎的刮刮卡拿去櫃檯兌獎，老闆打了一個飽嗝這麼問我。

「小姐，我跟你說真的，我看多了，有時候運氣一來，你擋都擋不住。」

我考慮了三秒，決定聽老闆的話再挑一張刮刮樂。我比剛才更謹慎，一張一張看著刮刮卡的編號，猜測中獎可能的邏輯。這次我選的是倒數第二張。「二」顯然是運氣之神給我的暗示。而且不論從上面或下面數，它剛好都是會中獎的順序。我迫不及待刮開刮膜，心臟差點從喉嚨跳出來。我又中獎了。這次是主鐘和小時鐘數字一樣。主鐘是三、八、十一，小時鐘是十一。我忍不在在心裡歡呼，電視那邊剛好也傳來一陣罐頭鼓掌聲。我往聲音方向一看。賓果開獎了。那對小情侶沒什麼反應，繼續輪流遞著飲料，看電視上的彩號一下暗、一下亮。飲料杯已經空了，他們還是繼續吸著杯子裡的空氣。

我正要起身走向櫃檯再換一張刮刮樂，外頭剛好有個戴眼鏡的女人匆匆經過。她沒有撐傘，雨水打得她的馬尾都垂了下去。她跑進彩券行的遮雨棚，看了一眼店內，好像不敢全身濕答答的走進來。她用沒淋濕的衣角抹了抹鏡片，然後拉掉髮圈，把頭髮上的雨水擰乾。她的頭髮好像一把剛抽出赭紅色花穗的芒草。我盯著她很久很久。她看起來非常眼熟，我似乎曾在哪裡見過。這使我不知不覺移動腳步走向她。

「要不要進來躲雨？」

聽到我的聲音，她轉過頭，髮尾的水珠剛好甩到我拿著刮刮卡的手。我聞到她身上有一股混雜雨水和剛除過草的清香，還有一點焦糖獨特的苦甜味。我曾經聞過類似的味道。我記得好像是某個男人的房間。但無論我怎麼想，腦袋裡都沒浮現出任何有關這個女人的畫面。但我對她來說似乎不一樣。她站在原地，雙眼緊盯著我，連她沾了水珠的鏡片都好像在發光。那個眼神，該怎麼說，不是普通的眼神，而是碰上認識卻不好開口的人才會有的眼神。可是我完全想不起來究竟和她在哪裡見過。

「我們是不是認識？」我忍不住開口問，「我好像在哪裡見過你。」

她的眼睛在我臉上轉來轉去，但我讀不出她眼裡的意思。我又不動聲色做了一次深呼吸。就在那個味道快要讓我想起什麼前，她抿了抿嘴唇。

「不，我們不認識，但我知道你。」

「知道我？」

「對，我知道你。你應該也知道我。」

她的回答讓我摸不著頭緒。我想繼續問，喉嚨卻不知怎麼發不出聲音。我們又看著對方幾秒鐘。她忽然低下頭，把濕掉的頭髮重新綁成馬尾。吸了雨水的頭髮變得有點僵硬，她花了一點力氣才終於綁好。

「我先走了。」

她一說完，馬上轉身跑進大雨之中。我看著那條僵硬的馬尾在霧濛濛的雨中微微晃動，突然有股衝動想跟著追上去。我才剛舉起腳步，有個撐著傘的人正好跑進來跟我撞個正著。傘面上的雨水灑了我一身。那個人一邊道歉一邊收傘。我抬起頭一看，灰哥的臉竟出現在收起的傘後。我們看到對方都嚇了一跳。

「作家怎麼在這裡？」

在我開口前，灰哥早我一步發問。我清了清嗓子，一時之間不知道該怎麼回答。我舉起手上沾了雨水的刮刮卡，「買刮刮樂。」我連忙說，「我買了兩張都中獎。」

「作家也會買這種東西？運氣真好，看來是遇水則發。雨下得這麼大，我就在想應該要來試試手氣。」

「你剛好到這附近？」

「嗯，工作上的朋友找我來一間巷仔內的（hāng-á-lāi--ê，行家）才知道的阿美族石頭火鍋吃飯談事情，沒想到道別後遇上這麼大的雨。」灰哥挽起袖子，雙手抹一抹身上沾到的雨水。「來吧，遇水則發，我也來買個幾張。」

我擦掉衣服和鞋子上的水珠，拿著刮刮卡向老闆再換一張，又加了一百元多買一張。這次我挑了最中間和倒數第四張刮刮卡，因為這兩張的編號尾數都是二。灰哥買了兩張兩百元的刮刮樂，還有兩注半小時開獎一次的賓果賓果。他掏出五百元遞給老闆以前，還在衣服上抹了抹雨水。

「你知道『雨』就是『運』嗎？以前只要碰上下雨，或者做夢夢到自己淋得一身濕，我都會有好事發生。」

「那怎麼不買樂透？累積獎金上看十五億，說不定會中頭彩。」

「別急，我等等會買，」灰哥用指頭彈了一下刮刮卡，「就用這些中獎的錢。」

我和灰哥開始刮開刮刮卡。他買的是另外兩種刮刮樂，一種是金庫，另一種是轉盤，中獎原則和我買的新時紀念刮刮樂一樣，只要其他區塊和主區的數字或圖形相同，就能得到下方標示的獎金。我很快就刮完我的。這次只有一張中獎，不過中了五百元。我等著看灰哥的結果。他先刮開輪盤刮刮卡，兩千元區差了一個數字，金庫刮刮樂則是完全落空。灰哥瞪大眼睛看著什麼也沒中的刮刮卡，一臉不敢置信的模樣。

「沒關係，還有賓果賓果。」

灰哥拍拍自己的胸膛，握著賓果轉向電視。那對小情侶剛好起身離開，空了的飲料杯留在桌上，吸管口咬得全是齒痕。他們走出大門，門上掛的鈴鐺跟著叮鈴叮鈴響。不知道為什麼，這時好像有道聲音在我耳邊說：**運氣之神離開了**。

我走向櫃檯跟老闆兌獎。老闆一直勸我直接換另一種中獎機率更高的五百元刮刮樂，或是再貼幾百塊，把剩下的新時紀念刮刮卡全部買下來。

「哎，小姐，我跟你說真的，我看多了，一個人運氣來的時候，最好不要踩煞車。」

我記著剛才耳邊那道透明的聲音，還是決定拿回獎金。老闆有點失望。他把剩下的新時紀念刮刮樂捆上橡皮筋，收到玻璃櫃最不引人注意的角落。電視響起一陣罐頭歡呼聲。應該是開獎了。我轉頭看向灰哥。他把賓果丟在桌上，一臉沮喪地搔了搔頭。

「奇怪，怎麼都沒中？」灰哥來來回回看著兩頭都落空的刮刮卡和賓果，「不是下雨嗎？」

我往門外一看。空氣中似乎出現薄薄的陽光，地面上的油漬也隱約閃著油亮的彩虹暈澤。路上有幾個人經過，他們都沒有撐傘。

「雨停了。」我說。

灰哥跟著看向門外，然後往椅背一靠，哎了一聲。電視上的彩球開始跳躍，下一期賓果又要開獎了。灰哥轉頭看向電視，瞥見剛才那對小情侶留在桌上的空飲料杯。

「哎，真想喝點什麼撫慰一下心靈。涼的、熱的，溫和的、刺激的，什麼都好。」

我把手上的五百元獎金收進錢包，在腦子裡想著灰哥說的涼的熱的，溫和的刺激的飲料，突然靈光一閃。

「我知道哪裡有那種飲料，」我對灰哥說，「我帶你去一個好地方。」

4

一踏入汽水店，灰哥忍不住吹了一聲口哨。

「我老天，大白天的，怎麼會有這麼有意思的地方？」

灰哥一眼就被牆上懸掛的老照片給迷住。他走向門邊那張黑白照片，那是一張公車行駛在路上的即景，路旁店家還能清楚看見藥局，時計店，茶鋪……等等的招牌。灰哥湊近照片，興致盎然地研究廣告看板和行人的衣著。我環顧店內，沒看見老闆娘，只有一個穿西裝的男人坐在吧檯前。我想他應該是老闆娘口中的邦迪亞上校。他可能受了點挫折，因為他鬆開領帶，拱起背，兩手頂著額頭，臉上籠罩了一團陰影。他面前的杯子已經空了，只剩幾顆開始融化的冰塊。

老闆娘從後方櫥物間捧著一盆鐵線蕨走出來。她看見我，露出意想不到的微笑。

「嗨，」老闆娘看了一眼我身旁的灰哥，「今天帶朋友一起來？」

邦迪亞上校這時剛好舉起杯子，咔啦咔啦咬著冰塊。我忽然想起老闆娘上次說的被雨淋濕的鳥、樹枝，還有黑暗的白天，於是回答：「剛才我們碰上了大雨。」

老闆娘點點頭，和我交換一個會心的眼神，之後便帶著盆栽走回吧檯。我和灰哥找了柱子旁的位子坐下。他的目光還是離不開牆上那些照片。

「這些照片是去哪裡買的？」灰哥轉頭問老闆娘，「保存得很好，而且拍的都是街頭即景，感覺是一系列的作品。」

「不是買，是家裡長輩留下來的。」

老闆娘加了幾顆新的冰塊到邦迪亞上校的杯子，然後放下冰鏟，用流理台旁的毛巾擦手。

「我有個叔公年輕時喜歡拿著相機在街上到處拍照。以前那個時代，有相機可是不得了的事。牆上那些素描也是他隨手畫的。」

聽老闆娘這麼說，灰哥抬頭凝視我們旁邊那桌牆上掛的圖片。那是一張線條簡單的鉛筆素描，畫的是一條平坦的土石路，旁邊有幾棟兩、三層樓高的房子，畫面遠方還有根塗黑的電線桿。灰哥指著電線桿對我說：「這個，你知道嗎？這是柳杉，以前電線桿都是用柳杉做的，因為柳杉長得又直又高。」

「真的？我以為電線桿都是水泥做的。木頭電線桿感覺好有味道。」

「對，真的很有味道。我們小時候最喜歡對著這種木頭電線桿尿尿，男生還會比賽誰尿得高。」

我對灰哥做了一個受不了的表情。灰哥哈哈大笑，一邊說「真的很有味道」、「現在都找不到了」，又起身走去看牆上其他圖片。灰哥每看一張，都會回頭對我比手畫腳，告訴我上面哪些不起眼的東西是他小時候還有的風景。我有時理解地點點頭，有時則難以想像。等灰哥看完所有圖片，心滿意足地回到座位，我們才開始點單。我一樣點黑貓。灰哥看了看菜單，很快就決定點「老情人」。老闆娘拿出一高一矮的杯子開始製作。等待汽水送上來的這段時間，我跟灰哥談起自己上週去了一趟橋下的古物市集。灰哥似乎不知道那裡，聽我說著骨頭，火柴盒，資生堂餅狀牙粉……，兩隻眼睛像彈珠一樣發亮。灰哥問我市集該怎麼去。我很難說清楚，只告訴他附近有衛生所、越南河粉店，還得鑽過一條不太容易發現的下水道。他滿臉疑惑，想再問我更多時，老闆娘正好送上我們的汽水。灰哥的老情人乍看之下有點像可樂，顏色很深，不過仔細觀察會發現有一圈一圈漸層，最上頭還點綴著一片漂亮的鐵線蕨葉，應該是老闆娘剛從盆栽摘下的。灰哥喝了一口，忽然睜大眼睛，驚奇地看著手中的老情人，很快就知道汽水真正的意思。他呼出一口氣，舔了舔嘴角說：「老天哪，這間汽水店還真棒。」

「好喝嗎？」我問，「老情人喝起來是什麼味道？」

「就是『老情人』的味道。你要試一試？」

灰哥把老情人推到我面前。我不介意喝別人喝過的飲料，不過基於禮貌，我還是確認自己的嘴唇是貼在剛才灰哥碰過的另一邊。剛入口時，老情人有一股像杏仁一樣淡淡的香氣。我本來以為是微甜的口味，但隨著汽水滑入喉嚨，苦味開始從胃部升了上來。到最後我整個嘴巴，包括臼齒、舌根甚至牙齦，都被那種刺刺麻麻的苦味縈繞，逼得我不得不嘆一口氣。

「懂了嗎？」灰哥一手撫著胸口，「這就是老情人的味道。」

我用桌上的水漱了兩次口，才終於沖淡一點老情人教人忍不住頻頻嘆息的苦澀。灰哥問我黑貓喝起來怎麼樣。我也把杯子推到他面前。他嚐了一口，咂了咂舌。

「不錯，很溫暖的味道，好像肚子這邊抱著一團火爐。」

「所以才叫『黑貓』啊，我每次來都喝這個。」

「你喜歡貓？」

我點點頭，把之前老闆娘對我說的話搬出來：「沒有人不喜歡貓。」

我和灰哥因此聊起和貓咪有關的事。灰哥說他國中曾有一隻貓咪鬧鐘，不是那種時間一到會喵喵大響的鬧鐘，也不是貓咪造型的布偶時鐘，而是真的貓咪，臉上有很漂亮的賓士花紋，尾巴長長的小貓咪。他家裡沒有養貓，附近鄰居對貓也沒什麼好感，可是每天清晨天剛亮，那隻不知從哪來的貓就會爬進他的窗子，輕輕舔他的臉叫他起床。貓咪的舌頭刺刺的，灰哥第一次還以為是誰拿牙刷在刷他的臉頰，後來睜開眼睛，才發現是一隻毛茸茸的小貓咪窩在他的枕頭上。等他一起身，貓咪就立刻從窗戶跳出去，留下黑色白色細細軟軟的毛。我聽著灰哥說那隻貓咪冰涼的黑鼻頭，濕濕黏黏的口水，還有柔軟的鬍鬚，不禁想起托米。有時候早上托米肚子餓了我還在賴床，牠也會跳到我身上輕輕咬我的鼻子。

之後灰哥又講起他過年回老家在山上撿到彈殼的事。那顆彈殼非常舊，他不知道是獵人打獵留下的，還是以前日本警察武力鎮壓原住民留下的。講著講著，灰哥又跳到了別的話題。我記得他提到一種很美的玻璃名字「春霞」，但是內容我已經沒有印象。我的思緒漸漸跟不上。我忽然想起自己除了這杯黑貓外，中午到現在還沒吃東西。我開始覺得有點頭暈。全身上下輕飄飄的，好像手腳離地，差一點就要飛起來。灰哥的聲音忽遠忽近。整個世界彷彿都泡了水。我一手撐著頭，斷斷續續想著自己之前讀到一半的書的劇情，洗衣機裡忘了拿出來晾的衣服，還有早上擱置下來的小說，不過每件事都想得不長。剛才在彩券行遇見的那個濕淋淋的女人忽然閃過我腦海。我差一點就能想起曾在哪裡見過她，可惜已經聞不到她身上的味道。然後我又想到我的手機費帳單，電費帳單，還有房租。在我恍恍惚惚想著前陣子刊登在《文藝朗報》上的文章稿費不知道下來了沒時，店門口射入一道刺眼的光。我本來以為是邦迪亞上校要離開了，結果是外頭有人走進來。一團黑漆漆的人影轉身關上門。等那道影子慢慢浮出臉、手腳和身體形狀，我愣了幾秒，才意識到那個人是安古。

我整個人醒了過來。我想我可能露出有點驚訝的表情，因為灰哥看到我睜大眼睛，忍不住也跟著回過頭。

「嗨，哈囉，」灰哥舉起手朝安古揮了揮，「哇，也太巧了，你也來喝汽水？」

安古點點頭，對老闆娘說她今天要「女巫的魔鏡」，之後走向我們這一桌。她從旁邊那桌拉來一張椅子。不過讓我意外的是，安古不是坐在我和灰哥之間空著的位置，而是把椅子拉到我身旁，跟我坐在同一側。她坐下來時手肘撞到了我的手臂。我的肚子剛好咕嚕叫了一聲，不過聲音很小，我想沒有人聽見。

「你喝老情人？」安古問。

「對，你怎麼知道？」灰哥一臉驚奇，指著我手裡的杯子，「那她呢？她喝什麼？」

安古看也沒看，直接回答：「黑貓。」

「哇，好厲害，你常來這裡？」

「我公司就在附近，菜單上有的我幾乎都喝過一輪。對了，你下次可以試試『雲豹之跡』，喝起來跟老情人有點像，我覺得你會喜歡。」

灰哥和安古兩個人聊了起來。從他們的談話內容聽起來，他們應該有一陣子沒聯絡了，例如灰哥不知道安古前年換了工作，安古也不知道灰哥搬到河岸附近看得見山的房子。我覺得自己這時似乎不太適合加入話題，於是靠著牆壁，望著吧檯前的邦迪亞上校，偶爾才把視線移回安古和灰哥身上。

老闆娘送上安古點的女巫的魔鏡時，安古輕輕抓住老闆娘的手腕，湊向她耳邊說話。我聽不見安古說了什麼。灰哥望著我，我也只能對他聳聳肩。老闆娘朝安古眨了眨眼離開後，有一段空檔沒人說話。我盯著那杯不斷冒泡的女巫的魔鏡。它跟我原本想像的不一樣。光聽名字，我本來以為可能會是像端紫斑蝶那種魔幻迷人的幻色，不過它卻跟雪碧一樣透明。安古喝了幾口女巫的魔鏡，擦拭嘴角沾到的氣泡，突然把臉轉向我這邊。

「我前陣子在網路上讀到你的文章，寫高中女生拔掉智齒送給喜歡的女孩的故事，滿有趣的。」

我一時之間沒意會過來安古是在稱讚我。沒等我回應，安古繼續接著說。

「我聽過人家告白送戒指、花，頂多送一束剪下來的頭髮，送牙齒倒是第一次看到。」

灰哥興致盎然掏出手機湊上前，「哪裡看得到？我也要讀一讀。」

「你搜尋〈潔白的禮物〉就找得到了。」

安古幫灰哥點入那篇文章，然後又轉頭回來，意味深長地看著我。

「對了，你的小說寫得怎麼樣？」

灰哥從手機抬起頭，問「是我阿公那個嗎」。我的腸胃不知不覺加速蠕動。安古要我講現在寫了哪些情節，我毫無心理準備，結結巴巴說夜很長，我的角色一個人在夜的邊緣行走，找不到他的月亮。灰哥皺著眉頭，似乎聽不懂我在說什麼，安古則是完全沒有在聽。她看了看手機，喝掉最後一口女巫的魔鏡，放了兩百元在桌上。

「我先走了，得回公司處理訂單。」她看著我一個人說：「下次再聽你講。」

安古推開門走出去沒多久，老闆娘送來一份烤得焦香的吐司，上頭放了一塊融化的熱奶油和幾粒花生。甜甜鹹鹹的香味讓我忍不住直吞口水，不過我還是告訴她安古先走了。

「這是給你的。」老闆娘把吐司放到我面前，對我眨眨眼睛。「她偷偷告訴我你肚子餓得咕嚕咕嚕叫不停。」

老闆娘將安古坐過的椅子搬回原位。邦迪亞上校重新打好領帶，準備要離開。我猶豫要不要拿起刀叉。這次我的肚子叫得連灰哥都聽得見。他攤開手，示意我快點開動。

「對了，講到我阿公，我突然想起有一件事上次忘了告訴你。」

灰哥這麼說時我正好切下一塊吐司送進嘴裡。奶油一入口就滲進我的舌頭。我的靈魂飛了一點出去。我努力將意識拉回桌前，用眼神問灰哥是什麼。

「我阿公離世前一個禮拜，有一天突然失蹤。後來他自己回家，在我進房間探望他時拉著我的手說：『我把時間要回來了。』」

「把時間要回來？」我含著吐司口齒不清地問：「什麼意思？你阿公去了哪裡？」

灰哥看看我，又看看盤子裡流淌的奶油。「我會告訴你。」他搖一搖幾乎見底的老情人，向老闆娘加點一杯雲豹之跡。

「等你吃完吐司再說。」

5

吃完烤吐司，少年朗發現女人和往常有點不一樣。她沒有把盤子疊起來，也沒有用衛生紙將嘴角沾到的花生醬擦掉，而是坐在原地，一直望著少年朗。

「我會離開這裡幾天，」女人垂下雙臂，緩緩開口說。「我媽媽生病了，舅舅要我回去一趟。」

少年朗聽到生病這兩個字，想起醫院，點滴，刺鼻的藥水味，還有阿公。他仰頭問女人：「她的靈魂要離開了嗎？」

女人像是點頭又像是搖頭，「不知道，我很久沒有見到她了。就這幾天，結束了我就回來。」

少年朗不確定女人說的「結束」是什麼意思，還是點了點頭。

「晚一點我們一起出門，我會買很多很多你喜歡的東西給你，像是炒豆子，香腸，沾花生粉的麻糬，還有菜心，也會給你錢，」女人說，「你可以自己一個人在家嗎？」

少年朗點點頭，想了想，忽然像想到什麼似的睜大眼睛。

「晚上我可以出去找小月亮嗎？」

女人思考了一下，問：「你會不會回來？」

「會。」

「每天都會？」

「每天都會。」

「好，」女人捏了捏少年朗瘦小的肩頭，「那我們回來就先敲敲門，看誰先到家裡，就幫另一個人開門。」

少年朗在腦海裡想像一下那個畫面，很像以前和飛毛腿巴那他們玩的一種間諜遊戲，高興地對女人說好。

女人用手指梳了梳少年朗的頭髮，兩個人一起拿著盤子到浴室。洗好盤子後，女人擦乾手，開始從衣櫃拿出內褲，襪子，黑色襯衫，收進一個底部有點發霉的皮質手提袋。少年朗看女人一下捲衣服，一下又在抽屜翻找顏色更深的長褲，自己也跟著到處巡視，走進浴室拿女人的牙刷出來給她。

「啊，我都忘了。謝謝你。」

女人露出幫了大忙的表情，把那支開花的牙刷收進袋子，又搖了搖地上的瓶瓶罐罐，選其中聲音聽起來剩最少的放進去。女人在房裡忙來忙去。終於收拾好行李時，房間地板已經開始發燙。女人揉了揉眼睛躺上床。少年朗將幾件舊衣服穿過桿子，擋在窗前當作遮光的窗簾。房間頓時暗了下來。過不久，女人的呼吸聲漸漸變得平緩。少年朗靠著床邊，不知不覺也跟著睡著了。

傍晚女人睡醒後，帶少年朗去幾條街外的黃昏市場，就在一間廢棄的蠟燭工廠旁邊。少年朗對黃昏市場非常熟悉，以前他常跟 Ama 一起去，帶著早上採的黃藤心和紫背草去賣，大人們聊一聊天還會開始唱歌。不過這裡的黃昏市場沒有人唱歌，每個人都垂著頭不說話。女人走向其中一攤點著燈泡的攤子，看了看滷豆乾，又翻開裝在盒子裡的雞腳凍。少年朗站在旁邊，忽然被一股熟悉的香味吸引。

他循著味道走向最角落的攤子，上面擺的是一鍋血肉模糊湯。只有重要的日子才會出現的血肉模糊湯。少年朗看著又紅又香的血肉模糊湯，忍不住猛吞口水。

「小朋友，要喝嗎？」

綁頭巾的老闆拿起勺子攪拌湯鍋，血的香氣又更加濃郁地冒了上來。

「這用鮮血煮的吶，豬的鮮血。你喝過鮮血煮的湯嗎？」

少年朗點點頭，「今天是跳舞的日子？」

「跳舞的日子？跳舞哪有分什麼日子，每天都是跳舞的日子，想跳就跳吶。」

頭巾老闆舀了一勺血肉模糊湯到塑膠碗中，還多添幾塊豬心和豬腸。少年朗接過燙手的碗，顧不得還直冒熱煙，迫不及待將血肉模糊湯一口氣喝完。吸飽血汁的米粒滑入他的喉嚨。血的甜味，米的甜味，內臟的甜味，讓少年朗差點掉下眼淚。一直要到很久以後，少年朗才知道這種感覺叫做「思鄉」。他反覆舔著嘴巴，回味血肉模糊湯鮮美的滋味。

「小朋友，你年紀小小的，但舌頭很知道什麼好吃吶。」

頭巾老闆又舀了滿滿一碗血肉模糊湯給少年朗，自己哼起〈小牧童〉。哼著哼著，身體還跟著旋律搖擺起來。少年朗很熟悉這首歌，以前大人們喝酒的時候唱，在投幣卡拉OK店唱，有時候飯吃到一半也會站起來唱。少年朗跟著歌聲點踏腳步，當唱到「騎在牛背上唱歌的小牧童」時，頭巾老闆朝天空一望，說：「今晚月亮會很漂亮吶。」

少年朗抬頭往天空看。夕陽像破掉的雞蛋一樣流得整片天空都是。很淡很淡的雲緩緩飄過。他沒看到什麼月亮。

頭巾老闆又唱了幾首少年朗曾聽Ama唱過的古調，像是〈紅妝〉，〈石頭歌〉，然後繼續添加血肉模糊湯到他空了的碗裡。少年朗一邊吃，一邊跟著歌曲唱和。等頭巾老闆的老婆臭著臉回來，少年朗才放下碗，回到女人身邊。

「老闆請你吃東西？」女人問。

「對，很好喝的血肉模糊湯，還有唱歌跳舞。」少年朗舔了舔嘴巴，「他說晚上月亮會很漂亮。」

女人抬頭望著天空，似乎分神想到了其他事。過了一陣子，女人才垂下頭。

「走吧，我們回家。」

離開黃昏市場前，女人又多買了一條吐司，一罐大蒜醬和一包小西點。回到小小的房間，他們吃了一盒炒米粉當晚餐，之後少年朗去洗澡，女人把垃圾堆在門邊的紙箱。女人搭的是深夜的半價客運。洗好澡、吹完頭髮，她還有時間再確認一次行李。女人要拉上手提包拉鍊以前，少年朗從地上的瓶瓶罐罐中拿起口紅給她。

「帶這個，你的嘴巴擦上這個很好看。」

關燈、關門後，少年朗陪女人走很長一段路到車站。他們坐在飄著尿騷味的候車室，有人抽菸，有人低頭吃泡麵，有人把行李當成枕頭躺在椅子上睡覺。少年朗看到地上有隻蜘蛛張著腳爬過。牆上的時鐘突然掉了下來，發出玻璃破掉的聲響。站務員拖著腳步撿起時鐘掛回去。指針撞歪了，不過沒有人發現。

候車室外傳來一陣短促的喇叭聲。巴士到站了。站務員有氣無力喊出車次。吃泡麵的人把杯碗隨手一放，匆匆跑向車門口。女人提起發霉的手提袋，轉頭望著少年朗。

「記得怎麼回家嗎？」

「記得。」

「我很快就會回來。」

「好。」少年朗說，「敲敲門，誰先在裡面誰就開門。」

女人對少年朗微笑，排在隊伍最後一個。前面還有抽菸的人和拿枴杖的人。站務員一一撕掉車票。女人一上車，還沒找到座位，巴士便像咳嗽一樣動了起來。少年朗望著巴士慢慢駛進長夜，胸口不知為何有石頭落下般沉重的感覺。

少年朗一個人沿著剛才走過的路慢慢往回走。紅綠燈開始切換成閃黃燈。有幾支路燈壞了，只剩超商亮著刺眼的燈光。少年朗走進超商繞了一圈。熱狗架下方的垃圾桶傳來一陣微弱的嬰兒哭聲。少年朗伸手進去摸了摸，撈出地瓜皮，菸蒂，番茄醬包，和一隻灰色的小小貓，眼睛還是清晨海水的顏色。他撕掉小貓身上黏著的口香糖，拿起架上一支正在旋轉的熱狗餵牠。店員沒有出聲制止，因為那個店員靠著菸櫃，正迷迷糊糊打著瞌睡。這個時間除了貨車司機和飆車族外不會有其他客人上門。灰色小貓很快就把熱狗吃得一乾二淨。少年朗又去關東煮鍋夾了幾條快煮爛的黑輪。只是他回到熱狗架，小小貓已經不見了。

少年朗把黑輪放回鍋子，之後離開超商，回到馬路上。好幾台趕路的砂石車從他身邊呼嘯而過。

少年朗踩著凹凹凸凸的導盲磚，聽見哪裡好像傳來黑冠麻鷺低沉的叫聲。他循著那陣低谷般的聲音穿過公園，踩過爛泥巴，繞進越來越窄的小巷。在似乎沒有盡頭的巷子裡，少年朗看見一棟貼著磁磚的老房子，屋外有一道木條釘成的低矮圍籬，上面掛了好多手錶，有金色，銀色，紅色，白色……。少年朗從來沒有見過這麼多手錶，比庫拉斯那間賣鉛筆盒，鍋子，衣服，電風扇，什麼都賣的店裡還要多。不僅如此，這裡每支錶上的時間還一模一樣，連秒針也一模一樣，就像狄布絲生的那些長得一模一樣的小孩。少年朗舉起手腕看那只很久以前從醫院拿出來的舊錶。他有時會忘在枕頭下，不過今天陪女人去搭車有戴。他的時間和其他錶不同。少年朗把手上的錶轉快一圈，伸向前湊近其他錶。秒針頓了一下，然後一齊發出整齊的前進聲。這樣一來，他的時間就和其他時間一樣了。

少年朗抬頭一望，發現圍籬後面有一座老舊的木頭鞦韆。四周沒有人。少年朗走進去坐上鞦韆木板，收起兩隻腳盪了起來。地上的影子一下短、一下長。整個世界好像也跟著在搖晃。少年朗忍不住越盪越高。他仰起頭，忽然看見天空最遠的地方出現了月亮。血肉模糊湯的老闆說得沒錯，今晚的月亮真的很漂亮。它散發清澈的光暈，像是誰溫柔的臉。為了看月亮，少年朗往後舉著脖子，不小心失去平衡，從鞦韆上摔了下來。

少年朗躺在地上，仍目不轉睛凝視著月亮。月光好像只灑在他一個人身上。他覺得自己全身都在發光。螞蟻輕輕爬過他的耳朵。他聽見屋裡有人開門走出來。少年朗先是看到一雙長了粗繭沒穿鞋子的腳，皺巴巴的膝蓋，下垂的肩膀，然後繼續往上，看到一張陰暗又鬆垮的臉。那張臉少年朗再熟悉不過。是阿公。阿公穿著他以前常穿的那件洗到變形的土黃色上衣，站在門口抬頭望著天空。少年朗連忙從地上爬起來。

「阿公？」少年朗對著人影說，「阿公，我找你的靈魂找了好久。」

「阿公，你是不是跟小月亮在一起？」

「阿公，你有沒有想我？」

「阿公，我們一起回去找Ama好不好？」

阿公沒有說話。他望著那輪美麗的月亮，似乎沒聽見少年朗的聲音。少年朗走向他，想要握住他滿是老人斑的手，阿公卻移動腳步，開始往外面走。他走出圍籬，走上街道，腳步比少年朗記得的還要快上許多，就像煙被風吹著跑一樣。少年朗跟在阿公身後，不知不覺越走越快、越走越喘，最後不得不跑了起來。

「阿公，等等我，你要去哪裡？」

少年朗奮力跨出雙腿，對著阿公的背影大喊。再一步，只要再往前一步，他伸長的指尖就快要碰到阿公。

第七章

鹽的記憶

阿基

1

那個時候，我伸出的手差一點就能碰到她。可是想擠進電梯的人太多，我一下子就被趕著進公司打卡的人潮推開，退到電梯門外。有個壯碩的男人剛好橫在我和她之間。我努力伸長脖子想從縫隙看她，電梯門卻剛好在我面前關上。

我又多等了幾分鐘，隔壁那台無障礙電梯才終於到一樓。一進去，我馬上按下側邊的樓層按鍵。不過我按的不是八樓，而是她在的九樓。電梯裡剛好有別家出版社的同事，我記得他專門做健康書，上個月底出版的《一起翻白眼：眼球回春健康操》到現在仍高居銷售排行榜第一名。他看到亮起的樓層按鍵燈，疑惑地瞄了我一眼，伸手過來按下八樓，之後又繼續回到自己的手機。空氣很悶。我望著電梯顯示螢幕一樓一樓往上跳，手伸進口袋摸了摸電影票。

上個禮拜，豹子馬再版了一本小說《鹽的記憶》。那本書最近改編成電影，過幾天就要上映。電影公司寄來公關票，邀請我們出版社去參加特映會。特映會有兩場，一場是今天早上十一點，一場是禮拜天晚上八點。同事們幾乎都選擇今天這一場，米猴也不例外，他甚至還打好算盤，想著早上直接去影城，映後陪作者和電影公司吃個飯，吃完再找藉口開溜，說要去書店巡田水、拜訪幾處新設立的藝文空間，這樣一來，一整天都不用進辦公室。

「天哪，我第一次這麼期待上班。」米猴一副要飛起來的樣子，「我的鼎泰豐。」

「可是跟電影公司吃飯，豹子馬也會在吧？」我問。

「沒關係，為了小籠包我可以忍。吃飯大不了兩個小時，總比下午還得回辦公室好。」

其實我本來也是這麼考慮，看今天這場就能有半天不用進辦公室，我猜其他同事也都是這麼打算。不過跟在米猴身後去拿票時，我忽然有別的想法：我想跟她一起看電影。這個欲望忽然占滿我整個腦袋。我的胸口像是有冰塊和烈火同時在碰撞，我必須縮緊布鞋裡的腳趾才能站穩步伐。於是我沒怎麼猶豫，直接將手伸向禮拜天晚上八點的票。

「我可以再多拿一張嗎？」

我小心翼翼地問豹子馬。她對著電腦螢幕敲打鍵盤，沒有抬頭看我。

「你全部拿去，那場沒人要看。」

豹子馬繼續寫她的信。我思考了幾秒，聽從豹子馬的話拿走所有電影票。我把最上面的兩張收進口袋，剩下的放進辦公桌中間那層堆滿橡皮筋、零錢和迴紋針的抽屜。我一直想找機會開口約她。我想今天就是個機會。

電梯逐漸向上。人潮隨著樓層升高而慢慢減少。到了八樓，做健康書的同事走出電梯，還稍微回頭瞥了我一眼。不過我仍舊按下關門鈕，等待電梯把我帶上九樓。出了電梯，幾個無精打采的上班族拖著腳步從我面前走過。我東張西望，不確定她是在左邊的廣告公司，還是右邊乾淨明亮的貿易商社。我本來想攔下一個塗著洋紅色口紅的年輕女子詢問，正好看見她揉著眼睛從洗手間走出來。

「早安。」

我急忙朝她走過去。她大概還有點想睡，沒意識到是我在對她打招呼。我忍不住伸手握住她的胳臂。她好像被這突如其來的動作嚇一跳，身體向後退了一步。我感受到那股抵抗的力量，趕緊鬆開她的手。

「啊，早安。」

她發現是我後，露出放鬆下來的笑容。我發現她眼鏡底下有一層淡淡的黑眼圈。

「昨晚沒睡好？」我問。

「唔，沒有，不知道是不是因為春天到了，最近總覺得懶洋洋的。」她挺直背脊，往後伸了個懶腰。「你怎麼在這裡？」

「我有事找你。」我手忙腳亂了一陣，好不容易才從口袋掏出電影票。「你這禮拜天晚上有沒有空？」

她接過電影票，輕聲念出片名，接著仔細看上面各自望著不同方向的男女主角，還翻到背面看了一下。我不知為何突然緊張起來，沒頭沒腦地說米猴很喜歡主演的女明星，新版的書衣攤開來是一張電影海報，還有導演原本是賣帽子出身的，有次誤打誤撞幫他擺攤的市場拍宣傳影片，放上網路爆紅，才被影視公司延攬進入業界。她低頭閱讀電影票上的介紹文字，一直沒有回應。我一個人說著說著，不知不覺越來越緊張。正當我不知道該如何掩飾自己的慌張時，她問我：「是豹子馬做的書嗎？」

我愣了一下，「對，是豹子馬做的。她很有編輯的嗅覺，總是能聞出有潛力的故事，而且從來沒有失準。」我想了想說，「跟米格魯一樣。」

「米格魯？」

「米格魯不是聞得出旅客有沒有夾帶中國豬肉入境嗎？之前豬瘟的時候。」

她不禁笑了起來。「你稱讚別人的用詞好奇怪。」

「會嗎？」我搔了搔頭，「米格魯是護國神犬耶。」

她對我說的狗鼻子話題笑個不停，還問我台灣犬和米克斯要怎麼分辨。氣氛變好了。這給了我的心一點力氣。我做了一個深呼吸，決定轉換話題。

「你喜歡看電影嗎？」我問。

「喜歡，不過不常看。電影票有點貴。」

「這是電影公司給的公關票，不用錢的。其實今天早上也有一場特映會，米猴他們都去看了。」

「你怎麼沒跟著一起去？」她問，「不去沒關係嗎？」

「沒關係，出版社沒人留守也不好，我可以幫忙接聽電話。」

她點點頭，又低頭看著電影票，好像在沉思什麼。她還沒答應。想到這一點我又開始緊張起來。

「對了，你想先看原著嗎？我可以下去拿給你。我記得書沒有很厚，主題是關於……」

「等一等，你先不要告訴我，」她阻止我繼續往下說，「我想直接看電影。」

聽到她這麼說，我總算鬆了一口氣。我們約好禮拜天晚上七點五十分直接在影城碰面。我本來想邀她一起吃晚餐，但她說那天下午有事，不確定幾點會結束。我有點好奇，不過沒有多問。有個戴耳環的男子朝我們這裡看了一眼。她跟我說她得回去開會了，我便和她道別。

我走樓梯下樓回公司。刷門禁卡時，我發現自己不小心遲到了幾分鐘。辦公室裡已經開始忙碌起來，只有我們出版社那區的燈還是暗的。我打開我座位上方的兩盞燈，放下背包，去茶水間泡一杯米猴之前給我的山苦瓜茶，之後才打開電腦慢慢收信。業務部寄來一封低庫存量通知、會報提醒，還有美編修改過的內文版型提案。我還不想工作，於是分心瀏覽臉書，看一下網路上的新聞，沒多久又點開YouTube頻道。之前有次回家，妹妹說她想當YouTuber。她交了一個阿美族男朋友，發現他和他的族人簡直是割草機，什麼雜草都能吃，一旦踏過那個地方便寸草不生。妹妹決定請男朋友幫忙，拍短片介紹路邊可食用的野花野草，試試看自己能不能靠這個當YouTuber維生。她週末上傳了第一支影片，打電話來叫我一定要訂閱。那集介紹的是羅氏鹽膚木。妹妹指著一株頂端宛如長著火把的樹，說這種植物從平地到山上都有分布。在野外體力透支的時候，摘下果實嚼一嚼，就能很快補充鹽分。今天早上上班路上，我又收到影片更新的通知。新的一集介紹的是稀子蕨的不定芽。妹妹特別跑去花蓮瓦拉米步道拍攝，鏡頭好像還拍到了幾隻彷彿火焰飛過的黃喉貂。稀子蕨的不定芽長得有點像嬰兒握不緊的拳頭。妹妹摘下幾顆小拳頭，沒有清洗，直接用火烤。她把其中一顆烤得發黑的小拳頭放進嘴裡，說吃起來有花生的味道。

我在腦海裡想像嬰兒的手吃起來有花生的味道，沒注意系統自動跳向另一則影片。那則影片的點閱率極低，五年前上傳的，只有十個人看過。影片內容不長，只有二十幾秒，是一個小女孩幫阿嬤刷牙，兩個人一起口齒不清地唱〈丟丟銅仔〉。小女孩很小，大概才小學一、二年級，但是她幫阿嬤刷牙的動作十分溫柔，彷彿阿嬤是她的妹妹，或是她鍾愛的小娃娃。鏡頭大部分時間都對著阿嬤。我注意到掌鏡的應該就是小女孩。她一手拿手機，一手幫阿嬤擦臉。阿嬤看起來非常快樂。這時我突然有個想法：阿嬤可能罹患了失智症，小女孩是在照顧她。

緊接著下一集是小女孩推著阿嬤到市場去撿攤商不要的菜葉。有個好心的歐巴桑給了她們一條完好無缺的紅蘿蔔，小女孩向她道謝，不忘在阿嬤耳邊提醒：「阿嬤，要跟人家說謝謝。」

畫面自始至終都是阿嬤純真的笑容，除了偶爾拍到小女孩為了接住阿嬤掉下來的錢包不小心入鏡外，沒出現過其他大人。我不知不覺把所有影片看完。看到最後，我的鼻頭湧上一陣酸楚。我想起我的國小同學阿倫，他也是那個年紀就和阿嬤兩個人相依為命，放學後從來沒跟我們去過打小瑪莉機台，而是走在駝背的阿嬤身後，撿人家不要的紙箱和寶特瓶。小女孩最近一次上傳影片是前年十月。我心想阿嬤可能走了，不知道小女孩現在過得怎麼樣？

我苦惱了一會，忍不住在影片下方留言給小女孩。還沒寫到一半，忽然有人打開後方的燈。獅子從我面前快步走過。我趕緊關掉網頁，滾動滑鼠假裝在看印刷廠傳來的估價單。獅子走向她的植物園，似乎急急忙忙在櫃子裡翻找什麼。

「忘了帶東西嗎？」我出聲問。

「沒有，臨時被社長叫回來開會，」獅子的口氣有點無奈，「他要我現在拿前兩年的出版目錄給他。」

獅子看起來整個人都在冒煙。我不敢多說話，轉回自己的電腦螢幕準備開始工作。我點開某個老師拖了很久才寄來的推薦序，字數比我們講好的少了將近一半。我一下子就讀完了。他似乎沒有認真看過作品，從頭到尾都在寫自己年輕時跟一隻狗住在濕冷山上的事。我正猶豫要不要退稿請老師重寫，或者至少增加一、兩段跟小說有關的內容，獅子抱著出版目錄從我身邊經過。

「星期天特映會的票是不是在你那裡？」

我對獅子點頭。當時我心裡正想著該用什麼措詞寫那封退稿信，沒意識到獅子這句話背後隱藏的用意，以及她現在得去跟社長開會代表的意思。我拉開抽屜，打算翻找埋在便利貼底下的電影票，這時獅子把手搭上我的肩膀，說了一句讓我很久以後才反應過來的話。

「星期天你幫我多帶一張票，我跟你一起去看電影。」

2

我每天壓力都很大。一想到要和獅子一起看電影，我的胃就痛了起來。

那幾天我剛好遇上一點麻煩。寫推薦序的老師本來信誓旦旦說會修改內容，他寫很快，下班前一定寄給我。可是我左等右等，等了好幾天，還是沒收到他的信。我試著打電話、傳訊息，老師不是不接，就是讀了訊息不回。我完全束手無策。那個老師在文壇很有分量。通路一直問我序什麼時候才會出現，他們是因為老師答應撰序才讓《地獄不賣威士忌》當五月選書的，如果沒有，他們考慮取消這本書的選書資格。後來我動用各種關係，透過米猴問另一間出版社的朋友，朋友又去問他的遠房表親，表親再問以前的鄰居……才終於聯繫上老師。老師在電話另一頭說他早就寫好了，向我保證一掛斷他馬上就會寄過來。可是我足足等了三個鐘頭，好不容易收到信，點開檔案，內容卻一個字也沒改。

我正煩惱是不是要再多花一點時間跟老師溝通，日子就到了看電影那一天。我心裡有點忐忑，因為我來不及告訴她獅子也要一起去，只好硬著頭皮先赴獅子的約。獅子約我傍晚六點在影城附近的星巴克碰面。我差不多時間到，等了一會，決定先走進星巴克裡欣賞馬克杯。過沒幾分鐘，有人在外頭對我敲了敲玻璃。我向外一望，差點認不出獅子。她穿著簡單的上衣和卡其褲，腳上套著運動鞋，一時之間，我還以為是哪個剛從公園散步回來的親切婦人。我從來沒見過獅子這麼悠閒的模樣。平常上班獅子總是穿硬邦邦的襯衫，搭配讓人心情緊張的深色西裝褲，頂多只有尾牙會為了抽到大獎而繫上鬆軟的淡紅色圍巾。看見獅子不同於往常的樣子，我心裡頓時莫名感到有些不好意思。我走出星巴克。獅子問我晚餐想吃什麼。我看著巷子裡牛肉麵店的招牌，說都可以。獅子在路口左右張望，最後指著對面掛著一隻大螃蟹的熱炒店。

「吃那個吧，平常一個人沒辦法吃熱炒。」

我們過了馬路，到那間店員制服印著紅色螃蟹的熱炒店。店裡人還沒有很多，獅子挑了中間靠牆的座位。我一坐下，發現椅子搖來晃去，其中一隻椅腳斷了。我到隔壁桌換了一張不會搖的椅子，回來時發現獅子已經在菜單上畫了好幾道菜。

「點這麼多吃得完嗎？」我驚訝地問。我記得獅子食量不大。

「難得不是一個人吃飯，我想多點些不一樣的菜。」

獅子幾乎每個種類都點了一道，有糖醋魚，炒海瓜子，鹽酥蝦，烤山豬肉，三杯雞，鐵板豆腐，炒水蓮和苦瓜雞湯。我把畫得滿滿紅線的菜單交給店員，回座時順便去冰櫃拿獅子要的台啤十八天。菜還沒上的這段時間，我和獅子默默喝著啤酒。氣氛有點尷尬。我的眼睛不知道該往哪裡看。獅子大概意識到我的不自在，主動開口打破沉默。

「你平常週末都在做什麼？」獅子問。

「沒特別做什麼，待在家裡，有朋友約就出去走走。」

「都一個人嗎？」

我想了想，「差不多。」

「不會到書店翻一翻書，或是去參加講座？」

我本來反射性要回答不會，不過臨時把話吞下去。

「……偶爾。」

獅子的眼睛在我臉上轉來轉去，好像在心裡默默打分數。氣氛突然變得像是平常開會。我有點緊張，轉開視線，一口氣把杯子裡的啤酒給喝完。

「我有沒有說過，最近週末我會去上課？有點像社區大學那樣，有時候做手工皂，有時候畫水彩畫，有時候烤烤小餅乾。這個禮拜我們做的是手拉胚。你看過《第六感生死戀》（*Ghost*）嗎？那是老電影了。像我昨天就捏了一個杯子，等窯燒好了，打算帶去公司當茶杯。」

獅子自顧自地說著，我不知道該回答什麼，只好點頭說「小時候跟爸媽一起看過」。

「你還年輕，最好也培養點興趣，種花、爬山，還是學什麼樂器都好，不要每天只有上班下班。出版這一行有很多沒辦法向人訴說的壓力，尤其是做編輯，一定要找個樹洞。」

我點了點頭，告訴獅子我前陣子剛好跟大學好友小丘去泡野溪溫泉，不過獅子似乎沒有在聽。獅子喝了幾口啤酒，眼神逐漸變得渙散，慢慢放下杯子。

「社長對我們這幾個月的業績不太滿意。」

「是嗎？」我含糊回答。

「嗯，因為沒有成長。很多事經過比較，就不免讓人痛心。」

獅子一手撐著臉頰，肩膀往一邊傾斜。

「你覺得我是寬容的總編嗎？」

獅子的問題讓我難以回答。我不知道她想聽什麼答案。不管我說什麼似乎都很危險。我只好戰戰兢兢地說：「為什麼這麼問？」

獅子沉默了一會，表情變得有些複雜。「嗯，怎麼說，其實我心裡一直有個結。很多事我沒有攤開來講，我以為這樣對每個人都好。我一個人擋子彈，一個人面對社長，可是你們又會躲我，跟我保持距離。沒有人喜歡孤立無援。說真的，我常常覺得很受傷。我都不知道自己是什麼樣的人了。」

獅子說完忽然陷入憂傷。店員吆喝一聲後送上我們的菜，桌子還差點擺不下。我不知道該怎麼安慰獅子，只好把濕答答的筷子和湯匙擦乾淨，幫她倒酒，在她醬汁噴到衣服時遞衛生紙給她。我偶爾會說幾句「雞肉吃起來很嫩」、「菜炒得很入味」之類無關緊要的話。獅子有時候會應聲，大部分只有輕輕點個頭。我注意到獅子特別愛喝苦瓜雞湯。於是我把大部分的菜吃掉，讓她可以無所顧忌好好喝湯。熱炒店裡人越來越多。好幾桌開始划起酒拳，歡騰的人聲像雷一樣此起彼落。等獅子放下湯碗、擦完嘴巴，我掏出皮夾打算要去櫃檯付帳，獅子一把抽走我手中的帳單。

「我來付吧，這頓我請。」

「可是大部分都是我吃掉的，還是一人一半？」

「沒關係，不用了，」獅子舉起帳單，「謝謝你當我的樹洞。」

付完錢，獅子從小費箱旁拿了一根牙籤，一邊剔牙一邊走出熱炒店。影城招牌在對面閃閃爍爍。

綠燈亮了。我和獅子一前一後穿越斑馬線。遠遠的我就望見她站在一棵纏著燈泡的欖仁樹下等。微風輕輕吹起她的馬尾。她撥開瀏海，正巧往我的方向轉過來。我知道她也看見我了。

特映會在一樓的小放映廳播放。進場前獅子先去上廁所，我趕緊快步跑向她，她也朝我的方向迎面走來。我本來急著想跟她解釋，不過她比我早一步開口。

「獅子也一起來？」

我頓了一下，點點頭說對。

「臨時決定的，剛才還跟獅子一起吃熱炒。」

她湊上前動了動鼻子，「你喝酒？」

我心裡有點慌張，不知不覺抓緊褲管。

「對，喝了一點。談到業績，獅子有點沮喪。」

她盯著我的眼睛，好像在觀察我是否有所隱瞞。我沒有把眼神別開，而是也直直回看著她。她的嘴唇上有一層很薄很薄的汗，就像地衣表面覆蓋的霧水。過不久她垂下肩膀，嘆了一口氣。

「那一定很累，一定很像在工作。」

我想了一下才明白她指的是和獅子一起吃飯。「還好，不會。」我誠實地說，「有一點啦。」

她微微一笑，接著抿了抿嘴唇，指向入口。「那我先進去了。」

「不一起嗎？等獅子上完廁所。」

她搖搖頭。「獅子不是不喜歡出版社的資源被外人占用？」

她說得沒錯，獅子很討厭這樣，我就曾因為用專業人士證偷渡小丘進書展被獅子罵得狗血淋頭。獅子如果知道我拿公關票請她看電影，一定又會對我大發雷霆。她一個人拿出電影票，交給門口的工作人員。我伸長脖子想看她準備坐哪裡，不過我站的角度剛好被工作人員遮住。獅子從洗手間出來後，我們一起走進影廳。觀眾比我預期的還多。因為不用劃位，先到的人大部分都集中坐在中間視野舒適的位置。我用眼睛掃過一張張臉，發現她獨自坐在後方逃生口旁的位子，旁邊還有幾個空位。我一心想著要往那裡去。獅子走在我前面，本來打算在走道側邊的座位坐下，看我繼續跨步往上走，也跟了上來。

「不會太後面嗎？」

獅子停下腳步，回頭望了望大銀幕問。

「不會，這排位置剛好。」

我穿過幾個蹺腳吃爆米花的年輕女孩，走到她旁邊坐下。獅子也在我旁邊坐下。我聞到自己身上都是熱炒店裡油煙和九層塔的味道。我把身體埋進椅子，肩膀稍稍向她那側傾斜。燈光逐漸轉暗。前排觀眾紛紛關上手機。電影開始了。

故事發生在一對父女之間。母親罹患淋巴癌，剛開始化療沒多久就過世了。辦完喪事隔天，父親渾渾噩噩騎車出門，沒注意到紅燈亮了，被一台小發財車給撞上。父親在空中飛了一圈，掉到馬路中央，在地上躺了一會，沒多久自己拍拍身子站起來。父親身體沒有任何地方受傷，但是，他卻從此忘了自己罹癌過世的妻子。醫生判斷父親應該是撞擊時傷到了腦，需要治療才可能恢復，這卻讓女兒陷入掙扎，因為父親失去母親的記憶後，飯吃得下，睡覺會打呼，還開始追求樓下寡居的阿姨。看著五斗櫃上母親的遺照，父親再也不會心痛。失去母親的悲傷只剩女兒一個人承擔。她一個人流淚，一個人思念母親。情人受不了她遲遲無法走出傷痛而與她分手。受到打擊的女兒開始怨恨起父親。有天她看見父親把母親的戒指像垃圾一樣丟掉，終於忍不住衝上去搥打他。

「我希望你跟我一樣想她，我希望你還愛著她。」

女兒抓著父親的衣領，兩隻手都在顫抖。

「為什麼你不會流淚？記憶裡沒有了鹽，你怎麼還有辦法活下去？」

看著女主角眼淚彈出眼眶的樣子，我可以感受到米猴為什麼喜歡她。她把自己的靈魂徹徹底底變成了另一個人。那種聲嘶力竭、發自靈魂深處的悲傷，讓我忍不住也跟著全身顫抖。我聽見旁邊有吸鼻子的聲音，悄悄瞥了她一眼。光影在她發光的鏡片上流動。她的臉頰滑下一道透明的痕跡。她也被女主角深刻的悲傷撼動。我從背包翻出一包面紙，塞進她握緊的拳頭。

我的注意力接著回到大銀幕。父親不想看女兒難過，試著被車撞，找密醫，甚至讓來路不明的神棍催眠，還差點捲入宗教詐騙。歷經一番波折，最後女兒終於接受遺忘母親的父親。她和父親站在母親骨灰灑葬的那片海，讓鹹鹹的海風吹上臉龐。

「我的眼裡和嘴巴都是鹽。」女兒說。

「是嗎？」父親瞇起眼睛，眺望迷人的藍色大海。

「好鹹喔。」

「嗯。」

遠方有一條漁船駛過。父親望著那白色的一點，淡淡地說：「我們去吃點甜的吧。」電影就在父女望著海的背影和溫柔的浪濤聲中結束。片尾曲緩緩響起。走道兩側的燈亮了。我做了幾個深呼吸平撫心情。她低著頭小聲啜泣。獅子也在擦眼睛。

「拍得不錯。」獅子吸了吸鼻子，接著呼一口氣，然後又重複幾次。等呼吸逐漸恢復平穩，獅子挺直背脊說，「希望電影能帶動書的銷量。」

觀眾開始陸陸續續起身離場。我們仍坐在位子上，看著片尾密密麻麻的工作人員名單一點一點捲上去。等最後浮現出原著書影，放映廳內燈光轉亮，我們才跟著剩下的人群散場。我和獅子走在前頭，她本來在我後面一步，不過其他人慢慢插了進來，我們之間的距離因此越拉越開。走出影城，濕熱的空氣一股腦黏了上來。獅子仰起頭，望著被霓虹燈照得霧茫茫的夜空。

「『是記得的人哀傷，還是忘記的人比較不幸』。文案寫得不錯，回家要把書找出來看了。你走哪個方向？」

我比了比星巴克那邊，獅子說她要去反方向搭車，我們便彼此道別。我走了幾步，回頭望向影城，想看她在哪裡，她正好穿過一群迫不及待討論劇情的年輕男女，從階梯上走下來。

「要回家了嗎？」

我走向她問。她點點頭說「嗯」，聲音還帶著一點黏黏的鼻音。我看了一下時間，不想這麼早和她分開，心裡忽然感到一陣焦急。

「要不要去吃宵夜？」我問。

「宵夜？」

「嗯，蚵仔煎怎麼樣？我記得剛才來的時候在巷子裡有看到一家。」

我帶她走去星巴克旁邊那條巷子。牛肉麵店已經關了，隔壁蚵仔煎的招牌還亮著，桌椅甚至擺到後面收攤的肉粽店門口。吃宵夜的人很多，整間店只剩瓦斯桶前和洗碗槽旁還有空位。我正準備走去洗碗槽旁邊那桌，剛才在影城門口討論劇情的那群男女不知何時走在我們身後，快步衝了上來，早我一步坐在椅子上。我愣在原地，和她互看一眼，只能摸摸鼻子去坐瓦斯桶前那一桌。我向拿著抹布過來收桌上餐盤的老闆娘叫了兩份蚵仔煎。老闆娘舉起袖子抹汗，對著煎台前的老闆大喊兩份。周圍有點吵。熱油滋滋作響的聲音，火爐的聲音，筷子和盤子碰撞的聲音。在那麼多聲音中，我聽到洗碗槽那桌有個男生說：「你不覺得那個老爸很衰嗎？老婆都死了，樓下阿姨那麼正，想追也不行。」

她往前靠向油膩的桌子，小聲地說：「不行。」

我有點訝異，直覺她是在回應我聽到的那個聲音，不知不覺也跟著壓低音量。

「你在偷聽別人講話？」

她皺起鼻子對我俏皮地笑了一下。這時洗碗槽那桌又有另一個人說：「有一段才奇怪吧，老爸趁夜深人靜，一個人偷偷摸摸跑去廚房拿鹽巴滴進眼睛，想流出鹹鹹的眼淚，馬的，感覺好痛，幹嘛不直接點生理食鹽水就好？」

「不行啊，這樣片名就要改成『生理食鹽水的記憶』了。」

她搖著頭說，一副不忍想像的模樣。我忍不住哈哈大笑，差點撞到端蚵仔煎過來的老闆娘。老闆娘兩手端了六盤。我從她手上取下兩盤，她說了聲多謝，把剩下的四盤送去洗碗槽那桌。他們沒有再討論劇情，轉而講起我不認識的年輕歌手，還有國外的選秀節目，她的心神似乎也從他們的對話離開。她撕開免洗筷的塑膠套，刮掉筷子尖端的細屑，之後遞給我。

「電影好看嗎？」我接下筷子問。

「好看，我很喜歡。劇情淡淡的，但是十分感人。原著也是一樣嗎？」

「我有點忘了，前幾年書剛出版時讀過，不過細節已經記不太得。你想看原著？」

「唔，會不會很厚？我看書速度很慢。」

「沒關係，慢慢看就好。明天上班我找時間拿上去給你，你想要原版還是電影書衣版？」

她想了一下，「原版。」

「好，」我說，「其實我也比較喜歡原版的封面。」

等她剝掉自己那雙竹筷上突出的細刺，我才跟著她一起開動。她還是跟之前一樣分開吃，先翻開麵皮挑出小白菜，吃完再吃帶筋性的麵皮，最後才吃蚵仔和蛋。我試著學她吃的順序。小白菜單吃沒什麼味道，麵衣也是，不過一咬下蚵仔，我的嘴裡便流出沙子和熱熱的海潮味，好像含著一口被太陽曬得發亮的海水。我忍不住加了一匙辣椒。海的味道因此變得更甜、更燙了，就像漲潮一樣。我正想問她要不要加辣椒試一試，發現她盯著盤子裡扁掉的蚵仔若有所思。

「吃不下？」我問。

她搖搖頭，用筷子輕輕撥開蚵仔。

「鹽的重量很重吧。」她說。

「什麼？」

我以為她指的是單吃蚵仔太鹹了，問她需不需要我去飲料櫃拿一瓶生活泡沫綠茶，不過她搖搖頭繼續說。

「沒有，忽然想起電影。鹽的重量，記得一個人的責任，應該很重吧。如果有一天，女兒的記憶也沒有了鹽，那這個世界上，就真的沒有人知道母親曾經存在了。」

她抿了抿嘴唇，又低下頭吃蚵仔。我想著她說的這番話，不知為何心頭有點緊。我不是想到劇情，而是她憂傷的眼神中藏著一種重要事物即將消逝的悲傷，讓我心裡忽然湧起一股喘不過氣的慌亂。我不知道這種不踏實的感覺從何而來，至少那時我還不知道。總之，她說的話讓我聯想到自己和她之間。或許在那時，我就隱隱約約察覺到什麼了。

為了調整呼吸，我把腳往前一伸，不小心踢到了她的腳。我急忙向她道歉。她抬頭對我說沒關係，忽然伸長脖子往我後方望，臉上閃過只有看到認識的人才會出現的表情。我跟著轉頭，看見有個小少年從巷口走進來。他腳上一隻鞋子掉了，眼神看起來有點迷惘，好像一隻跟夥伴走丟的小狗。不知道為什麼，他給我一種非常奇妙的熟悉感，彷彿我曾看著他經歷過什麼一樣。我忍不住盯著小少年瞧。他一步一步走進巷子。經過我們身邊，她伸手引起小少年的注意。

「你怎麼一個人在這裡？」她問。

「我在找阿公。」小少年說。

「跟阿公走散了嗎？」

「阿公的靈魂不見了。」

小少年兩隻眼睛都含著水分。她露出理解的表情，輕輕撫摸小少年的背。我還在想小少年說「阿公的靈魂不見了」這句話有點熟悉、好像在哪裡聽過時，她忽然掏出一張百元鈔壓在桌上。

「我先走了。」

她背著包包站起來。我愣了一下，跟著站起身，急忙問她是不是要帶小少年去警察局，時間晚了，我可以一起去。但是她搖搖頭。

「我帶他去找阿公的靈魂。」

她說完對我微微一笑，接著便轉身離開。盤子裡的蚵仔還沒有吃完。我嘴也沒擦，正想拎起背包跟著一塊走，她已經牽著小少年的手融進夜色之中。

3

隔天一進公司，我就去書架翻找原版的《鹽的記憶》。我找了很久，還把角落那些積滿灰塵的雜物搬出來，卻都找不到。出版時間有點久了，我忘了我有沒有把書帶回老家，或是轉送給誰。我想了我妹，想了我媽，想了家裡那座書牆，忽然想到莉卡。前陣子我寄了一箱書給她，當時匆匆忙忙的，我不確定是不是剛好把那本書也塞了進去。

我拍掉手上的灰塵，拿起手機。最近我比較少和莉卡傳訊息，我往下翻了一陣子聊天紀錄才找到她。上次的對話停留在兩、三個禮拜前，我傳了一則跟時間有關的新聞給莉卡。那則新聞說，挪威北部有個古老的小漁村夏日島（Sommarøy），因位處北極圈內，夏季有六十九天是永晝，等於整整兩個月都不會天黑。居民為了好好享受陽光，不被人為的時間束縛，打算拋開時鐘，成為全球首座無時區（Time-Free Zone）的地區。莉卡讀完新聞，傳了一張從洞裡探出頭的驚奇表情。

「好難想像太陽永遠不會落下。」

「我也是，這樣就失去時間感了。」

「真的，」莉卡說，「時間如果沒了分界，人該如何做夢呢？」

我們最後的對話就停在這裡，接下來便是延續至今、有點長的沉默。莉卡大概正忙著寫小說。我想我應該主動關心一下莉卡，順便確認那本書是不是在她那裡。我正準備要輸入文字，米猴突然走過來拍拍我的背。
「你今天有沒有空？幫我一起包贈品。」
「什麼時候？」
米猴瞥見我手機上莉卡的頭像，露出不安好心的賊笑。
「現在！你先跟我一起去搬贈品。」
米猴一路拖著我從座位起身，走出辦公室去搭電梯。豹子馬下個月有本談女性成長的小說，米猴找到一家化妝品公司，願意提供兩百份ＣＣ霜試用包和迷你瓶絲瓜水當作贈品。那家公司剛好在這附近，就在我們辦公室後面那棟大樓，米猴打算直接去那裡把贈品搬回來。
「兩百份不知道會不會很重。」米猴靠著鏡子，仰頭看著電梯螢幕下降的數字。
「你沒跟總務借推車？」我問。
「沒，總務說輪子壞了。」
「公司東西好像很常壞。」
「所以才找你一起做苦工啊。」
米猴用拳頭頂了一下我的肩膀。過不久，電梯就到一樓。出了電梯，我們走向前面大門，但不是往大馬路，而是繞進旁邊狹窄的防火巷。這條捷徑很少人知道，大概只有沒抽到機車停車位的人才會發現。我和米猴側著身，閃避停得歪七扭八的摩托車，差點被後照鏡頂到肚子。太陽曬不到這一面，走在陰影底下有點涼。我和米猴縮著肩膀一前一後鑽出防火巷，接著往右轉，就到了後面那棟大樓。

走進大樓入口，管理員把我和米猴攔下，告訴我們得押證件才能上樓。我沒有帶皮夾，米猴也是。我在口袋摸了好久，好不容易摸出一張小火鍋店的集點卡。管理員勉為其難放我們進去，叫我們搬完東西快點下來。

這裡的電梯速度比我們那裡還要快，一下子就到了化妝品公司所在的七樓。門一打開，有個小姐站在門口。米猴上前去打招呼。從他們客套的談話聽起來，我想她應該就是負責洽談贈品的窗口。她按開公司門禁，稍微介紹一下櫃檯展示的新產品，接著就帶我們去裡面的儲藏間。她已經把贈品分別整理好，一箱CC霜，一箱絲瓜水。兩個箱子長得一模一樣，我和米猴各自抱起眼前的那一箱，我剛好抱到比較重的絲瓜水。贈品小姐非常細心周到，幫我們開門、關門，注意地上有沒有障礙物會不小心絆到腳。臨走前，她還各送我們一瓶男性專用的活顏水。

「那我就送到這邊，謝謝你們來，回去路上小心，之後我們再Email聯絡。」

有禮貌的小姐對著我們鞠躬，直到電梯門關上。不知道是不是錯覺，我有一瞬間看見她的眼神像被雨淋濕的煙火，暗自暗了下去。

「她好客氣。」電梯下降到五樓時米猴說。

「是啊。」

「這麼客氣反而難相處。」

「她不是你的『我家』成員？」

「不是，她缺少了人味。」

「會嗎？」

「人還是要有些缺點才討人喜歡。對了，她身上穿的衣服莉卡是不是也有穿過？」

我想來想去，沒什麼特別的印象。

「可能同一間店買的吧。」我說。

電梯到了一樓，我們向管理員點個頭就走出大門。過不久，管理員匆匆忙忙跑出來，對著我大喊：「你的集點卡！」

箱子搬著有點重，我懶得再折返，於是朝管理員搖搖頭。

「沒關係，我不要了。」

抱著贈品不好鑽停滿摩托車的捷徑，回去時我們是走大馬路，繞了大半圈才回到公司。大間的會議室正好沒人使用，我們把ＣＣ霜和絲瓜水抱到裡頭，米猴決定趁現在一口氣把贈品包一包。他列出生產線，一個人將贈品裝進塑膠套，另一個人放書籍簡介小卡和貼封口。米猴要我先裝贈品，他先回座位去印紙卡。我拆開箱子，ＣＣ霜和絲瓜水上各放了一張名片，上頭印著草寫的英文名字，後面括號寫「安古」。我想應該是客氣小姐的名片。我不知道米猴要不要留，於是把名片放在一旁，開始將贈品裝進塑膠套。

裝了七、八份之後，我開始掌握住作業節奏，先將絲瓜水裝進塑膠套，再一口氣放入扁平的ＣＣ霜，這樣速度比較快。我一邊做一邊哼歌。大概裝了三十份左右，米猴拿著印好的紙卡走進來。

「你好像工廠作業員喔。」米猴說。

「其實還不錯，不用動腦子，只要動手就好。」

「要聽音樂嗎？我看看我手機裡有什麼歌。」

米猴選好音樂後，把手機擺在會議桌中間。前奏一出現階梯般的鋼琴聲，我就聽出是阿美族歌手舒米恩（Suming）的〈不要放棄〉（Aka Pisawad）。我很喜歡這首歌，每次聽都會掉淚，尤其是唱到「Ano tala'ayaw（如果生命繼續向前）」這句時，我的靈魂都會忍不住顫抖。我按捺激動的心情，繼續裝CC霜和絲瓜水。米猴接下我裝好的贈品放入紙卡，接著再黏貼封口。做順手之後，他開始跟我有一句沒一句地閒聊。

「中午要吃什麼？」米猴問。

「不知道。水餃？」

「不要，吃水餃很快就餓了。」

「那你想吃什麼？」

「做完苦工想吃豐盛一點……剛剛應該要跟管理員拿回小火鍋集點卡的。」

「不然去郵局旁新開的那家小火鍋？聽雨田出版的編輯大熊說甘蔗鍋很好吃。」

「你跟他很熟？」

「普通，講過幾次話。有一次影印機卡紙，他幫我把滾輪裡卡住的紙拉出來，還換了碳粉匣。感覺是個好人。」

「聽說他要被砍了。」

「被砍？」

「嗯，業績不好，被社長砍頭。」米猴做出手刀架在自己脖子上。

我驚訝地看著米猴，「可是他的出版社才成立不到半年。」

「趁早止血吧。社長可是生意人，不會等錢賠完了才踩煞車。」

我忽然想到前一晚在熱炒店裡獅子說的那些話，關於業績，擋子彈，孤立無援，還有樹洞，不免難過起來。

「而且社長還要他自願離職，連資遣費也不給。還好他是一人出版社，不然被砍頭已經夠慘了，還要被下面的人怨恨。」

米猴繼續講其他八卦，比如哪家出版社的總編跟底下員工有婚外情，總務部其實很多人暗地裡在做直銷，社長打算砸錢買下最近竄紅的獨立出版社……。我一邊聽，一邊對米猴知道這麼多小道消息感到驚訝。

ＣＣ霜和絲瓜水裝完後，我主動幫忙分擔放紙卡的工作，讓米猴去做最後黏貼封口的程序。過不久我放完紙卡，也加入貼封口的行列。我不小心貼歪了幾份，撕起來重新貼一次。米猴看了看說沒關係，差不多就好，封口沾上太多指紋反而不美觀。兩、三分鐘後，我們貼上最後一份膠膜，兩百份贈品總算包裝完成。

「天哪，我脖子要斷了。」

米猴聳著肩膀，艱難地轉了轉脖子。長時間維持同樣的姿勢，我的肩頸也變得有點僵硬。我挺直背脊，等米猴清點完數量，幫他一起把贈品裝箱抱到他桌上，他要打電話問裝訂廠什麼時候方便送過去。我回自己座位，打算泡個咖啡轉換心情。一走進茶水間，正好遇上雨田出版的編輯大熊在洗杯子。我猶豫了一下，決定走上前。

「聽說你要離開了。」

聽到我的聲音，大熊轉過頭，露出有點抱歉的微笑。他關上水龍頭，往旁邊的抹布擦手。

「這種消息傳得還真快。」

「接下來有地方去了嗎？還是打算休息一陣子？」我問。

「還不曉得，還沒有計畫，哈。」

大熊把杯子裡的水倒回流理台，看著水流捲進排水孔。我一時之間找不到其他話好說，只好按下磨豆機，讓磨豆子的聲音蓋過這陣沉默。

「其實我滿喜歡你做的書的。」

「什麼？」我停下磨豆機問。

「我說我滿喜歡你做的書的，包裝方式都很吸引人。」

「謝謝，」我連忙說，「我也很喜歡你出的那幾本圖像小說。」

「謝謝你，其實我也很滿意，可惜就是賣不好，哈。」

大熊無奈地笑，示意我可以繼續磨咖啡豆。我把剩下的豆子磨完，倒進濾紙，按下熱水沖泡。

「不過總是有機會的吧？」

大熊往流理台一靠，抬頭望著天花板。

「只是暫時碰上有人把門關上。人生嘛，總是會有各種契機。這扇門打不開，就去敲下一扇。有些事情勉強不來。不會每一道門都鎖住的。說不定下一道門打開了，風景還更好，哈。」

大熊露出輕鬆坦然的微笑。那股氣氛感染了我。我端著有點燙的咖啡，學大熊轉身靠向流理台。咖啡香味瀰漫整個茶水間。大熊忍不住深深吸了一口氣，感嘆地說：「好香。」

「你什麼時候走？」我問。

「中午以前。我東西差不多收好了，就剩這個杯子，等一下把門禁卡交還人事部就結束了。」

「我們好像還沒一起吃過飯。」

「嗯，對耶，」大熊說，「真可惜，今天來不及了。以後會有機會的，哈。」

我們加了彼此的LINE，又稍微聊了幾句，有人進來蒸便當才打住。走出茶水間前，大熊特別轉頭回來對我說：「等我確定去哪裡再跟你聯絡。」

「好，」我點點頭，「我們再約。」

我捧著咖啡回座位，一路上都想著大熊說人生有各種契機、不必執著於轉開鎖上的門那段話。或許是大熊豁達的氣氛，或許是交到一個朋友，或許是讓人安定的咖啡香，回到座位後，我看了一眼翻過的書架，想起答應她的書，心情不再那麼緊張。我拿起需要處理的書稿，想著沒關係，不急，還有機會，等我下次找到再拿上去給她。只是那時我沒想到，再也沒有下次了。

4

後來有段時間，我的心力幾乎都在工作上。那陣子我剛好在編一本有點麻煩的書。作者是一位上了年紀的老作家，退休前一年，相差二十七歲的妻子才終於生下第一個孩子。老作家打算把這本書當成送孩子的禮物。他說自己年輕時曾待過校刊社，很清楚編輯是怎麼一回事。老作家強行指定出版日期，要求字體得跟他兒子的指甲一樣大，書眉只能在頁面上方，想到什麼就打電話來叫我改掉某個字，然後命令我將一整個段落複誦給他聽……。最讓我受不了的，是他堅持封面一定要放自己幼年時期的黑白照片。

「你懂那個感覺嗎？反差，就是反差。我大膽告訴你，現代人最喜歡反差了。」

老作家在電話另一頭咳出一口痰，之後貼著話筒繼續說。

「明明書名叫『睡夢中的孩子』，可是封面的孩子不是小說虛構的孩子，而是一個貨真價實的老頭子——也就是我——小的時候。我大膽告訴你，這太有意思了。擺在書店裡，一定每個人都想拿起來看一看。」

老作家又說了許多「引起書評家討論」、「震撼文壇」、「文學史上留名」之類野心十足的話。我聽老作家說得口沫橫飛，一直在想該怎麼委婉地暗示他那張照片對讀者來說其實毫無吸引力。但老作家沒有讓我插話，他說完照片應該要大膽地放滿版，就把電話掛掉了。

我掛上話筒，不由得陷入苦惱之中。我決定暫時先擱下這件事，把隔天要社內會報的書籍資料卡寫完，回信提醒一個常遲交稿子的美編，又跑去版權部拿回蓋上公司大小章的出版合約，忙到一個段落才回來面對。回到座位後，我又翻了一遍《睡夢中的孩子》書稿，想尋找關於封面的靈感。其實撇除老作家某些用字過於老派，小說本身其實滿有意思的。有個被奉為「聖母」的女人，為了淘汰不適合的血脈，每晚都要求一個孩子到她房裡陪睡，測試他們的靈魂是否堅強。如果孩子半夜哭泣，聖母會毫不留情地扭斷他們的脖子，將屍體丟入流進森林的那條河。許多小孩看見河中擠滿屍體，害怕得全身發抖，不小心咬斷自己的舌頭，還沒陪睡前就死了。村裡的孩子越來越少。有一天，村子來了一位沒人認識、髒兮兮的小男孩。他是個孤兒，父母不久前因為傳染病而去世。小男孩非常思念他們，但不知道該怎麼自殺。他聽說聖母的事，自願陪睡一晚，等著隔天能到死者的世界與父母相聚。可是那個晚上，小男孩一躺在聖母身邊，馬上就陷入從來不曾有過的深沉睡眠，還夢見心愛的父母輕輕揉他的耳垂，親吻他小小的掌心。隔天睜開眼睛，小男孩發現自己還活著，頓時非常沮喪。

「再讓我陪睡一晚，」小男孩向聖母懇求，「我的靈魂一點也不堅強，再睡一晚，明天你一定可以折斷我的脖子。」

接下來的情節圍繞在小男孩與聖母，還有死去的孩子和其他亡靈之間。故事有一點點恐怖，一點點哀傷，但讀著讀著，會讓人忍不住接著翻頁。我不知道老作家怎麼想像這本書。身為編輯，我心裡那隻眼睛還看不見封面的長相，但我確定絕對不是老作家那張小時候對著鏡頭掀開上衣露肚子的黑白照片。我打開我的編輯檔案，敲幾下鍵盤，很快又全部刪掉。為了讓腦袋冷靜下來，我決定暫時離開辦公室，到外頭去走一走。

下午三點多，街上沒什麼人，只有幾個神色疲憊的業務，和趕著去銀行辦事的女人。我慢慢走著，偶爾抬頭看店家招牌，還有劃過天空的飛機。淡金色的陽光讓我不得不稍微瞇起眼睛。風微微吹過。路邊一株羊蹄甲落了滿地花瓣。我深呼吸，心情漸漸不再那麼緊繃。走到洗腎中心門口，我想著差不多該折返回公司，忽然在一台復康巴士底下看見一隻黑貓。牠胸口有一條新月形的白色毛帶，乍看之下有點像台灣黑熊。那隻貓發現我看見牠，從車底走出來，尾巴勾著我的腳轉一圈，之後往前走幾步，回頭對我叫了一聲。我忍不住跟著牠多走一段路。走沒多久，貓咪轉進一條不起眼的窄巷。那條巷子非常小，比繞去公司後棟大樓的捷徑還要小，入口還被一根貼滿廣告的電線桿給擋住，不仔細看其實很難發現。我縮著肩膀走進去。黑貓跳上其中一戶遮雨棚，輕手輕腳靠近一隻窩在冷氣機上的鴿子。正當我懷疑這條窄巷是否真的能通行時，正好有個女人開門出來餵麻雀。

「嗨。」

女人主動向我打招呼，把米粒撒在地上。原本停在電線上的麻雀立刻像雨點一樣飛了下來，連那隻被貓咪鎖定的鴿子也是。

「我沒見過你。」

女人興致盎然地看著我。我不知道該回答什麼，只好對她點頭說「你好」。

「附近上班族？」

「對。」

「讓我猜，你是寵物店員工？」

我愣了一下，不過想了想她說的「寵物店員工」，忍不住覺得好笑。

「不是，不過很類似。」我說。

「不是嗎？你看起來就像對動物很有耐心的樣子。」

女人對我一笑，拍了拍手上的米粒屑，指著她身後開著的門。

「要不要進來店裡？」

我朝門裡看進去，裡頭一片黑暗，只看得到桌椅隱隱約約的輪廓。

「這裡是賣什麼的？」我問。

女人對我眨了眨眼睛，「進來就知道囉。」

我猶豫了一下，跟在女人身後走進去。門一關上，我頓時什麼也看不見。過了幾秒，我逐漸能在黑暗中看出柱子，圓桌，高腳椅……的形狀，也看見剛才那個女人走進吧檯打開水龍頭洗手。店裡還坐著另一個女人。她背對我，一手撐著臉頰，偶爾拿起桌上黑色的飲料淺嚐一口。大概我移動腳步時發出了一點聲音，那個女人回過頭。我們對上視線，兩個人都嚇了一跳。

「你怎麼在這裡？」莉卡滿臉驚訝，「你也來喝汽水嗎？」

「汽水？」我指著站在吧檯後方拿毛巾擦手的女人，「她……老闆娘？她邀請我進來的。這裡是賣汽水？」

「不是汽水，不過很類似。」老闆娘學我剛才說的話，對我眨眨眼睛。「一樣喝了心情會很好。」

我沒想到會在這裡遇到莉卡。店裡沒有其他人。我遲疑了一會，走向莉卡身邊，問她我能不能坐這裡。莉卡沒說什麼，稍微往旁邊挪過去，我便拉開椅子坐下。老闆娘遞給我菜單，上頭的餐點名稱寫得跟詩句一樣神祕。我不知道該點什麼，問莉卡喝的是哪一種，請老闆娘也給我一杯一樣的。

環顧店裡一圈，我發現牆上掛著不少很有味道的素描和舊照片，遠一點的書架也有我沒見過的攝影集。我想起身細看，不過顧慮到莉卡在旁邊，我不敢隨意離開。我試著跟莉卡聊天，問她是不是常來這裡、怎麼知道這間店的。莉卡的回答都很簡短，看起來有點悶悶不樂，好像一個人悶著頭在想什麼。最近這陣子我比較少跟莉卡聯絡，我想這時我應該要主動關心她。

「最近小說寫得怎麼樣？」

話一說出口，我馬上想起上次在越南河粉店莉卡說過不喜歡別人老是這麼問，不過已經來不及了。莉卡嘆了一口氣，拿起杯子搖了搖。

「暫時停下來了。」

「停下來？」我小心翼翼地問，「卡住嗎？」

「可以這麼說吧。」

「需要我怎麼幫你？」

莉卡轉頭看了我一眼，露出短促的微笑。我不了解那個笑容的意思，不過感覺似乎連莉卡自己也不知道該怎麼辦。莉卡低下頭又搖了搖杯子，我們便暫時沒有交談。過不久，老闆娘在我面前擺上杯墊，放上和莉卡一樣的黑色汽水。它沒有冒泡，和我平常看到的汽水不太一樣。我想學莉卡搖搖杯子，這時她突然開口說話。

「我還不確定結局。」

我愣了一下，發現莉卡回頭談起自己的小說，停下動作等待她繼續。幾秒之後，莉卡再度開口。

「或者應該說，我不知道該怎麼走向結局。我不知道，我的心情有點複雜，事情結束，一個故事要終結往往是最困難的。那種感覺，該怎麼說……就好像情人分手一樣。」

莉卡說完仍低著頭。我握著杯子，想說些什麼安慰莉卡，卻什麼也想不到。我不懂寫作，沒辦法體會莉卡心裡那種深具神性的憂傷。正當我為此覺得抱歉，莉卡喝了一口她的黑色汽水，突然像想到什麼似的對我抬起頭。

「你是怎麼分手的？」

莉卡的問題讓我當場愣住，過了好長一陣子才終於意會過來。我不知道莉卡為什麼突然提起這件事。那是我好久以前說的謊，久到我自己都忘了當初是怎麼說的。我毫無心理準備，低下頭，眼神往旁邊一飄。我的表情大概讓莉卡誤會了。她輕咳幾聲，重新提問。

「對不起，我沒有惡意……我的意思是，是哪件事讓你覺得這段關係應該要結束了？在她割完盲腸，你徹夜照顧她之後。」

莉卡提了幾個關鍵字，我慢慢想起我說過的那兩個謊。這段時間我幾乎不曾再想起過。尤其是第二個。我沒有把握能把第二個謊說得更完整。時間變得無比漫長。我想起她。她第一次出現時身上淡淡的碘酒味。紅色馬尾。映著光影的眼鏡。她的眼淚。一緊張就會抿嘴的習慣。總是把東西分開吃。

我們一起蹲在房間地上換紗窗。她冰淇淋般的嘴唇。耳朵裡的痣。還有最後她融進夜色的身影。我隱約有感覺，她之所以存在，與我說的謊有關。當時我不應該那麼輕易說出第二個謊。我有一種強烈的預感。一旦我把接下來的話說出口，我和她之間就會永遠改變。我不想傷害任何人。但是，喉嚨裡一股不可抗拒的力量還是推開了我的嘴巴。

「自然而然就結束了。」我的聲音有點顫抖。

「什麼意思？」

「自然而然……就走到了盡頭。」

莉卡沉吟了一會，問：「你可以講具體一點嗎？」

我舉起杯子，想喝口汽水讓自己冷靜一下，在狀況一發不可收拾前趕緊踩煞車。但是一團熱火流入我的喉嚨，我的舌頭、食道和胃都跟著燃燒起來。我頓時理解杯子裡的不是汽水，而是讓人遺忘自己的酒。我的靈魂有一部分開始麻痺。我想這時我需要的就是這個。我又多喝了一口，兩口，三口。等我放下酒杯，烈火從我灼熱的聲帶燒了出來。

「其實也沒什麼特別的。那天沒發生什麼大事，下班後，我買了晚餐回家跟她一起吃。她已經拆線了，也快要能夠回去上班，只是腹部還不能用力，沒辦法自己一個人站著洗澡。我進浴室把馬桶座放下，讓她坐上去。她本來不要我幫忙，不過我還是主動拿起蓮蓬頭，開熱水，擠洗髮精，遞肥皂給她。她洗不到自己的腳趾頭。我跪下來幫她一根一根分開搓洗。排水孔堆滿沖下來的頭髮。肥皂泡在積水裡越縮越小。等幫她擦完身體，我身上有一半也差不多濕了。我想接著直接洗澡，可是肥皂在地上溶掉了，我只能拖著濕掉的褲管出門去買。風吹得我有點頭痛。從超商回來的路上，突然有個感覺在我心裡降臨——我不想再繼續下去了。」

莉卡什麼也沒說，靜靜聽著。老闆娘不知何時也靠向吧檯，安靜地看著我。她們兩人都在等我繼續說下去。我沒辦法逃避，吸了一口氣，硬著頭皮往下說。

「很小家子氣吧？不過是一塊肥皂。後來我繞回超商，在裡頭晃來晃去打發時間。我不想那麼快回去面對她。她大概也猜到了。只是買個肥皂，不可能出去那麼久。她一直都很了解我，簡直像我肚子裡的蛔蟲。我不需要開口，她就能知道我在想什麼。等我回到家，她已經帶著自己的東西離開。她肚子上有傷口，還走不了太遠。但我沒有追出去，而是鎖上門，把排水孔她的頭髮撈起來，用新的肥皂舒舒服服地洗個澡。就這樣，那個晚上之後，我們就結束了。」

說完這些，我頭皮發麻，全身都在顫抖。我必須用力握緊拳頭才不會被發現。老闆娘對我微微一笑，轉身打開冰箱。莉卡的視線仍停留在我臉上。我注意到她眼裡好像有火柴點亮的光芒，但我沒有力氣再分辨那是什麼。莉卡放下幾乎見底的酒杯，傾身向我靠近。

「你們後來還有聯絡嗎？」

我的腦子一片空白。我可以不要回答的，或者隨便找個話題岔出去。但我鬆開雙手，一口氣把剩下的酒喝完。

「沒有，」我的嘴巴在動，但我認不得自己的聲音。「我再也沒有見過她。」

第八章

房間裡的銀河

莉卡

1

阿基的汽水已經見底，不過他還是習慣性地拿起杯子，直到發現喝的是空氣才放下。

那時阿基說了什麼，老實說我沒有仔細在聽。在他踏進汽水店以前，我一直在想自己剛才在路上遇到的事。

說也奇怪，那天並不是什麼特別的日子，天氣很普通，我心裡也沒感應到什麼奇妙的預感。不過下了公車，我不知怎麼就不想走平常熟悉的路，而是繞進附近的小巷子，在那裡隨興漫步。巷子裡一直有汽車經過，我只能走在搖搖晃晃的水泥溝蓋上，有時還得閃避變電箱，還有從別人家院子蔓延出來的九重葛。過了一間圍牆很高的幼稚園，路終於開始變寬，卻也變得越來越複雜。在一個有點混亂的三叉路口，騎車載瓦斯桶的工人差點撞上一位坐輪椅的老先生。

「阿伯，細膩（sè-jī，小心）喔！」

瓦斯工扭了一下摩托車車頭，繼續往前騎。老先生一隻輪椅的椅腳被柏油路的碎石頭卡得動彈不得。我原本要上前幫忙，不過他自己又轉動起輪子，慢慢前進。

我默默跟在老先生身後走了一段路。經過一個三角形的公園，裡頭有幾株阿勃勒已經開花，樹上彷彿掛著一串串金色的小鈴鐺。我忍不住走進公園。有個婦人躺在石椅上蓋著毛巾睡覺，還有人把單槓當成曬衣桿，晾起自己家的衣服和長褲。一對小兄弟爬上遊戲區的灰色大象，從長長的鼻子溜滑梯下來。公園小小的，人不多。在太陽照不到的那一側，有個落魄的男子靠著瘦弱的烏心石樹幹坐在地上。他的左邊臉頰腫起來，就像嘴裡被人硬生生塞進一顆拳頭。男子腳邊放了一個紙碗，旁邊有塊紙板，上頭字跡潦草地寫著：「口腔癌沒錢看醫生」。

男子腫大的臉頰看起來非常嚇人，好像裡頭的腫瘤隨時會爆炸。有個小女孩經過時哭了出來，調皮的孩子甚至指著他大喊「鐘樓怪人」。母親們趕緊拉走哭泣的小孩。我心裡頓時感到有點難過。想起自己身上還有一點零錢，走過去放了幾個銅板。我彎下腰才發現，他的碗裡不是石頭、樹葉，就是口香糖包裝紙之類的垃圾。

「你不怕我？」

鐘樓怪人見我接近，仰起頭問我。他的嘴巴沒辦法完全張開，講話有點口齒不清，我過了幾秒才理解他說了什麼。我搖搖頭回答，「還好。」

「你不住這邊？」鐘樓怪人說，「這邊的人都說我是魔鬼。」

「你只是生病而已。」我安慰他。

「他們說我吐的口水有毒。」

「口腔癌不會傳染的。」

「沒人敢接近我。」

「很多人只是不懂，所以害怕。」

「你人真好，」鐘樓怪人說，「你是一位善良的小姐。」

我搖搖頭，表示沒有這回事。這時他眼底深處突然像流星劃過般冒出希望的光芒。

「你願意親我嗎？」

鐘樓怪人顫抖著有些變形的嘴唇，「好久沒有人親我了。可以嗎？你那麼善良。你親我一下，我碗裡的錢都給你。」

鐘樓怪人捧起地上的紙碗，兩隻眼睛閃閃發光。他痛苦地嚥了一口口水，皮膚底下的腫瘤也跟著滑動。他看起來是如此渴望，但那個當下我還是害怕得轉身走掉。我一直在聽後方有沒有追上來的腳步聲，心臟狂跳不止。離開公園前，我偷偷從樹叢瞄了那個鐘樓怪人一眼。他滿臉頹喪，從水溝蓋撿起還沒熄滅的菸屁股，往嘴唇一貼吸了吸。

走去汽水店的路上，我心裡一直有做錯事的感覺。我不應該一句話也沒說就掉頭走掉，但我也沒有勇氣再回到公園向他道歉。我的腳步不知不覺越走越快。最後，我幾乎是用跑的奔進汽水店。

「嗨，」老闆娘聽到開門聲，從吧檯抬起頭。「怎麼了？你好喘。」

我沒辦法回話，在門口喘了一會氣。調整好呼吸後，才把門關上。

「今天一樣黑貓？」

我點點頭，撥了撥亂掉的頭髮，走向吧檯前的空位。店裡沒有其他客人。老闆娘見我一直沒有說話，問：「你在想事情？」

我不知道該怎麼回答，只好又點點頭。老闆娘露出理解的微笑，沒有再追問，把音樂聲稍微轉大，拿出玻璃杯準備調製我的黑貓。我看著透明如水的伏特加滑入玻璃杯，接著是咖啡酒，一點點可可粉……，心跳終於慢慢平復下來。我安靜地看著老闆娘鑿冰塊、撒咖啡豆，接著切下一塊淡黃色的磅米芳放在小碟子上，連同黑貓一起擺到我面前。

「這是招待的。慢慢享用，我出去餵鳥。」

老闆娘帶著一小包細細碎碎、爆失敗的米粒出去。店裡只剩我一個人。喝黑貓前，我拿起磅米芳吃了一口。米芳吃起來有點黏牙，不過一碰到唾液，白米的焦香立刻在我嘴裡蔓延開來，還有鹽巴、麥芽糖混合在一塊甜甜鹹鹹的滋味。米芳的味道很樸素，卻也很讓人懷念。我不禁想起小時候跟媽媽去菜市場的日子。每次小販高喊「欲（beh，快要）磅（pōng，爆、炸開）啊喔！」我就趕緊摀著耳朵。等白米一爆開，隔壁女裝店假人頭上戴的帽子就會跟著掉下來，有時掉的是一隻手臂，有時甚至是整顆頭，好像連假人的人生都因為磅米芳而天搖地動。

我忍不住一口接一口，一下子就把整塊米芳吃完。吃完後我舔了舔牙齒。過一陣子，等口中的味道漸漸淡去，我才開始喝黑貓。黑貓讓我的胃一下暖、一下冷。喝著喝著，我不免又想起剛才在公園遇到的那個鐘樓怪人。紙板上歪歪斜斜寫著「口腔癌沒錢看醫生」。我突然感傷地想：他剩下的時間不多了。

就在我回想鐘樓怪人皮膚底下滑動的腫瘤時，老闆娘回來了。她走回吧檯，打開流理台的水龍頭洗手，後方突然傳來一陣有點遲鈍的腳步聲。我沒注意到剛才有人跟著她進來。我轉過頭去，想不到映入我眼簾的竟然是阿基。

「你……怎麼在這裡？你也來喝汽水嗎？」

我毫無心理準備，心中的疑問直接脫口而出。阿基看起來也有點驚訝，他似乎第一次進來這個地方，連這裡賣什麼都不知道。

「汽水？她——老闆娘邀請我進來的。這裡是賣汽水？」

老闆娘對阿基眨眨眼睛，告訴他不是汽水，不過喝了心情會很好。阿基遲疑了一下，才稍微鬆開大腿兩側握緊的拳頭。他走到我身邊，拉開椅子坐下，之後張望牆上掛的老照片。過不久，阿基似乎想起我的存在，又將注意力轉移到我身上。他試著要跟我攀談，例如問我怎麼知道這間店，是不是很常來，但我當時沒有那種心情，因為我不知不覺又掉回鐘樓怪人那段遭遇。有個奇怪的畫面在我腦海裡浮了起來。時間回到剛才那一刻。我在公園，站在鐘樓怪人和他的碗面前。我放下零錢，鐘樓怪人問我能不能親吻他。這次我沒有轉身走開，而是向前一步，蹲下來，像個王子一樣吻了他。

我的嘴唇感覺得到鐘樓怪人的腫瘤在底下滑動，嘴裡還能嚐到一點脂肪、血，和豬肉腐爛的味道。我的感官都集中在這奇異的幻想中，以至於聲音出現時彷彿雜訊般阻斷了這個畫面。

「最近小說寫得怎麼樣？」

我緩緩轉過頭去，發現問的人是阿基。我試著握一握杯子，把自己從幻想裡拔出來，回到現實。冰塊的溫度透過玻璃杯傳到我的手心。我慢慢感覺到我腳踩著地，兩手靠著冰涼的吧檯，也才想起阿基正等著我回答。

「暫時停下來了。」我說。

突然被這麼問，我才想到自己有一陣子沒有寄小說進度給阿基，也沒有主動告訴他我的寫作狀況。我確實遇到了一點瓶頸。我常常這樣，寫到一半就會卡住。阿基聽了之後，和往常一樣問可以怎麼幫我。我思考了一會，決定老實向阿基坦白我的困境。

「我還不確定結局，」我說，「或者應該說，我不知道該怎麼走向結局。我不知道，我的心情有點複雜。事情結束，一個故事要終結往往是最困難的。那種感覺，該怎麼說……就好像情人分手一樣。」

我自顧自地講起寫作上的煩惱，只是講完後，阿基看起來也和我一樣茫然。氣氛好像被我弄得有點尷尬。我不由得感到一陣慌張。我喝了一口黑貓，本來想說些玩笑話讓氣氛輕鬆一點，例如我只是找藉口來喝汽水，寫不出來的感覺其實更接近便祕，但不知道為什麼，我抬頭望著阿基，說出口的竟然是另一句話。

「你是怎麼分手的？」

我被自己說出的話嚇了一跳。我不知道我為什麼會說這個。我的想法常常這樣跳躍，有時候我就是管不住自己的嘴巴。我咳了一聲，趕緊向阿基道歉，告訴他我沒有惡意，並且為自己沒頭沒腦刺探他的隱私再次致歉。阿基對我揮了揮手，表示他不會放在心上。

「自然而然就結束了。」阿基回答完停頓了一下，「自然而然就走到了盡頭。」

他的汽水不知何時送了上來。阿基看起來還想說什麼，不過他先拿起面前的汽水喝了一口。他的表情瞬間改變，眼裡頓時發出光芒，大概發覺汽水真正的意思。沒有人拒絕得了汽水的滋味。阿基忍不住大口牛飲起來，喝得雙頰鼓脹，讓我又想起那個鐘樓怪人，和他口腔裡隱隱滾動的腫瘤。之後阿基放下杯子，開始講話，不過我的心思已經飄遠，沒辦法專心聆聽他說了什麼。我在自己的幻想中斷斷續續聽到幾句話，像是坐在馬桶上洗澡，一根根分開的腳趾頭，肥皂在地板積水裡溶掉，肚子上有傷疤，紅色馬尾消失在長長的黑夜……。畫面在我腦海裡飛來飛去。接著忽然有道強光打在那片大銀幕上：

孤獨的人影消失在夜最深的盡頭。

老闆娘打開冰箱的聲音把我的意識拉了回來。我勉強回過神，禮貌性地問阿基還有沒有和她聯絡，只是阿基之後回答了什麼，我沒有聽見。我看著他拿起空掉的杯子，然後放下。我不知不覺也學他拿起杯子，接著放下。

「長夜結束之後，」我對著杯底細小的泡沫喃喃自語，消失的人影又浮上心頭，「想見的人就會再次出現了。」

2

少年朗仰著頭，注視每個經過他身邊的人。尤其是老人。他觀察他們下垂的眼角，臉上的老人斑，聞聞他們身上的老人味。有些老人眼珠的顏色很淡，脖子垂下來，也快到掉牙齒的時候，但他們都不是阿公，他們身上都沒有少年朗熟悉的阿公的味道。

有的人看少年朗在路上東張西望，問他「你怎麼一個人在這裡？」「你在找什麼？」少年朗總是回答：「我在找阿公的靈魂。」會停下腳步這麼問的大多是婦女。她們摸摸少年朗的頭，捏捏他的臉，有時候給他一顆沾滿糖粉的金柑糖。看著她們憐憫的眼神，少年朗心裡總會想起女人。他已經好幾天沒有回女人和他的家。他不是不信守承諾，而是迷路了。那個時候，少年朗一心只想著要追上阿公，沒注意自己跑過哪些路、轉了幾次彎。等他回過神，才發現自己站在一個完全不認識的地方，腳上一隻鞋子還掉了。這裡沒有豆漿店，沒有賣房子的店，招牌上好多字他都不認得。少年朗不知道該怎麼回去原本的地方，他只能繼續在路上走，一邊找阿公的靈魂。走累了，就窩進草叢，抱著一隻有皮膚病的狗一起睡覺。

有天少年朗離開人潮聚集的街道，到一片空地，對著一株大王椰子尿尿，發現遠一點的地方長了一片茂密的昭和草。以前Ama常會摘昭和草一起炒蛋，冬天也會拿來煮湯。少年朗好久沒吃到昭和草又鮮又濃的味道，他的舌頭非常懷念。他拉好褲子，忍不住過去拔幾片嫩葉。抬起頭時，正好看見一個打赤腳的男孩從他眼前飛奔而過。少年朗以為那個男孩是他的飛毛腿同學巴那，因為巴那也不喜歡穿鞋。巴那常說，一個有靈魂的人會穿衣服，但是不會穿鞋子，因為腳是用來踏在土地上的。

「巴那，等我。」

少年朗起身往前追，一下子就追上了男孩。他跑到男孩面前，發現他長得其實跟巴那一點也不像。這個男孩比較白，比較瘦，兩隻手臂像九芎樹一樣光滑。不過少年朗還是問男孩：「你家裡的田好嗎？」

「我家裡的田很好。」

男孩說了什麼，少年朗其實聽不懂，不過他想男孩的回答應該是這樣。

「我Ama好嗎？」

「你Ama很好。」

「黑狗好嗎？」

「黑狗很好。」

「你在玩什麼？」

「野球。」

這次男孩的回答少年朗就聽得懂了，只是他的口音有點奇怪，跟巴那他們平常講的不一樣。男孩身後還有一群男孩望著少年朗。比較高的男孩站在中間，拿著球在手裡拋來拋去，等著重新開始。

「我可以一起玩嗎？」

少年朗這麼問，他不知道男孩聽不聽得懂，不過男孩點點頭，其他男孩也跟著揮手呼喚少年朗過去。少年朗以前體育課玩過幾次棒球，老師還把他排在第三棒，因為他跑得快，手臂又像熊一樣有力。少年朗撿起地上的棒子，放在肩膀上轉了轉。球從中間的男孩手裡投出。少年朗棒子一揮，擊出像流星一樣又高又遠的飛球。站最遠的男孩伸長手臂也接不到，跑到一半還跌倒。少年朗很快跑一圈回來。男孩們高聲歡呼，長得不像巴那的男孩也跑到少年朗面前拍他的肩膀。

「我是不是很厲害，我跑得比之前更快了。」少年朗說。

「你很厲害，你的小腿肚像牛腿一樣很大很有力。」少年朗猜男孩這麼說。

「我們來比賽，這次我一定可以贏過你。」

「我不會被打敗。」

男孩抬起下巴微笑，少年朗猜他一定是這麼說。

換場後，少年朗站在男孩旁邊，幾乎每顆球他都第一個跑去接。少年朗有時把球丟回蹲在地上的平頭男孩，有時丟給對他高舉雙手的帽子男孩，有時則是自己抓著球去碰從他眼前跑過的小男孩。他好久沒有這種興奮流汗的感覺，心臟好像小鳥要飛出去。在追一顆滾遠的球時，木頭電線桿上的喇叭忽然傳出歡欣鼓舞的音樂。少年朗撿起球，正要往回丟，發現其他男孩都朝電線桿靠近，跟著音樂開始做體操。動作非常簡單，不是甩手，就是抬腳，有些少年朗以前朝會升旗時也做過。少年朗於是跟著他們一起做體操。男孩舉手，少年朗也舉手。男孩彎腰，少年朗也跟著彎腰。激昂的音樂快要進入尾聲。最後一個動作，男孩們對天空張開雙手高喊「萬歲」，少年朗看他們一臉投入的表情，也跟著朝天空喊「萬歲」。太陽又紅又圓，好像畫上去的一樣。

做完體操，男孩們又繼續玩棒球。少年朗一下跑，一下學其他人抱頭哎叫，沒注意到時間晚了，地上的影子變得越來越長。輪到少年朗拿起棒子準備擊球時，有個小小孩闖了進來，拉著投球男孩的衣角。投球男孩看起來有點為難，不過還是放下棒球，牽著小小孩離開。少年朗想那可能是他的妹妹，被家人派出來叫哥哥回家。以前他的同學那慕赫也是這樣，玩得正起勁時他的小妹妹魯蒂就會跑出來拉住那慕赫，要他回家吃飯。其他男孩一個接一個離開。少年朗看他們有的走向磚頭屋，有的走去更遠一點的木頭房子。長得不像巴那的男孩也要走了。少年朗追上男孩，眨眨眼向男孩說再見。

現在少年朗又變回自己一個人。他拍拍手上沾到的泥土，走向人潮多的亭仔腳，往店家的櫥窗裡頭看。有的擺了洗澡木桶，有的擺香蕉糖，有的掛著漂亮的洋裝。經過一間特別明亮的房子，少年朗忽然停下腳步，把眼睛貼上玻璃。櫥窗裡展示著好幾張照片，有結婚照，家庭照，也有個人獨照。其中一張幾個男人合照後面的背景，竟然跟小月亮的房子一模一樣。

少年朗熱熱的呼吸把玻璃弄得都是霧氣。店招牌寫著「寫真館」。少年朗以為這是間賣房子的店，站在背景前的人都是買下房子的人。他趕緊拉開木頭玻璃門走進去。一進到店裡，就對坐在櫃檯裡戴金邊眼鏡的男人說：「我是禿頭的朋友。」

眼鏡男人對少年朗微笑，看起來好像不了解他的意思。少年朗急急忙忙說：「我要找小月亮的房子，我要找阿公的靈魂，」他不知不覺越講越急，「你可不可以告訴我在哪裡？」

眼鏡男人依然一頭霧水。他從櫃檯走出來，蹲在少年朗面前。少年朗從口袋掏出那張皺巴巴的照片，指指小月亮，指指後面的房子，接著再指指櫥窗的照片。眼鏡男人似乎懂了。他摟著少年朗上下起伏的肩膀，走到店外，指著路遙遠的盡頭。那裡有一座噴水池，一塊咖啡杯造型的招牌。少年朗瞇起眼睛，隱約看見有一扇向外推開的拱窗，磚牆，有雕飾的柱子，還有霓虹燈。少年朗認出那裡就是照片上小月亮的房子。

少年朗一股腦就要往前奔跑。眼鏡男人拉住他，把皺巴巴的照片還給少年朗。少年朗將照片收回口袋，想起禿頭，於是拍拍自己的口袋，表示自己會把重要的東西收好。眼鏡男人也跟著拍拍自己的口袋。少年朗更加確信他一定也是禿頭的朋友。

和眼鏡男人告別後，少年朗一路跑向小月亮的房子。天還沒有完全暗下來，少年朗的後腦勺還能感覺到太陽的溫度。但是他越靠近那間房子，越覺得裡面好像已經是晚上了。黑黑的，什麼也看不見。有個穿制服的男學生站在門口，領子扣到最上面，一直在用嘴巴呼吸，看起來非常緊張。少年朗想走上去拉他的手，問他是不是也來找小月亮，男學生正好拉開門跨進屋子。門還沒完全關上，少年朗也跟著一腳踏了進去。

不到一秒，少年朗的眼睛馬上就適應了黑暗。他像貓頭鷹一樣亮著兩隻眼睛四處張望。屋子裡人很多，有的坐在吧檯，有的窩在沒有門的小房間，每個男男女女的臉都貼得好近，甚至還像談戀愛一樣抱在一起。少年朗聽見說話聲，笑聲，還有從留聲機傳出來的爵士樂。少年朗第一次聽到這種音樂，跟剛才做體操激昂的音樂很不一樣，也跟投幣卡拉ＯＫ的音樂不一樣。這種音樂聽起來黏黏的，讓人暈頭轉向，好像一不留神就會跌倒。少年朗聽著聽著，腳步變得輕飄飄，身體左搖右晃，不小心撞到一個端盤子的女孩。女孩彎下腰親了少年朗的臉頰一下。少年朗還來不及看清楚女孩的臉，就被幾個大人擋住視線，推出門外。門關上以前，少年朗隱隱約約看見那個女孩走向坐在角落桌子的男學生。她還沒坐下去，男學生的臉就紅了。

接下來的日子，少年朗每天都會去那裡。他想再聽一次讓他頭暈的音樂，找出那個親他臉頰的女孩，也想找到小月亮，不過總是被脖子上繫黑色蝴蝶結的男人趕出來。

「我有錢，我有很多藍色鈔票，」少年朗從口袋掏出女人留給他的幾千塊，「讓我進去找小月亮。」

蝴蝶結男人不肯讓少年朗進門，揮手作勢要少年朗走開，少年朗只好坐在一旁的噴水池看著人進進出出。他常看到領子很高的男學生，有時在影子很長的下午，有時在小鳥歸巢的傍晚，每次都神色緊張地進去，紅著臉出來。少年朗想問他有沒有看到小月亮，但男學生總是低著頭，一下就走掉了。

後來少年朗在房子旁一株椰子樹下棲身，下雨天就撿地上的蝸牛來吃。那隻有皮膚病的狗沒多久也跑來這裡。少年朗喜歡有牠陪在身邊。天氣冷的時候，牠沒有毛的皮膚摸起來是燙的。

等了好幾個禮拜，少年朗始終等不到小月亮從房子裡走出來。茄苳樹葉開始轉紅。有一天，少年朗覺得氣氛好像變得有點不一樣。街上比往常熱鬧，很多人聚集在一起，對著彼此大聲說話，偶爾講到激動處還會比手畫腳。小月亮屋子裡的人也是。裡面的人高談闊論。少年朗把耳朵貼上拱窗，聽不懂他們在說什麼，不過他發現進去的人都比平常還早離開。最讓少年朗感到奇怪的是，那個領子很高的男學生一整天都沒有來。平常他一定會在太陽落下前現身，在星星一閃一閃發亮前離開。天色漸漸轉暗。鐮刀般的月亮升上天空。男學生還是沒有出現。

街上的人陸陸續續把門窗關上。少年朗不知道現在幾點了。風沒有帶來時間的氣息。鐮刀般的月亮也照不出地上的影子。少年朗想走到街燈下眺望亭仔腳裡人們的動靜，發現路上有兩、三個穿著挺拔制服，腰間佩帶長刀，很像警察的人在巡邏，尤其是在小月亮的房子附近。少年朗從來沒看過那麼長的刀子，比發里尤斯的山刀還要長。他正想走過去問警察能不能讓他摸一摸他們的長刀，忽然發現噴水池後方有一道黑色人影。少年朗一眼就看出是那個領子很高的男學生。男學生一下躲噴水池，一下又壓低身體。少年朗輕手輕腳移動到他身後。

「你在玩什麼？」

少年朗小聲問。男學生嚇了一跳，轉身發現是少年朗，對他比了噓。

「我在等人。」

少年朗第一次不需要靠想像，就聽得懂這裡的人在說什麼。他心裡有點雀躍，不知不覺往男學生身上靠近。

「那個人遲到了？」少年朗問。

「不，遲到的人也許是我……。我跟她說好一關店就在噴水池碰面，但是我忘了今天標準時改正，時間少了一小時，珈琲店提早關店了。」

少年朗聽得似懂非懂，「那個人不會來了嗎？」

「我們可能再也見不到面了。」

「為什麼？」

「她會被嫁給其他人。我們今天本來要私奔……」

少年朗想起那個讓男學生臉紅的女孩，忽然明白男學生等的人是她。

有個警察朝他們躲的噴水池靠近。男學生按下少年朗的肩膀，把身子壓得更低。站在大門口的警察出聲呼喚，那個警察轉身朝同伴的方向走遠後，少年朗和男學生才敢呼吸。男學生放鬆警戒，一屁股坐在地上。他一手抓著腳踝的樣子簡直和阿公一模一樣。阿公以前坐在藤椅上也會這樣抓腳踝。少年朗好像在他身上看到阿公淺淺的影子。他朝男學生挨近一步，把手上的錶解下來給他。

「這個給你。」

光線很暗，男學生過了一會才知道是只手錶。

「我不能收這麼貴重的東西。」男學生說。

「有這個，下次你就不會遲到了。」

「我不知道還能不能見到她……」

少年朗忽然想起自己一直想知道的問題。「你認識小月亮嗎？」

「小月亮？」

「她也在這間房子裡面。」

少年朗從口袋掏出照片。男學生瞇起眼睛，就著暗淡的光線看了一陣子，眼睛忽然像滴著油的火把一樣燃亮。

「你怎麼有這個……？你叫她小月亮？」男學生抬起頭問。

「對。」

「小月亮……這個名字真好聽。」

「對。」

「就是她，小月亮……」

男學生輕輕吐出呼吸，「我等的人就是她。」

少年朗望著男學生，腦袋一下子變得好亂。他好像明白了什麼，又好像變得更困惑。少年朗上上下下看著男學生，觀察他的眉毛，鼻子，下巴，還有一雙指關節突出、跟阿公很像的手。少年朗想伸手過去握一握，警察突然走出大門，朝噴水池的方向走過來。兩個警察越靠越近，少年朗都能聽見他們腰間長長的刀跟衣服摩擦的聲音。他們幾乎已經走到噴水池旁邊，只要再往前一步就會踢到少年朗的腳趾。男學生見已經無法再躲藏，決定起身逃跑。

「我會等她，我會一直等下去。」

男學生對少年朗說完這句話，頭也不回往夜的深處奔跑。警察大喊一聲追了上去。少年朗不希望和男學生分開，也跟著跑了起來。他一下就超越那幾個帽子飛掉的警察。但是少年朗始終趕不上男學生，只能緊追在他身後一步，跟著他穿過稻田，甘蔗林，水圳，跳進下水道，又從泥巴水坑裡爬出來。天色越來越亮。太陽出現，消失。下一個太陽復又出現。而月亮始終都在天空中動也沒動，只是輪廓逐漸變淡。

少年朗仍持續奔跑。跑著跑著，發現四周的景色越來越熟悉。紅綠燈，大樓，領藍色鈔票的郵局，褲子店，賣房子的店，還有豆漿店。男學生不知何時不見了。少年朗漸漸放慢腳步，走進巷子，爬上長長的樓梯，來到女人灰灰暗暗的房門。轉開門鎖前，少年朗想起和女人說好的遊戲。他敲敲門。隔沒幾秒，門板後傳來咚咚咚的腳步聲。門把轉開。女人的臉從門縫露了出來。

「你回來啦？」

女人擦了擦眼睛，露出月光將逝般溫柔的微笑。少年朗走進房間，兩隻腳在地板上留下幾枚小小的黑色腳印。他想了很久，終於想到該說的話。

「我見到阿公的靈魂了。」

3

女人沒有多問，只是微微一笑，蹲下來，問少年朗要不要先去浴室洗個澡。他的腳底全是髒兮兮的泥巴和石頭。

「你慢慢洗，把身體洗乾淨。我買了牛奶花生和八寶粥，等你洗完我們一起吃。」

「不烤吐司？」

「嗯，不烤吐司。今天我們吃點不一樣的。」

女人走向鐵窗，從曬衣繩上取下一條淡橘色格紋毛巾。少年朗沒見過這一條，攤開毛巾聞了聞。

「有雨水下過的味道。」

那條毛巾是女人母親喪禮過後留下來的。女人的母親走了，而且很快。當女人還在夜間客運隨著車身上下顛簸，醫院就發出病危通知。女人趕到醫院，剛好看見母親的心電圖發出嗶一聲，變成一直線。躺在病床上的灰色母親呼出最後一口氣。氧氣罩染上淡淡的白霧。不到一秒，便完全消散。女人從頭到尾都沒掉一滴淚。她在喪禮上面無表情地鞠躬、跪拜，帶了那條多出來的毛巾回家。毛巾曬在外面好幾天，只不過太陽始終照不進她晾衣服的窄小鐵窗。

「快去洗澡，趁熱水爐裡的水還有一點溫度。」

女人輕拍少年朗的肩膀如此叮嚀。少年朗拿著毛巾，將身上的衣服脫個精光，連內褲也脫了。進了浴室關上門，少年朗才聞到自己的身體臭得不像話。他的汗水濕了又乾，乾了又濕，有時候尿尿還不小心滴到自己的腳趾。這些味道混合起來，簡直像一隻被捕獸夾夾斷腿、傷口一圈血已經流乾的山羌。少年朗沖完水，直接拿黏住菜瓜布的肥皂往身上搓。肥皂硬邦邦的，感覺就像拿溪流裡的石頭摩擦皮膚。

趁著少年朗洗澡，女人拿抹布把地板上的腳印擦乾淨。少年朗脫下來的衣服和褲子躺在地上。女人雙膝跪地，從少年朗的口袋掏出那張舊照片。它又薄又脆弱，彷彿小鳥死去已久的骨頭幾乎要碎裂，上頭也多出好幾道被用力握住的痕跡，還有幾枚半圓形的指紋。女人打開自己的手提袋，從摺起的黑色襯衫中間小心翼翼抽出一張照片。那也是一張十分老舊的黑白照片。女人將這張照片和少年朗的擺在一起。兩張照片的主角都是一位可愛的女孩。她們的目光看往不同方向，表情也略有不同，卻有同樣靦腆的笑容，同樣圓潤的臉龐，同樣彷彿蒙上霧氣的眼神。女人心頭微微一震。她沒有告訴少年朗，她也見到小月亮的鬼魂了。

母親喪禮結束沒多久，女人收拾不多的行李，準備要離開。舅舅走到房間門口，告訴她有一箱母親留下來的遺物。

「丟掉吧。」女人淡淡回答。

「不看一眼？說不定有留給你的東西。」

「不會有的。」

女人想這麼說。從小父母就把她託給別人照顧，她在認識與不認識的親戚家住過一輪，就是沒待過父母身邊。前幾年父親死了，母親才想起她。她想告訴母親來不及了，她對她沒什麼感情。但是看到舅舅的眼神，女人又把話吞回肚子裡去。舅舅是個老好人，一輩子沒結婚，人生後面這幾年都在為別人送行，女人不想在這種時候讓蒼老的舅舅傷心。

「箱子放哪裡？」

女人起身，跟著舅舅走進廁所旁一間堆滿雜物、空氣中瀰漫灰塵，角落都是蜘蛛網的房間。她蹲下來做做樣子，假裝瀏覽紙箱裡裝著的物品。裡頭有錢包，纏著灰色髮絲的梳子，瓷杯，發黃的報紙，印章，口紅，老花眼鏡，胸針，廉價珍珠耳環……，全是丟了也不會嘆息的東西。女人扶著膝蓋站起身，忽然瞥見牆角另一個舊紙箱中有張豎起的照片。她走過去看，發現照片上是一個似曾相識的女孩子。

「這個是誰？」女人問。

舅舅跟著走近，拉開天花板的吊燈，拿起照片一看。

「你外婆，還年輕的時候。」

「在家門前拍的嗎？」

「應該是在工作的地方。你外婆小時候家裡很窮，很小就要出去賺錢幫忙養家。」

「這是做什麼工作？」

舅舅脫下老花眼鏡，將照片一下拿遠一下拿近。

「好像是什麼店的服務生。」

「她好可愛。」

「嗯，跟你很像。所有子孫裡面，就你長得跟你外婆最像，連你媽和你阿姨都沒你這麼像。」

「外婆有說過以前的事嗎？」女人問。

「以前的事？」

「嗯，我對外婆的印象只有小時候她教過我一點日語。有時晚上坐在窗邊，明明沒有月亮，外婆也會望著天空說『月が綺麗ですね。』」

舅舅露出有點抱歉的微笑，「我聽不懂日文。」

女人想解釋那句話表面是指月色很美，後來她才知道背後隱藏的是「我愛你」的意思，不過對舅舅說不出口。這三個字重得如鉛，又輕盈得似小鳥羽毛，實在很難對別人啟齒。女人扁了扁嘴唇，表情似笑非笑，不小心讓舅舅誤會，以為她是對自己感到失望。舅舅絞盡腦汁拚命回想，終於想起一件十分微小，但女人肯定不知道的事。

「你外婆以前酒量很好。」

女人從照片抬起頭看著舅舅。

「你外婆說她年輕時常看別人喝，自己也跟著很能喝。」舅舅說。

「這個年紀嗎？」

女人手指著照片，舅舅搖搖頭。

「我們小時候，在你外婆膽還沒摘掉以前。而且你外婆一喝酒就喜歡抱著人亂親，我們幾個兄弟姊妹只要發現你外婆開始喝酒，就會趕緊跑去躲起來。」

想起往事，舅舅不自覺泛起微笑。女人不好意思打斷沉浸在回憶裡的舅舅，過了一會才問：「那更早之前呢？」她動了動手中的照片，「比如這個時候？」

舅舅將老花眼鏡掛上鼻梁，想了很久，還是說：「這我就不清楚了。」

舅舅露出抱歉的笑容。女人淡淡一笑，沒有再繼續問下去。舅舅輕聲說了句「你媽那箱我先放著」，之後拉掉吊燈開關，房間頓時又陷入一片黑暗。女人輕輕握著照片，心中忽然浮起一種感覺：**這個世界，又有一個角落消失在黑暗中了。**

女人回過神，再次低頭看手中並排的兩張照片。浴室的沖水聲停止下來。女人知道少年朗洗好澡，開始擦身體了。她把少年朗的照片小心翼翼放回口袋原處，自己的那張摺起來，裝進香蕉鸚鵡的殼子，一同塞進少年朗的口袋。少年朗走出浴室，把頭歪向一邊跳了跳，倒出流進耳朵裡的水。他頭髮上的水珠仍像下雨般滴滴答答墜落。女人幫少年朗把頭髮擦乾，拿出兩罐八寶粥，跟他一起坐在地板上享用。但是少年朗沒有胃口。他腦袋還有點亂，十根手指頭抓著自己的腳趾，話語堵在喉嚨，不知道該從哪一句開始說起。女人注意到他苦惱的樣子，放下八寶粥，將身體靠向少年朗。

「我們來說故事。」女人說。

少年朗抬起頭，「說故事？」

「嗯，我們來幫阿公編故事。阿公叫什麼名字？」

「阿公。」

少年朗想也沒想就這麼回答，女人聽了忍不住輕笑。

「你叫他阿公，可是阿公不是他的名字。別人都怎麼叫他？」

少年朗想不起來。醫生宣告阿公的靈魂去別的地方時曾經念過，但是他忘記了。

「沒關係，我們幫他取一個。我想想，叫『阿正』怎麼樣？」

「阿正？」

「嗯，正直的正，我喜歡這個字。」女人說完偏頭思索了一下，「還是要叫『太郎』？太郎感覺起來比較有以前那個時代的味道。」

少年朗想了想，「我喜歡阿正。」

「好，那就叫阿正。我先開始？」女人清了清嗓子，「阿正年輕的時候很帥，很多女孩子喜歡……」

「阿公不是這樣。」

少年朗直接打斷女人。講起阿公，少年朗首先想到的是他躺在病床上顏色越來越淡的眼珠，還有臉頰和手上焦糖般的老人斑。他沒辦法想像這樣的阿公會像投幣卡拉OK店裡的萬人迷幾浪，一出現就有女孩子為他拍手尖叫。

「不是嗎？那換你說說看。」

「阿正，」少年朗念出這個名字，忽然覺得有點奇怪，感覺好像是在講另一個與阿公無關的人。

「阿正年輕的時候，喜歡一個女孩子。」

「哇，阿正幾歲？」

「十七歲。」

「十七歲啊，那是高中生了。」

「對，穿制服，快要變成大人。」

「然後呢？」

「那個女孩子也喜歡阿正。」

「那個女孩子是誰？」

「小月亮。」

「漂不漂亮？」

「像月亮一樣漂亮。」

「阿正怎麼認識她的？」

「有一天阿正下課肚子餓，去小月亮的家吃飯。小月亮做好飯出來，阿正一看到她，臉馬上像喝酒一樣紅。」

「阿正對小月亮一見鍾情？」

「對，一見鍾情，阿正的心變成小鳥飛上天空。」

「後來呢？」

「後來阿正每天都會去小月亮的家，吃她做的飯。小月亮很會做飯，連最厲害的大飯店廚師都比不上她。」

「阿正最喜歡哪一道菜？」

「石頭火鍋，」少年朗說了忍不住舔起嘴巴，「siraw（阿美族語，醃生肉／魚、鹹肉之意），還有血肉模糊湯。」

「還有麻糬和酥炸麵包果。」女人笑著補充。

「對。」少年朗點點頭，這些其實都是他自己愛吃的食物。

「阿正有沒有跟小月亮告白？他們有沒有在一起？」

「阿正本來要帶小月亮私奔，可是阿正的時間沒跟上。」

「為什麼沒跟上？」

「有人把時鐘撥快一小時，上面的人，地位很大的人。阿正平常沒有看時鐘，都是看太陽和地上的影子。影子不會騙人，但是時鐘會。等阿正到約好的地方，小月亮沒出現，阿正才發現時間已經來不及了。」

「結果呢？」

「結果小月亮嫁給別人。」

「那阿正一定很傷心。」

「阿正的心生病了，去住院，醫生幫他打針。」

「好可憐，小月亮有沒有去探望他？」

「沒有，小月亮嫁給別人了。」

「阿正心裡想小月亮嗎？」

「想。」

「小月亮也想阿正嗎？」

「有時候。」

「為什麼是有時候？」

少年朗沒有馬上回答，十根手指頭又握了握自己的腳趾。女人知道他小小的腦袋正在思考該怎麼編織下去。她試探地問：「小月亮不喜歡阿正了嗎？」

「不是。」少年朗思考了一會，想著阿公，還有那個領子很高的男學生。「因為月亮也會照耀其他人，」少年朗目光看著地上，沿著地板一點一點抬升，逐漸看向窗外。「因為月亮的光會灑在所有人身上。」

不知何時，月亮從黑暗中透了出來。少年朗看不見月亮，不過月光穿越雲層，穿越窄小的大樓縫隙，穿過鐵窗，照進他們小小的房間。地板變成一片銀白色，地上的瓶瓶罐罐，髒衣服，灰塵……都在微微反光。少年朗和女人彷彿泡在這片時間的銀河裡，變成其中一顆淡淡發亮的星球。

「月亮出來了。」隔一陣子之後少年朗說。

「嗯，好美喔。」

「我們不用出門？」少年朗忽然想起女人晚上都要出門工作。

「我多請了幾天假。」

「我們不用睡覺？」

「不用，這麼棒的時間拿來睡覺多可惜，我們繼續講故事。」

少年朗和女人沐浴在灑進屋內的銀白色光芒中，繼續說著阿正與小月亮的故事。地板上的影子慢慢拉長，而後又漸漸縮短。月亮墜落，接著太陽出現，墜落，然後又是月亮、太陽彼此輪替。少年朗甚至感覺得到地球就在他腳底下輕輕轉動。地上的光帶潛移了一圈又一圈。少年朗和女人你一句、我一句，就這麼一直說下去，彷彿時間永遠不會結束。

第九章

少年與時間的洞穴

阿基

1

收到業務部寄來的年度會報通知，我才驚覺又快過一年。

我的生活沒什麼改變，一樣上班，下班，被各種死線追趕，偶爾打打電動，大學好友小丘約就出去走走，差不多就這樣重複循環。

這段期間比較大的事，大概是我們出版社同時有三個編輯跳槽到對手出版集團，獅子為此每天被社長叫去開會，還有莉卡那本書《少年與時間的洞穴》出了。或許因為選舉將近，時區的問題又再度吵了起來。在野黨指責執政黨之前改時區是因為意識形態作祟，刻意要與中國切割，甚至放話等他們重新奪回政權一定改回去。有些狂熱份子高聲應和，大部分民眾則是反對再改一次，只想安靜過日子。獅子要我把握時機，趁討論熱度正高時趕緊把書出了。我找了手腳很快的排版美編，還有願意讓我插隊的封面設計師幫忙，連著好幾天不睡覺，總算在兩、三個禮拜內把書生出來，剛好跟上通路一波「時光・旋轉門」書展。獅子很滿意書做出來的樣子，銷量也比我預期的好一點，但有件事我其實對莉卡有點抱歉。這件事說起來有些不可思議，那時因為很趕，封面設計師沒時間讀小說，要我直接告訴他重點和想呈現的氛圍。我簡單講了劇情、文字風格，提及幾個重要角色，只是收到提案時我嚇了一跳，因為設計師在書名下方，隱隱約約畫了一個戴眼鏡、綁馬尾的紅髮女人。

一開始我還以為是自己眼花，因為我沒講過類似的角色形象，也不曾對設計師提起過她。設計師說他確實在書名底下偷偷藏了一顆彩蛋，沒想到這麼快就被我發現。

「怎麼說呢？就是突然有畫面跳進我的腦袋。」當我問設計師為什麼這麼畫時他在電話另一頭說，「直覺？靈感？我不知道你們通常怎麼稱呼，總之呢，就是上帝向我拋來的飛吻。」

我不可置信地看著封面。那個女人畫得非常非常淡，像霧一樣似有若無，十分不起眼，卻還是令我心頭一震，好像突然又撞見了她。我凝視她很久很久，久到太陽都落向另外一邊。等辦公室誰桌上的電話響起，我才回過神，把提案傳給莉卡。

莉卡完全沒發現，注意力只放在書名漂亮的標準字上，以及到時候書腰會不會遮住姓名。我不希望她被抹去，也沒有主動向莉卡提起，請設計師照著提案延伸書封，讓她繼續存在在封面上頭。書印好入庫後，我刻意不把這本跟其他書一塊塞進書架，而是以正面展示，放在視線剛好平視的位置。每次轉頭瞥見書架上的她，我都會不自覺忘了呼吸。

「這本書的封面真有意思。」

有次豹子馬經過，忽然停下腳步，視線落在莉卡的書上。我本來以為豹子馬想問設計師名單，但豹子馬凝視了封面一會，伸手指向書名。

「是故意的嗎？有個女人消失在『時間的洞穴』那幾個字裡。」

我還沒來得及反應，豹子馬就自顧自地走回座位。我很想起身大聲吶喊，告訴豹子馬沒錯，真的有個女人消失在時間的洞穴裡，不是只有封面那幾個字，她真的因為我而出現，又消失在時間的洞穴裡。但我還是坐在自己位子上，握著拳頭，什麼話也沒說。

電腦發出收到新信的通知。我把注意力拉回到辦公桌前，從稿子底下翻出記事本，寫下年度會報的日期，然後繼續收信。有一封是總務提醒大家離開座位記得隨手關燈關冷氣，另一封則是跟著我從前公司過來的作者寄來最新的作品。我點開裡頭夾帶的檔案閱讀，是關於不同年紀的孩子跟體育課有關的故事。我很難界定是什麼文類，有小說讀著讀著讓人口渴的魅力，又有散文能輕易觸動人心的真摯，有點像江國香織《西瓜的香氣》那種味道。像我讀到一半，就想起自己小學三年級有次體育課被躲避球砸中臉，鼻梁因此歪掉的事。作者在信上說這部作品是他的喘息之作，他已經找到下一本小說的主題了，是台灣的戰俘營。

我正打算回信問他更多細節，米猴走過來拍拍我的肩膀，準備出去吃午餐。我擱下要寫的信，跟米猴走出辦公室。電梯門一打開，我仍舊心跳加速，掃視裡頭每一張疲憊的臉，然後習慣性地將目光投向被人群擠在角落的女人。只不過還是一樣，沒見到我想見的那張臉。

今天星期五，是吃臭臉麵店的日子。我跟米猴很有默契，出了公司大樓，過馬路彎進小巷子，直接走向那間木條圍牆老屋。咪嚕聽到我們的腳步聲，從踏墊上軟綿綿地走過來，身體貼著木條縫隙，任我們撫摸下巴和鬆軟的肚子。最近這陣子剛好碰上換毛的季節，我輕輕一搓，咪嚕細小的毛就像蒲公英的種子般四處飛散。

「種瓜得瓜，種貓得貓。」

米猴把毛吹向天空，沒頭沒腦地說。我們又摸了咪嚕一陣子，才抹掉手上沾到的貓毛，繼續往臭臉麵店走。點完餐，我跟米猴走向我們的老位置。電視上剛好在播政治新聞。有名退休將領被立委揭露一手領終身俸，一手賣國安情資給中國。記者追問他是否屬實，退將並不否認，在鏡頭前一臉理直氣壯，說自己是為了讓上面的人好辦事。

「真是垃圾。」米猴啐了一口。

「不要臉。」我跟著附和。

「吃裡扒外的渾球。」

米猴咬了咬筷子，不想再聽那名退將鬼扯，低頭玩起自己的手機。我繼續看新聞報導退將在陽明山擁有多少豪宅。沒多久，臭臉老闆娘端上我們的麵。今天湯裝得比較滿，老闆娘為了不把大拇指泡進湯裡，不小心灑出一點到桌上。我抽幾張紙巾擦了擦，之後才開動。

大部分時間我都低著頭專心吃麵，偶爾聽到有意思的新聞才抬起頭。有則新聞是東海岸出現罕見的大翅鯨在海上嬉戲；還有一位賣虱目魚肚粥的老闆到現在仍堅持過新時以前的時間，說早上六點營業，但七點才開門做生意。隔壁鄰居怕遊客太早來撲空，幫忙塗改店門口的營業時間，結果老闆大發雷霆，跟鄰居吵了一架，說要過哪種時間是由他自己來決定。

「你希望時間改回去嗎？」

看完新聞我問米猴。米猴沒仔細聽剛才的新聞內容，仍低頭看著手機。

「什麼東西？不是都習慣了。」

「如果加在晚上，多一個小時睡覺呢？」

「怎麼可能，就跟你說一定是加在上班時間。」

米猴抬起頭，朝碗裡加了一匙辣油。

「而且多一個小時有什麼意義？太陽又沒有變得比較香，存款利息也不會增加。」

「可能是一種懷舊情緒。」我說。

米猴挑起左邊眉毛，慢慢咀嚼嘴巴裡的麵。「怎樣？你想改回去？」

「沒有，我不想改。」我停下筷子，望著牆上爬滿灰塵的時鐘。「但我希望時間能夠重來。」

米猴將湯匙懸在嘴邊，一副遇到神經病的樣子。「你腦子壞了嗎？時間重來，等於人生要上兩次班欸！」他用筷子刮了刮牙縫卡住的香菜，「上一次班就夠要我的命了。」

我無奈地對米猴笑，他轉而講起前陣子健康檢查的血脂數值，還有轉角炸雞店新來的可愛工讀生。我們一邊聊著屁話，一邊把剩下的麵吃完。回公司的路上，米猴買了一杯黑糖珍奶，說下午跟豹子馬開會他得拚命咬東西才不會發瘋。進到辦公室，有個同事這個月的新書剛好入庫，之前我幫忙做二校，特別多給我一本。我轉身隨手收進書架，一抬眼，剛好撞見她淡淡的身影。不知道是不是因為光線，她好像從書名底下浮了起來，變得比任何時候都還要立體。我的心猛然一跳，忽然很想上頂樓去吹吹風。

我擱下工作，走出辦公室，一個人搭電梯到頂樓。一推開門，強勁的風勢讓我不得不倒退一步。原本放在水塔旁的孔雀魚魚缸不見了，換成五葉松盆栽。有個頹喪的上班族捻熄香菸，丟進一旁積滿雨水的溝槽。我環顧頂樓一圈，走向平常待的那個位置。

大樓換氣系統依舊轟隆轟隆作響。我靠著護欄，望向對面大樓，想著她曾站在這裡望著避雷針，撥開被風吹上臉頰的頭髮，還有我們第一次去野菜火鍋店，臭臉麵店，她跑進我們這一樓的男廁，我們一起蹲在地上哄一隻棉花糖般的幼貓……。她的樣子依然如此真實，如此清晰，我不需要閉上眼睛，她的影像自然而然就浮現在我眼底。

我不禁想像她現在就站在這裡，在我的旁邊，收起一隻腳抵著護欄，仰起頭，任憑風吹拂她的紅色馬尾。空氣中的濕氣襲上她的鏡片。她抿一抿嘴唇，轉過頭，對我露出微笑。我幾乎能聞到她脖子上野薑花淡淡甜甜的香氣，幾乎能看見她寒毛上薄如輕霧的汗、臉頰的雀斑，幾乎能感覺到她鼻子輕輕呼出的氣息。只要我伸出手，似乎就能觸碰到她。

飛機從我頭頂上滑過天空。我們一起摀住耳朵，張開嘴巴。噪音太大了，我聽不見她說什麼。最後，等飛機飛進雲層，飛向遙遠的太陽，她才放下雙臂，露出鬆一口氣的微笑。

我看見我們兩人相處過的畫面在她眼裡緩緩倒流。

說謊是不對的。如果時間能夠重來，我絕對不會說第二次。

時間一定可以重來。

莉卡

2

辦完最後一場講座，那個說我寫死人骨頭的讀者又出現了。他依然沒拿我的書，雙手交叉抱胸，下巴微微揚起，視線從上往下看著我。

「你這次一樣在寫死人，」他說，「那些死人不僅流血，還流著眼淚，你就在後頭追逐他們的鬼魂。」

阿基那時正好在收拾門口張貼的海報，沒發現現場仍有讀者還未離去。我想了想，對那個讀者一笑，說這次不是我追著死人，而是死人手裡捧著火，在黑暗中朝著我伸過來。

「我只是接下死人交到我手裡的火種。」我對他說。

有時我仍會和灰哥見面。自從去年夏天灰哥去過橋下的古物市集，便從此迷上，幾乎每個禮拜都要花好幾個晚上泡在那裡。灰哥告訴我賣骨頭的攤子老闆對我念念不忘，一直問我什麼時候要跟他一起上山去挖骨頭。前幾個禮拜，灰哥買了一頂頭頂卡著子彈的頭盔。賣給他的老闆說，上面的子彈是日本警察武力鎮壓原住民部落時，被布農族人的獵槍打中的，頭盔內部據說還黏著一小塊沾著頭髮的頭皮。灰哥毫不猶豫買了下來，邀請我去他家看看他的新寶貝。他住的地方還是一樣亂。才剛踏進門，我就看到我的書擱置在沙發上，跟日本時代的檜木身分證，香蕉飴糖果盒，保溫瓶，電蚊拍……等等的東西堆在一塊。我隨手拿起我的書，那張舊照片從裡頭掉了出來。我撿起照片塞進其中一頁，把書放回沙發，旁邊的物品忽然像落石坍塌般垮了下來，將書和蛙鏡、老電笠與琺瑯鐵牌埋在一起，彷彿地震過後地層錯動一樣。

「放著別管它。」灰哥瞄了一眼，很快就把視線移回手中那頂頭盔。

「不整理一下嗎？」我問，「這裡的時間感簡直亂七八糟。」

「沒關係，反正時間本來就不是整齊發射出去的箭，而是珍珠項鍊。線斷了，你不可能知道掉下去的是哪一顆。」

灰哥才剛說完，牆上的酒瓶時鐘又跟著掉了下來。

我偶爾也會去汽水店，有時會在那裡遇到安古。她看起來仍一臉疲憊，但見到我，又會露出滿不在意的表情，拖著腳步走到我身邊。

「又喝黑貓。」

安古總是在嘴裡嘀咕，不過有幾次也跟著我點黑貓。我漸漸明白老闆娘為什麼會叫她「豆腐湯」。雖然比起柔軟，我還是更常被燙到舌頭。

「你怎麼老是出現在這裡？」

安古喝著汽水，一手撐著頭，一副不耐煩的樣子。我不知道該怎麼回答，只好對著安古苦笑。

「當初不應該帶你來這裡喝汽水的。」

安古用鼻子哼了哼氣，之後別開視線，眼神迷濛地望著我身後的牆。我們各自喝著自己的汽水，想著自己的心事。過不久安古放下空了的杯子，說：「錢給你付。」

我目送安古推開大門，離開汽水店。喝完黑貓，我付了兩杯汽水的錢。老闆娘退了十元給我，對我眨眨眼睛。搭車回家前，我特別繞一段遠路，去那個三角公園。單槓上仍晾著衣服，小孩子也還在大象溜滑梯上推擠，搶著要先往下溜。但是鐘樓怪人不在了。他的碗和板子被踩得髒兮兮，被人丟在垃圾桶旁邊。我心裡有點難過，撿幾枚水溝蓋上餘火仍未燃盡的菸屁股，放進他碗裡。

回到家後，我什麼也沒做，躺在床上望著天花板一陣子。終於在某個時刻，我忽然有種感應，覺得第二本書已經過去，徹徹底底脫離了我。我從床上起身，拉上窗簾，讓房間像洞穴一樣黑。我坐在電腦前，托米輕手輕腳跳上我的大腿，依偎著我，耳朵偶爾像翅膀一樣拍動。我打開空白的新檔案，一點一點慢慢想，一點一點翻開記憶裡的石頭，等待埋伏在黑暗中的死人，再次把火吹向我。

少年朗 3

小小的房間裡，只剩少年朗還亮著兩隻眼睛。

故事說完沒多久，女人不知不覺睡著了，身體偶爾會像發抖般抽動。少年朗拉起女人手邊的棉被，向上蓋住她的肩膀。女人似乎感覺到被窩的溫暖，把脖子也縮了進去。

空氣開始由黑轉為淡淡的灰。少年朗離開床鋪，獨自走向窗邊，反手坐上鐵窗。他的腿又變長了，輕輕一躍就坐了上去。天空一點一點逐漸轉亮。有些沒有名字的星星漸漸消失，但是大樓，水管線路，遮雨棚，街道……卻從昏暗中慢慢浮現輪廓。少年朗想，Ama現在應該已經醒來，在廁所咳痰了；而阿公的靈魂在天空的另一端，變成最靠近月亮的一顆星星。雖然現在看不見，但他相信阿公一定在那裡。

消防栓旁未開的山櫻花枝頭上，有個小小的影子在顫動。少年朗瞇起眼睛，那個影子輕快地轉動頭部，爪子在樹枝上一跳一跳。是綠繡眼。少年朗鼓起嘴唇想模仿鳥叫，卻發現喉嚨裡不知何時多了一顆小石頭在上下摩擦，讓他難以發出聲音。他嘗試咳了一聲，發出來的聲音卻像沙子一樣低沉。

女人聽見聲響，微微睜開眼睛，翻過身，帶著沒睡醒的鼻音問：「你醒了？」

「嗯。」

「現在幾點？」

少年朗望向窗外，明亮的金星仍在天空一角閃動光芒。

「還很早，」少年朗用沙子般的聲音說，「綠繡眼都還沒叫。」

後記

有火照亮的地方

幾年前我讀到一則新聞，有網友在公共政策網路參與平台上提案，希望將標準時間加快一小時，從原本與中國相同的時區（UTC+8），改成在經度上與台灣更為接近的日韓同步（UTC+9），藉此象徵性地與中國切割，向世界宣示我們自己國家的主權。當時引起正反兩方激烈討論，贊成的人相信如此一來可與中國劃清界線，冬日作息也能享受到更多陽光，反對者則認為這麼做只是在擾民。這件事像一顆小石頭，在我心裡產生了漣漪。我忽然意識到，我所依賴的時間，幾點幾分，其實並不是自然的存在，而是人為的、政治性的選擇。不像日蝕，發生時鳥類紛紛歸巢，松鼠回到樹洞，河馬退回水下。時間加快或變慢一小時，太陽不會減損光芒，月亮不會更改潮汐，蜘蛛也不會拆掉編織的網，唯一影響的，只有人的生活。做到一半的夢，可能會因此而中斷。

這個念頭開始在我腦中浮現淡淡的影子。閱讀一些史料後，我發現台灣歷史上也曾經歷過時區更改，在日本統治五十年間就發生了三次。第一次是一八九六年一月一日，被劃入西部標準時

（UTC+8）；第二次是一九三七年十月一日，改成與日本相同的中央標準時（UTC+9）；第三次是一九四五年九月二十一日，二戰結束後，又改回西部標準時。第二次更改時區，島內民眾其實也是意見分歧，紛紛在報紙和雜誌上表達自己的看法，有點類似現在的「鄉民意見」、「網友怎麼看」。我忍不住想像，如果更改時區發生在此時此刻，會是什麼樣子？

當時我正好在讀艾加・凱磊（Etgar Keret）的〈謊言之地〉，關於一個從小遇到麻煩喜歡說謊應付的主角，後來發現自己謊言中的人物都在另一地過著被虛構的生活的故事。我發現這個本質跟寫作很像，跟時間很像。於是，有幾個人物開始從黑暗中走了出來。先是一位在出版社工作的編輯，接著是為下一本書苦惱的小說家，然後是錯過自己年輕時所愛的老人，深夜出門工作的女人，還有始終存在我心中、總是將目光望向這個世界的少年。我決定把時間調快一小時命名為「新時」。然後，小說開始了。

寫作這部小說的期間，我的人生接連發生了幾個意外。我出了一場嚴重的車禍，我的貓女兒罹癌過世。有些人對我背轉過身，永遠離開了。死亡的陰影籠罩我的心頭。我失去了自信，失去對自己的愛。我開始思考自己活在世界上的必要性。某個墜入深淵的時刻，我想起被我擱置的小說。那些角色站在黑暗中，眼神充滿憂傷，對自己的未來感到不知所措。我對他們似乎仍有責任。他們的人生因我而開始，我必須陪著他們走到有火照亮的地方。我仍時常感到悲傷，對自己感到失望。但是寫小說有一個重要的過程，你必須忘記自己的悲劇，才能貼近角色的內心，你的人物才會向你展示他的恐懼和脆弱。我慢慢從痛苦中爬起，握住他們的手，扶著滴著水的洞穴牆壁，一步一步尋找遠方微弱的光亮。

這部小說最終得以離開幽暗之地，出版問世，要感謝許多人的善意。謝謝國藝會提供寫作補助，並容許我延遲一年才寫完。謝謝珊珊主編願意給長篇小說機會，你是這本書的第一個讀者，你的意見對我來說像金一樣貴重。謝謝陳雨航老師與洪明道先生喜歡並願意為這部作品說話，尤其陳雨航老師，研究所時期若是沒有你介紹宮本輝的作品，我不會發現自己創作的源頭是童年時工廠旁那條充滿垃圾的水溝。謝謝我的家人和朋友，我的貓女兒Nori，相依相伴的這十年，你教會我什麼是愛。

最後，也謝謝願意拿起這本書的每一位讀者。我把我一部分的人生交到你手上，願你的心有一處能安放它。

新人間叢書 308

少年與時間的洞穴

作　者—黃暐婷
執行主編—羅珊珊
校　對—吳如惠、羅珊珊、黃暐婷
美術設計—朱　疋
行銷企劃—吳儒芳

總　編　輯—胡金倫
董　事　長—趙政岷
出　版　者—時報文化出版企業股份有限公司
108019台北市和平西路三段二四〇號四樓
發行專線—（〇二）二三〇六六八四二
讀者服務專線—〇八〇〇二三一七〇五　（〇二）二三〇四七一〇三
讀者服務傳真—（〇二）二三〇四六八五八
郵撥—一九三四四七二四時報文化出版公司
信箱—10899台北華江橋郵局第九九信箱

時報悅讀網—http://www.readingtimes.com.tw
思潮線臉書—https://www.facebook.com/trendage/
時報出版愛讀者—http://www.facebook.com/readingtimes.fans
法律顧問—理律法律事務所　陳長文律師、李念祖律師
印　　刷—紘億印刷有限公司
初版一刷—二〇二〇年九月十八日
定　　價—新台幣四二〇元

時報文化出版公司成立於一九七五年，
並於一九九九年股票上櫃公開發行，於二〇〇八年脫離中時集團非屬旺中，
以「尊重智慧與創意的文化事業」為信念。

少年與時間的洞穴／黃暐婷著. -- 初版. -- 台北市：時報文化，2020.09
面；公分

ISBN 978-957-13-8370-5（平裝）

863.57　　109013444

ISBN 978-957-13-8370-5
Printed in Taiwan

本書榮獲國藝會創作補助
財團法人 國家文化藝術基金會
National Culture and Arts Foundation
NCAF